クライブ・カッスラー、ジャック・ダブラル

# 遭難船のダイヤを追え！ 上

ソフトバンク文庫
NV

SKELETON COAST (vol.I)

by Clive Cussler with Jack Du Brul


Japanese translation published by arrangement
with Peter Lampack Agency,Inc.
551 Fifth Avenue,Suite 1613, New York,NY10176 - 0187 USA
through Tuttle-Mori Agency,Inc.,Tokyo.

登場人物

ファン・カブリーヨ…………〈コーポレーション〉会長。オレゴン号船長
マックス・ハンリー…………〈コーポレーション〉社長。オレゴン号機関長
エディー・セン………………オレゴン号陸上作戦班主任
ハリ・カシム…………………同通信部長
マーク・マーフィー…………同兵器部員
エリック・ストーン…………同操舵手
フランクリン・リンカーン…同乗組員
リンダ・ロス…………………同情報担当主任
ジュリア・ハックスリー……同船医
マイク・トロノ
ジェリー・プラスキー
……〈コーポレーション〉社員。パラシュート降下員
ジェフリー・メリック………〈メリック・シンガー研究所〉所長
スーザン・ドンレヴィー……同研究員
ダニエル・シンガー…………同元共同経営者
サミュエル・マカンボ………コンゴ革命軍最高指導者
ライフ・アバラ………………コンゴ革命軍大佐
ベンジャミン・イサカ………コンゴ民主共和国国防副大臣
パパ・ハインリック…………漁師
スローン・マッキンタイア…ダイヤモンド会社保安部社員
ラングストン・オーヴァーホルト………ＣＩＡ局員
ダーク・ピット………………NUMA 長官

# 1

## カラハリ砂漠
## 一八九六年

銃を棄《す》てるべきではなかったのだ。あの誤った判断のせいで全員が命を落とすことになるだろう。だが、選択の余地はあっただろうか？　最後の荷馬が潰れたとき、その荷物をみんなで分担して運ばざるを得なかった。となれば重いものは置いていくしかない。水筒と、ダイヤモンド原石ではちきれそうな袋だけは持っていく。それは誰にも異論がなかった。一方、テントや、毛布や、十数キロの食糧や、五人が一挺ずつ持っていたマーティニ‐ヘンリー・ライフルや、その弾薬は、諦めるしかなかった。

そこまで荷物を切り詰めても、乗り馬は過酷な労働を強いられた。また陽がのぼり、砂漠が炎熱地獄と化しはじめたとき、馬は今日一日保《も》たないだろうと思われた。Ｈ・Ａ・ライダーは、カラハリ砂漠横断の案内人を引き受ける危険を充分承知していた。アフリカ暮らしはもう長い。イギリスのサセックス州で農場経営に行き詰まったとき、南アフリカでダイヤモンドが発見されたと聞いて、一山当てようと渡ってきた。だが、ライダーがやってきたころには、コールスバーグ・コッピー丘その他の鉱山は柵で囲いこまれていた。そこでやむなく鉱夫たちの食糧となる肉を売る仕事を始めた。

荷車二台と肉保存用の塩数百袋を道具に、現地人の案内人を二人雇って、ライダーは広い範囲で商売をした。孤独な生活だったが、やがてそれが楽しくなった。アフリカの地も好きになった。生涯忘れないであろう美しい落日、濃密な森、ガラスのように澄んだ川水、永遠の彼方と思えるほど遼遠な地平線。ヌデベレ族、ショナ族、勇猛で好戦的なヘレロ族など諸部族の言葉を覚えた。砂漠に住むサン族の言語の舌打ちや口笛のような風変わりな発音さえ会得《えとく》した。

狩猟旅行《サファリ》の案内人として、イギリスやアメリカの金持ちが大邸宅を飾る獣を狩るのを手助けしたり、電信会社の依頼で、アフリカ大陸の南三分の一に電線を張るための適切なルートを探したりもした。現地部族との揉め事も十数回経験し、殺した人間の数は百人をくだらなかった。アフリカ人を理解し、この土地の過酷さを理解していた。だから、ドイツ領南西アフリカ（現在のナミビア）から広大なカラハリ砂漠を大急ぎで渡り、大西洋岸に出る（正確には、大西洋岸の砂漠はナミブ砂漠）という危険な旅の案内人など、引き受けるべきではなかったのだ。だが、多額の報酬につい釣られてしまった。そもそもアフリカへ来たのも、一攫千金《いっかくせんきん》の夢を見させるセイレンの妖しい歌に惹き寄せられてのことだ。非情な砂漠に殺されず、うまく海岸にたどり着けたなら、長年夢に見た巨富が手に入るのだ。

「やつらはまだ追ってくると思うか、H・A？」

問われたライダーは、のぼりゆく太陽のほうを見た。細めた目は風雨と陽射しに荒れた顔の皺にまぎれていた。遠い地平線に見えるのは煙のように生まれては溶ける陽《かげ》炎《ろう》のカーテンのみ。燃えあがる太陽の下に広がるのは純白の砂で、ハリケーンに荒れる海さながらに大波をうねらせている。陽の出とともに風が出て、砂丘の頂上から砂煙が吹き寄せられてきた。

「追ってくるよ」ライダーは隣にいる相手を見もせずに答えた。

「なぜそうはっきり言える？」

ライダーはその男、ジョン・ヴァーリーに目を向けた。「あんなことをされりゃ、地獄の門まで追ってくる」

その確信に満ちたしゃがれ声に、ヴァーリーの陽灼けした顔から血の気が引いた。四人の顧客もみなイギリス人で、金儲けの夢を抱いてアフリカにやってきたが、ライダーほどはこの土地を熟知していなかった。

「さあ行こう」とライダーは言った。夜は比較的涼しく旅は楽だが、日中はそうはいかない。「陽が高くなる前にあと何キロか進める」

「ここで野営したほうがいいんじゃないかな」そう言ったのは、一番年の若いピーター・スマイズで、消耗も一番はげしかった。砂の海に乗りだしてまもなく生意気な態度は失せ、老人のような足どりになった。目と口のまわりに瘡蓋《かさぶた》のように白い砂がこびりつき、本来はよく光る青い瞳もくすんでいた。

ライダーはスマイズを一瞥《いちべつ》してその衰弱を見てとった。十日前に塩気のある井戸水で水筒と石油缶を満たして以来、水は等分に分けてきたが、スマイズの身体はほかの者より多くの水を欲しているようだった。気力や根性の問題ではなく、生き延びるにはもっと水が必要というだけのことだ。ライダーは水の残量を正確に知っている。また井戸が見つからないかぎり、スマイズがまず死ぬだろう。

だが、水を多めにやろうという考えは、ライダーの頭に浮かばなかった。「出発するぞ」

ライダーは西に目を向けた。そこには後にしてきた土地を鏡に映したような風景があった。砂丘が無限に重なり、永遠に続いているように見えた。砂漠からの照り返しで空が真鍮色を帯びてきた。乗り馬を見ると、気息奄々《きそくえんえん》としている。ライダーはスマイズよりも馬に強く同情した。馬には選ぶ権利がなく、過酷な環境のなかで荷を運んでいくしかないからだ。蹄に小石がはさまるとナイフでとってやり、荷籠の革帯が膚にこすれだすと鞍下毛布の位置を整えてやった。毛は艶を失い、痩せて皮膚がたるんでいた。

ライダーは馬の頬をなで、耳に慰めの言葉をささやきこんだ。もう誰も騎乗はしていない。馬は軽くした荷物を運ぶだけで精一杯なのだ。ライダーは手綱を拾いあげて歩きだした。馬を引いて砂丘を降りると、長靴がすっかり砂に埋まった。足の下で砂が動き、軋《きし》めきながら滑りおりる。馬か人が一歩踏みまちがうと、もろともに転げ落ちそうだ。ライダーはうしろを見返らなかった。ついてくるか、その場で死ぬか、各自で選ぶだけのことだ。

一時間歩くうちに、太陽は一片の雲もない空へ容赦なくのぼりつづけた。ライダーは丸石を口に含んで、深刻な渇きなどないと身体を欺こうとした。くったりした大きな帽子の内側の汗を拭いたときには、頭のてっぺんの赤い地膚がじりじり灼かれた。あと一時間は進みたかったが、背後からは苦しげな喘ぎ声が聞こえてきた。まだ見棄てていくことを考える段階ではない。そこでひときわ高い砂丘の風が当たらない側へ四人を導き、馬の鞍下毛布で日除けをつくりはじめた。簡略な野営地ができると、五人はどさりと腰をおろして苦しい息をついた。

ライダーはスマイズの具合を確かめた。若い男の唇は水脹《みずぶく》れに覆われて透明な液体を流し、頬骨を包む皮膚は火桶から出した鉄の棒を当てられたように灼けていた。ライダーはスマイズに、長靴は紐をゆるめるだけにするよう注意した。足が腫れあがっており、脱ぐともう履けなくなるからだ。四人から期待のまなざしを注がれるなか、ライダーは鞍袋から水筒を二つ出した。一つの栓をはずすと、馬の一頭がすぐに水の匂いを嗅ぎつけていななないた。馬たちが寄ってくる。ライダーの乗り馬が肩に頭をすりつけてきた。

一滴もこぼさないよう水を器に注ぎ、馬の口もとに差しだした。馬は大きな音を立てて飲み、三日ぶりに水が入った胃をごろごろ鳴らした。それからまた少し注いでやった。自分自身の猛烈な渇きとほかの四人の殺気立った目をよそに、まず全部の馬に水を飲ませた。

「馬が死ねば、おれたちも死ぬ」ライダーはそれ以上言う必要がなかった。みんなそのとおりだと承知していた。

馬は水筒の水を四分の一ずつ飲んだだけなので、飼料袋の燕麦《えんばく》を食べさせるには、なだめすかす必要があった。ライダーは縄で馬の足をつないでから、四人の顧客に水を飲ませ、自分も飲んだ。割り当ては馬より少なく、一人に一口だけにして、また水筒を鞍袋に戻したが、誰も文句は言わなかった。この不毛の砂漠を旅した経験があるのはライダーだけなので、その判断を尊重していた。

鞍下毛布がつくる影は哀れなほど小さく、灼熱の陽射しに対して無力だった。カラハリ砂漠は地上で最も暑く乾いた土地の一つだ。雨は年に一度降るか降らないかで、太陽は酷熱の金槌で地上を打ちすえる。男たちはぐったりとして、動くのは太陽が位置を変えて手足の一部が仮借ない攻撃に直接さらされたときだけだった。みんな渇きと苦痛にはげしく消耗していたが、それでも強欲は残っていた。夢想だにしなかった巨万の富がもうすぐ我が物になるという思いに支えられていた。

天頂に達した太陽はいよいよ苛烈に照りつけ、呼吸は空気を摂《と》りこもうとする欲求と熱を身体に入れまいとする欲求のせめぎあう行為となった。浅い息をつくたびに身体の水分が熱に奪われ、肺が燃えあがりそうになるのだ。

炎熱はなおも力を強め、圧倒的な重みで男たちを砂地に押しつけた。ライダーは以前の砂漠横断行を思い返してみたが、これほどひどくはなかった気がした。まるで必死に抵抗する生意気な人間たちに太陽が憤怒を覚え、天界から降りてきて直《じか》にのしかかってきたかのようだ。もう正気を失いそうだったが、それでも男たちは早く一日が終わることを祈りながら、長い午後に耐えつづけた。

ようやく大気は加熱したときと同じく急速に冷えはじめ、太陽は西の地平線に近づいて、砂漠を赤と紫と薔薇色に染めた。男たちはおもむろに鞍下毛布の下から出て、汚れた服の砂を払った。ライダーは風除けにした砂丘をのぼり、真鍮製の折りたたみ式望遠鏡で砂漠を眺め渡して、追っ手の姿を探した。だが、見えるのはゆっくりと形を変える砂丘の連なりだけだった。自分たちの足跡は風に吹き消されていたが、それはあまり慰めにはならなかった。追ってくるのは世界一優秀な追跡者の群れであり、目印のない砂の海でも、まるで石の道標が点々とついているかのようにこちらを発見するはずだからだ。

今日の日中に追っ手がどれだけの距離を進んだか、ライダーにはわからなかった。だが、ともかく暑熱に耐える彼らの能力は超人的だ。砂漠に出たとき、ライダーは追っ手が出発するまで五日あると踏んだが、今はきっと一日遅れくらいで迫ってきているだろう。明日にはそれが半日に縮まるはずだ。で、そのあとは？　明後日には、荷馬が潰れたときに銃を棄てた代償を支払うことになるはずだ。

今夜、充分な量の水を見つけられれば、望みはある。また馬に乗ることができるからだ。

今残っている貴重な液体は馬にも充分ではないが、人間の割り当ては昨日の夕暮れ時の半分だ。情けないにもほどがある。ちょろりと口に入れた生ぬるい水は、舌に染みこむだけで、喉を潤すには至らない。おまけに胃がきりきり痛む。それでもライダーはむりやり干した牛肉を食べた。

顧客たちの骨と皮ばかりの顔を見ると、今夜の砂漠行が拷問になるのがはっきりわかった。ピーター・スマイズは立ったまま身体を揺らしている。ジョン・ヴァーリーも五十歩百歩だ。ティムとトムのウォーターメン兄弟はまずまずの状態だが、それも当然で、スマイズやヴァーリーよりアフリカ生活が長く、この十年はケープ植民地の大きな牛牧場で働いてきたという。身体がアフリカの凶暴な太陽に慣れているわけだ。

ライダーは白髪交じりの大きな頬ひげを両手でこすり、砂を落とした。長靴の紐を結ぼうと背をかがめると、五十歳の自分が百歳に感じられた。背中と脚がはげしく痛み、身体を起こしたときには背骨がパキパキ鳴った。

「よしと。今夜はたっぷり飲ませるぞ。これは約束だ」ライダーは士気を鼓舞するために言った。

「何をだい？　砂をか？」ティム・ウォーターメンが混ぜ返して、まだ冗談を言う気力のあることを示した。

「サン族は千年以上前からカラハリ砂漠に住んでいる。連中は百キロ離れたところからでも、匂いで水のありかがかなり正確にわかるそうだ。二十年前にこの砂漠を旅したとき、おれはサン族の案内人を連れていた。その小さな男はおれなんかが思いつきもしないところに水を見つけた。霧が出た朝は草の汁を集める。毒矢で動物を殺したときはルーメンの水を飲む」

「ルーメンってなんだ？」とヴァーリーが訊く。

ライダーはウォーターメン兄弟と目を見交わした。おいおい、知らないやつがいるぜ。「牛や羚羊《れいよう》の胃は四つに分かれているが、その最初の胃がルーメンだ。そのなかにある汁はほとんどが水と草汁なんだ」

「そいつを今おくれよ」スマイズが弱々しくつぶやいた。ひび割れた口の端に赤紫色の血の粒がプツリとできたが、地面に落ちる前に舐めとってしまった。

「しかし一番すごいのは、何十年も涸《か》れたままの川床の下に水を見つける才能だ」

「それはあんたにもできるのか?」とヴァーリー。

「この五日間に出食わした涸れ川は全部よく見た」

四人は驚いた。涸れ川を横切ったことなど、誰も気づかなかったのだ。砂漠には砂丘以外に特徴的な地形などないと思っていた。涸れ川を見分けられる男なら、本当にこの悪夢から救いだしてくれるかもしれない。四人はライダーへの信頼を深めた。

ライダーは話を続けた。「おととい有望そうなのがあったんだが、確実じゃなかった。見込みちがいだったら時間がもったいない。おれの予想では、海岸へはあと二、三日で着く。ということは、この辺の砂は海の湿気を吸っているだろうし、ときどき雨も降るはずだ。だからきっと水は見つかる。これは当てにしてくれていい」

これだけ長くしゃべったのは、銃を棄てていくよう説得したとき以来だが、効果があったようだった。ウォーターメン兄弟はにんまり笑い、ヴァーリーはどうにか背筋を伸ばし、スマイズも身体を揺らすのをやめた。

ずっと先にあるはずの大西洋に陽が沈むと、背後で冷たい月がのぼり、まもなく人が百の生涯を費やしても数えきれないほどの星が出た。ブーツと蹄の下で砂が流れ、ときおり馬具が軋めくほかは、砂漠は教会のように静かだった。一行の歩調は着実だった。ライダーは自分たちの消耗ぶりを痛感していたが、追っ手がかかっていることは忘れなかった。

最初に歩みをとめたのは真夜中だった。砂漠の性質が微妙に変わっていた。足首まで砂に埋まるのは相変わらずだが、川沿いの土地に多い砂利が混じりはじめていた。ライダーは古い水場をいくつか見つけた。羚羊が硬い砂利の層を掘って地下の水を探した跡だ。そのどれにも人間が使った痕跡はなかった。つまり涸れたのは大昔ということだ。この発見のことは黙っていたが、水を見つける自信は強まった。ライダーは今回飲む水の分量を二倍にした。夜明けまでに人も馬もたっぷり飲めると確信したからだ。かりに水が見つからなくても、今はもう節約しても意味はない。次に陽が出ればどのみち砂漠に殺されるからだ。ライダーは自分の水の半分を馬にやったが、ほかの者はわが身のことで精一杯で、馬のことなど考えもしなかった。

ふたたび出発してから三十分ほど経つと、珍しく月に雲がかかった。そして雲が月をよぎって光の加減が変わったおかげで、砂漠のある箇所がライダーの目を惹いた。磁石と星を頼りに、一行は真西に進んできたが、ライダーが急に北へ針路を変えても、みんな何も言わなかった。先頭を歩くライダーは、長靴の底に砂利の感触をとらえていた。そして目当ての場所へ来ると、両膝をついた。

それは平坦な砂地にできた浅い窪みにすぎず、差し渡しは一メートル足らずだった。ライダーはそこに視線を走らせ、卵の殻の破片を見つけて、にっと笑った。滑らかな表面に亀裂が一本入っているほかはほぼ無傷な殻も一つあった。大きさはライダーの拳くらい。てっぺんに小さな穴がきれいに開けられ、樹脂で固めた枯れ草の栓が詰めてある。これは駝鳥《だちょう》の卵で、サン族にとっては水を持ち運びするための貴重な器だ。おそらく水を汲んでいるときに一つ割ってしまったのだろう。その失態が、最後にこの水場を使った一行の命運を絶ったことも充分考えられた。

ライダーは、大昔に涸れた川の土手からその者たちの亡霊が自分を見つめているような気がした。頭に草の冠をかぶり、腰に生皮の帯を巻いただけの、小柄な人たちの霊。帯には駝鳥の卵を入れる袋と、狩猟用の毒矢を差した矢筒を取りつけている。

「何を見つけたんだ、H・A?」ジョン・ヴァーリーがかたわらに両膝をついて訊いた。艶やかだった黒い髪はぱさついて肩まで見苦しく伸びているが、海賊めいた鋭い眼光はまだ残っていた。それは必死で策謀をめぐらす男の目、一攫千金の夢に取り憑かれ、その実現のためなら死の危険も喜んで冒す男の目だった。

「水だ、ミスター・ヴァーリー」ライダーのほうが二十歳ほど年上だが、どの顧客にもミスターをつけるようにしている。

「え？　どこに？　何も見えないぞ」

ウォーターメン兄弟は近くの大岩に腰をおろしていた。スマイズは兄弟の足もとにへたりこんでいる。ティムが助け起こして、水流に磨かれた岩にもたれさせてやった。スマイズは痩せた胸の上にうなだれ、不自然なほど浅い息をついた。

「前にも言ったように、地下にある」

「どうやったら飲めるんだ？」

「掘るんだ」

兄弟はそれ以上何も言わず、砂利質の土壌を掘りはじめた。前にここを使ったサン族は、貴重な水が涸れないよう念入りに埋めてあった。ライダーの骨太の大きな手はシャベルのようで、硬い砂利にざくざく突き刺さった。ヴァーリーは賭博師らしいきれいな手をしていて、爪を塗ることもあるが、今はライダーに負けない勢いで掘っている。擦り傷や切り傷ができようと、指先から血が出ようと、獰猛な渇きが無視させてくれた。
五、六十センチ掘ったが、水が出る気配はまだない。二人は穴を広げた。サン族の小柄な戦士たちより手が大きいからだ。深さが一メートル近くになったとき、ライダーが一掬《ひとすく》いの砂利を棄てると、手に泥が薄く残った。指をこすりあわせると泥は丸い玉になる。それをぎゅっと押さえつけると、わずかな水滴が絞りだされて、星明かりにちらりと光った。

ヴァーリーが大声をあげ、ライダーも普段見せない大きな笑みを顔に広げた。

二人は倍の勢いでさらに掘り、はね散らかすように穴から泥をかき出した。もう充分だと見極めたとき、ライダーはヴァーリーの肩に手をかけた。

「あとは待つだけだ」

あとの三人も穴のまわりに集まり、期待を沈黙にこめて見守った。ふいに穴の底が白くなる。帯水層から染みでた水に月が映ったのだ。ライダーはシャツの布を破りとって漉《こ》し布にし、水筒を泥水に浸けた。数分かかって、やっと水が半分入った。引きあげた水筒がちゃぷりと音を立てるのを聞いて、スマイズがうめいた。

「さあ、飲むといい」ライダーは水筒を差しだした。スマイズが両手でぱっとつかんだが、ライダーはまだ渡さなかった。「ゆっくりだ。ゆっくり飲むんだぞ」

だが、スマイズはその忠告が耳に入らないほど逸《はや》り立っていた。いきなりがぶ飲みしようとして、たちまちむせ、口一杯の水を砂漠の砂にぶちまけてしまった。咳が収まると、今度はばつの悪そうな顔でおずおずと水をすすった。四時間かけて全員が心ゆくまで渇きを癒し、それからようやく久しぶりの食事に取りかかった。

太陽が東の地平線から覗きはじめたときにも、ライダーはまだ馬たちに水をやっていた。胃がはちきれそうなほど膨れたり、腹痛を起こしたりしないよう、少しずつ飲ませたが、それでも燕麦を食べ、数日ぶりに放尿したときには、腹がごぼりごぼりと満足げな音を立てた。

「H・A！」涸れ川の土手へ小便をしにいったティム・ウォーターメンが叫び声をあげた。曙光を背に影絵となったティムは帽子をはげしく振り立て、のぼってくる朝陽のほうを指さした。

ライダーは鞍袋から望遠鏡を取りだし、馬のそばを離れて、悪鬼に憑かれた男のように土手を駆けのぼった。ティムに体当たりして、もろともに砂の上に倒れた。ティムが怒鳴り声をあげる前に、その口を手でふさぎ、低く絞りだす声で言った。「大きな声を出すな。砂漠では音が伝わりやすいんだ」

ライダーは平たく伏せたまま、望遠鏡を伸ばして目にあてた。

そうら来たぞ、とライダーは思った。まったく凄いやつらだ。

五人の男が出会ったきっかけは、ピーター・スマイズが自分の父親に抱いていたはげしい憎悪だった。父親のルーカス・スマイズはぞっとするほど嫌な性格の男だったが、あるとき大天使ガブリエルの幻を見たと言いだした。大天使は資産をすべて売り払ってアフリカへ行き、原地人のあいだに神の言葉を広めよと命じたというのだ。この幻を見るまではとくに敬虔な人物ではなかったが、急に聖書の教えを熱く信奉しはじめた。彼が宣教活動への参加を希望してきたとき、〈ロンドン宣教協会〉は初め、却下しようかとも考えた。あまりにも狂信的になっていたからだ。しかし結局は、厄介払いにもなるというので参加を認めた。ルーカスは気の進まない妻と息子を連れてドイツ領南西アフリカに渡り、マラリアで死んだ牧師の後任となった。

ヘレロ族の土地のただなかにある宣教所で、あらゆる社会的拘束から自由となったルーカス・スマイズは、宗教的な暴君となった。彼は復讐する神となり、みんなに完全な自己犠牲を要求し、どんな些細な過ちにも厳罰を加えた。息子のピーターも、祈りの言葉を口ごもったと言っては鞭で打たれ、旧約聖書『詩篇』の特定の一節を暗唱できなかったと言っては夕食を抜かれたものだった。

一家が宣教所にやってきたとき、ヘレロ族を統率していたのはサミュエル・マハレロ王だった。王は数十年前に洗礼を受けていたが、ドイツの植民地当局との折り合いが悪く、〈ライン宣教協会〉から派遣されてきたドイツ人牧師を疎《うと》んじていた。おかげでルーカスはマハレロ王の寵《ちょう》を得ることができたのだが、王としてはスマイズが地獄の業火がどうのとわめくのを快く受け入れていたわけではなかった。

ピーターは王の大勢いる孫たちと仲良くなったが、十代の半ばを超えるころにはヘレロ族の村での暮らしが退屈になってきたし、父親が聖霊に取り憑かれたときの怖ろしさといったらなかったので、なんとしても逃げだしたいと願うようになった。

そこで逃亡を思い立ち、王の孫たちの中で一番の親友であるアッサ・マハレロに打ち明けた。二人は一緒に計画を練ったが、そうするうちにピーターは自分の生涯を一変させてくれるにちがいないあることを発見したのだ。

そのときピーターはロンダヴェルの中にいた。ロンダヴェルとは円筒形をした草葺きの小屋で、ヘレロ族は草や穀物が数多い牛を養えるほど収穫できないときに備えて飼料を保存しておくのに使っていた。ピーターとアッサはよくここを隠れ家にして遊んだ。もう何十回も入ったことがあったが、泥と草を固めてつくった壁のきわの堅い土の床に穴を掘った跡を見つけたのは、このときが初めてだった。黒い土は丹念に搗《つ》き固めてあったが、ピーターの鋭い目はほかの部分との微妙なちがいを見てとったのだ。

ピーターはその場所を手で掘った。すると土の層は薄く、その下に大きな素焼きの壺が十二個埋めてあった。壺はピーターの頭くらいの大きさで、口には牛の皮を張っていた。壺を一つ出してみると、かなり重く、中で何かがざらざら鳴った。慎重に、牛の皮の一カ所だけを縁から持ちあげ、壺を傾けると、掌《てのひら》に石が六個こぼれ落ちた。ピーターは震えだした。絵で見たことがあるカットされたダイヤモンドとは全然ちがうが、小屋の中の薄暗い光をはねているさまから、それがダイヤモンドの原石であることがわかった。一番小さいものはピーターの親指の爪ほど。一番大きいものはその二倍あった。

ちょうどそのとき、アッサがアーチ形の入り口から入ってきて、親友が発見したものを見た。アッサは恐怖に大きく目を見開き、うしろを振り返って近くに大人がいないか確かめた。柵囲いの向こう側から男の子が二人、牛を眺めている。それから百メートルほど離れたところを女の人が一人、草の束を頭に載せて歩いている。アッサは駆け寄って、驚いているピーターの手から壺をとった。

「おまえ何したんだ?」アッサは声を鋭く絞ってドイツ語訛りの英語で訊いた。「何もしてないよ」ピーターは後ろめたさを覚えながら答えた。「何か埋めてあるみたいだから、ちょっと見てみただけなんだ」

アッサが差しだす掌に、ピーターはダイヤモンドの原石を載せた。王の年若い孫は原石を牛の皮の隙間から壺に戻した。「このことは絶対、誰にもしゃべっちゃだめだぞ」

「これはダイヤだろう？」

アッサは親友の顔を見た。「ああ」

「でも、なんで？　この辺にダイヤなんてないだろ。ダイヤが出るのはケープ植民地のキンバリーのあたりだ」

アッサは小屋の床に坐ってあぐらをかいた。祖父への誓いと、部族の偉業を誇りたい気持ちのあいだで引き裂かれていた。アッサはピーターより三つ下の十三歳。誇りが厳粛な誓いに勝つのは当然だった。「教えてあげるよ。でも、人に話しちゃだめだぞ」

「わかった」

「キンバリーでダイヤが出たとき、ヘレロ族からも大勢働きにいったんだ。一年の約束で働いて、白人からお金をもらって帰ってきた。でもそのとき、べつのものも持ってきたんだ。石を盗んできたんだよ」

「鉱山を出るときは荷物や身体を調べられるっていうぞ。尻の穴まで見られるって話だ」

「身体を切って、傷の中に埋めたんだ。傷が治ったらもうわからない。帰ってきてから槍で傷痕を開いて、石をぼくの曾祖父《ひいじい》さまのカマハレロ王に渡した。キンバリーへ行ったのも曾祖父さまの命令だったんだ」

「でも、かなりでかい石もある。そんなのは見つかっちまうだろう」

アッサは笑った。「ヘレロ族の戦士にはかなりでかいやつらがいるだろ」それからまた真面目な顔になって話を続けた。「とにかく、そんなことを二十年ほどやったんだけど、そのうち白人にばれちゃって、百人くらい捕まった。中にはまだ石を埋めてない人もいたけど、みんな死刑になったんだ」

「いつかそのときが来たら、この石を使ってドイツ人どもを追いだす」――アッサの黒い目がぎらりと光った――「そしてまた自由になる。さあ、もう一遍誓うんだ、ピーター。この宝物を見つけたことを誰にも話さないって」

ピーターは親友と目を合わせた。「誓うよ」

だが、その誓いは二年と保《も》たなかった。十八歳になったとき、ピーターはヘレロ族の土地から出ていった。母親にも内緒で出奔《しゅっぽん》したのだが、そのことでは罪悪感を覚えずにはいられなかった。自分がいなくなれば、母はルーカス・スマイズの信心家ぶった独りよがりな小言に一人で耐えなければならない。

ピーターは生き延びる技術を体得していると自認していた。アッサと一緒によく草原で野宿をしたことがあるのだ。だが、宣教所から八十キロほど離れた交易所へたどり着いたときには、疲れと渇きで死にそうになっていた。そこでピーターは誕生祝いに母親がくれた二枚の貴重な硬貨を遣った。父親は何もくれたことがない。誕生を祝うべき相手はイエス・キリストだけだと信じているからだ。

交易所には象牙や塩漬け肉を荷車に積み、二十頭の牛に引かせて南へ帰る一行がいた。ピーターの硬貨は一緒に連れていってもらう料金としてかろうじて足りたのだった。一行の隊長は大きな白い帽子をかぶった中年男で、見たこともないほど大きな頬ひげを生やしていた。H・A・ライダーというその隊長のほかには、二人の兄弟がいた。ケープ植民地の役所から広い放牧場の所有を認められてやってきたが、その土地はすでにマタベレ族が使っていた。彼らと一戦交える気はないので、南に帰るのだという。そしてもう一人、ジョン・ヴァーリーという、鷹のような顔の痩せた男もいた。南へ向かう数週間の旅のあいだも、ピーターにはヴァーリーの職業が何で、ケープ植民地から遠く離れた土地まで何をしにきたのか、見当すらつかなかった。だが、とにかく信用できない男らしいことだけはわかった。

ある日、ピーターは危険な川渡りのさい、ライダーの牛の一頭を助けてやった。背中に飛び乗り、馬のように乗りこなして川を渡らせてやったのだ。その夜の野営地で、ヴァーリーが隠し持っていた酒を出した。喉に焼きつく純度の高いブランデーだ。五人は焚き火を囲み、ティム・ウォーターメンが散弾銃で仕留めたホロホロ鳥を食べながら、二瓶空けた。

ピーターには初めての酒で、ほかの男たちとちがって、おずおずと何口か啜っただけでかーっと頭にのぼった。

アフリカ南部の山や草原を行く者は本能的に岩や石に目を光らせるし、話題も自然と鉱脈発見の話に及ぶ。ダイヤモンドや金や石炭を発見して、一夜にして大金持ちになったという話は、ほとんど毎日のように聞いた。

ピーターは、例のことは黙っているべきだとわかっていた。アッサに誓ったのだから。だが、このこちらの知らないことをいろいろ話す粗野だが頼もしい男たちの仲間入りをしたかった。四人とも世慣れた感じで、とくにヴァーリーとライダーはそうだったが、そんな彼らから一目置かれたくてしかたがなかった。というわけで、ブランデーの酔いも手伝って、ヘレロ族の村に隠されている十二個の壺の中のダイヤモンド原石のことを話してしまった。

「なんでそんなこと知ってるんだ、坊主？」蛇がシューッと威嚇するような声で、ヴァーリーが訊いた。

「親父さんが王さまお抱えの牧師だからさ」とライダーが代わりに答えて、ピーターを見た。「そういえば思いだしたよ。あんたの親父さんには二回ほど会ったことがある。あの土地で狩りをさせてくれるよう王さまに交渉したときのことだ」ライダーは落ち着いた目で全員の顔を見渡した。「あんたらはヘレロ族の土地に、もう五年ほど住んでるんだっけ？」

「ほとんど六年だ」ピーターは誇らしげに答えた。「おれは信用されてるんだよ」

それから十五分と経たないうちに、みんなはどうしたらその壺を盗めるかという話を大っぴらにしていた。ピーターも議論に加わったが、その前にまず男たちに、壺は一人一つずつ盗み、七つは部族のために残しておくと約束させた。そうでなければ壺のありかは教えないと言って。

さらに数百キロ南の交易所で、ライダーは荷車と積荷を売り払った。象牙などはキンバリーでつく値段の半分で手放した。そして必要な馬と装備をそろえた。ヘレロ族の版図《はんと》から出る経路はもう考えてあった。盗みが発覚しても逃げきれる唯一の経路を。その交易所は新たに設置された電信線の終点だった。ライダーは三日間ほかの仲間を待たせ、そのあいだにケープタウンにいる旧知の商人に連絡をとった。その商人に注文したものはひどく高価だったが、意に介しなかった。大金持ちになれば借金を返せる。ならなければカラハリ砂漠で干からびた死骸になるだけだ。

ヘレロ族の土地にこっそり忍びこむのは不可能だった。すぐに見張りに見つかって王に報告されるからだ。だが、ライダーは王と顔見知りだし、ピーターの父親も息子が帰ってくれれば喜ぶだろう。ピーター自身は、父親から帰ってきた放蕩息子として扱われるのではなく、ヨブのように次々と苦しみを味わわされるだろうと思っていたが。

一週間かけて領地の境界線にたどり着き、さらに進んで中心の村にやってきたとき、サミュエル・マハレロ王自身が一行を出迎えてくれた。王とライダーはヘレロ族の言葉で一時間話した。ライダーは植民地当局の命令で領地内にこもっている王に、外の世界の様子を伝えた。ピーターは王から、自分の両親が森林地帯に出かけていると聞いてほっとした。女や子供たちに洗礼を施すためで、戻るのは翌日とのことだった。

王は一行が村で一夜を過ごすのを許したが、ヘレロ族の土地で狩りをさせてほしいというライダーの要請は、四年前と同じように断わった。

「ともかくもう一度お願いしてみようと思ったのです、陛下」

「しつこいのは白人の悪い癖だな」

その夜、五人は問題のロンダヴェルに忍びこんだ。てっぺんまで干草が詰まっていたので、鼠のように潜りこまなければならなかった。ジョン・ヴァーリーが二つ目の壺の中身を自分の鞍袋に流しこんだとき、ピーター・スマイズは自分が騙されていたことに気づいた。ウォーターメン兄弟もそれぞれ二つ以上の壺から原石を盗んだ。約束を守って一つだけにしたのはライダーだけだった。

「あんたが持っていかないなら、おれがいただくぜ」ヴァーリーは暗闇の中でささやいた。

「好きにすればいい」ライダーは面倒臭そうに答えた。「おれは約束を守る人間なんだ」

鞍袋の数はそう多くない。ズボンのポケットや何やらに詰めこめるだけ詰めこんだあとも、手つかずの壺は四つ残った。ライダーは丁寧に壺を埋め、盗みの痕跡をできるだけ隠した。そして明け方、村を出発する前に、マハレロ王に歓待を謝した。王はピーターに、何か母親に伝言はないかと尋ねた。ピーターは口ごもりながら、ごめんなさいと伝えてほしいと答えた。

水場に近い砂丘の頂上に伏せたライダーは、一瞬だけ王の家来たちを見てみた。泥棒どもを追跡すべく出発したのは、千人からなる戦士団だったが、それは八百キロ前までの話であり、過酷な砂漠は戦士を次々と脱落させていった。だが、それでもまだ百人以上はいる、とライダーは見当をつけた。最強の軍団が、飢えと渇きを物ともせず驀進《ばくしん》してくるのだ。高くのぼった太陽が槍の穂をぎらつかせている。かつてヘレロ族が歯向かう敵を制圧するのに使った武器だ。

ライダーはティム・ウォーターメンの脚を軽く叩き、一緒に斜面を滑りおりて水場に戻った。ほかの三人は不安げに待っていた。馬たちも雰囲気の急変を感じとり、蹄で砂をかき、近づく危険の音を聞きとろうとするように耳を盛んに動かしている。

「みんな馬に乗れ」ライダーはそう言って、ピーター・スマイズから手綱を受けとった。

「真っ昼間に、馬に乗っていくのか？」

「そうだ。でないと、マハレロ王の家来どもが、おれたちの臓物《はらわた》を自分の小屋に飾ることになる。さあ行くぞ。間隔はもう一キロ半ほどだ。馬がどこまで保つかわからんがな」

ヘレロ族の戦士団がゆうべ水を見つけていないとすれば、獰猛な犬のように襲いかかってくるはずだ。もっとも、ひょろ長い脚を振りあげて馬の広い背中にまたがったとき、ライダーが持っている水は水筒一つ分だけだったが。五人は横一列に涸れ川の斜面をのぼった。日陰になった窪地からあがりきると、そろって馬の向きを変えた。

強烈な陽射しがうなじを灼く。

最初のうち、ライダーは着実な速足を保ち、おかげでヘレロ族が三キロ進むあいだに四キロ進むことができた。太陽は地を炙《あぶ》り、汗を毛穴から出た瞬間に乾かした。広いつばがくたっと垂れた帽子で守られてはいても、ライダーは砂地からの強烈な照り返しから自衛するために目を細めていなければならなかった。

竈《かまど》と化したカラハリ砂漠では、日陰で休んでいるのすら苦行だが、獰猛な陽射しをまともに受けながら空漠たる砂の世界を横切るのは、ライダーもかつて経験したことのない過酷な試練だった。熱と光はすさまじく、頭蓋の中の液体が沸騰しそうだ。ときおり水をちびちび飲んでも、喉に焼けついて、かえって猛烈な渇きを思いださせるだけだ。

時間の感覚はなくなった。ライダーは磁石で西向きの針路を維持するだけで精一杯だった。目印になる地形はなく、知識ではなく勘で進んでいるだけだが、ほかに方法はなく、このまま突っ走るしかなかった。

陽射しのほか、風も忠実な供だった。ライダーの推測では、すでに大西洋岸から三十キロほどのところへ来ているはずで、そろそろ前方から風が吹いてきてもおかしくないのだが、なぜかつねにうしろから吹く。まさか磁石が壊れていて、西ではなく、内陸の奥深く、溶鉱炉の真ん中へと自分たちを導いているのではないか？　ライダーはしょっちゅう磁石を見た。一行は互いにいくらか距離をとっているので、困惑した顔を見られないのが幸いだ。

風が強くなった。仲間の様子を見ようと振り返ると、どの砂丘もてっぺんが削られつつあった。頂上から砂が長い羽根のような形で伸びている。こちらまで吹き飛ばされてきて皮膚にざらざらと当たり、目から涙を出させる。どうもよくない。正しい方向に進んでいるはずなのに、風向きがおかしいのだ。砂嵐が起きるのなら、避難場所を見つけなければ、生き延びることはできない。

ライダーはここで停止をして、テントを張ろうかと考えた。大きな砂嵐が襲来しつつあること、海岸にかなり近づいていること、最後の一人が死ぬまで追跡をやめない怒れる戦士団のことなどを計算に入れて、最善の道を探った。あと一時間ほどで陽が沈む。ライダーは風に背を向けて前に馬を進めた。速度は落ちてきているが、まだ馬のほうが人よりも速い。

さらに一つ、特徴のない砂丘をのぼって頂上に達したとき、ライダーはあっと驚いた。その向こうにはもう砂丘はなく、南大西洋の鈍色《にびいろ》の水が広がっており、鼻をつんと刺す潮の香りが初めて嗅ぎとれた。逆巻く波が広い砂浜に打ち寄せて白い泡を立てている。

ライダーは馬から降りた。長い騎行に脚と背中が痛む。歓声をあげる気力もなく、黙って立ちつくすだけだった。それでも暗い冷たい海に太陽が沈んでいくと、口もとに笑みの亡霊のようなものがさまよいでた。

「どうした、H・A？　なぜとまる？」ティム・ウォーターメンが声をかけてきた。

ティムは二十メートルほどうしろで最後の砂丘をのぼりはじめたところだ。

ライダーは必死にのぼってくるティムを見た。兄弟のトムもすぐあとからやってくる。それより少し遅れて、若いスマイズも馬の背にしがみついて、兄弟のあとを追ってきた。ジョン・ヴァーリーの姿だけがまだ見えない。「とうとう着いたぞ」とライダーは言った。

その一言で充分だった。ティムが馬に拍車をかけて頂上へのぼりつめ、勝利の叫びをあげた。手を伸ばしてライダーの肩をしっかりとつかんだ。「あんたを疑ったことはなかったよ、ミスター・ライダー。ただの一度もな」

ライダーは笑った。「普通は疑うぞ。おれは何度も疑った」

十分以内に、ほかの者も集まった。一番弱っているのはヴァーリーだった。水筒の水を少しずつ飲まず、午前中にほとんど飲んでしまったのではないか、とライダーは思った。

「海に着いたんだな」ヴァーリーが風の唸りに負けじと叫んだ。「これからどうする？　やつらは追ってくるし、念のために教えておくと、海の水は飲めないんだぞ」

震える指を大西洋のほうへ突きだす。

ライダーはその小ばかにした調子を無視した。ポケットからバウムガルト社のハーフハンター（蓋に窓を開けた懐中時計）を出し、夕陽にかざして文字盤を見た。「砂浜の一、二キロ北に小高い丘があるだろう。一時間ほどでてっぺんにのぼれるはずだ」

「のぼったあとはどうなるんだ？」とスマイズ。

「おれがご期待どおりの案内人かどうかがわかるのさ」

その砂丘は高さが五、六十メートルあり、目に入る範囲では最も高かった。その頂上にたどり着くと、間断なく吹きつける風の重圧はすさまじく、馬は輪を描いて踊った。砂塵は空気を満たし、砂丘の上に長く留まるにつれ濃厚になった。ライダーはウォーターメン兄弟とヴァーリーに砂浜の北側を見張らせ、自分とスマイズは南に目を走らせた。

ライダーの懐中時計が七時を指すころには、陽はとっぷりと暮れていた。そろそろ合図があるはずだ。ライダーの胃は鉛でも詰めこまれたように重くなった。そもそも見通しが甘かったのかもしれない。砂漠を何百キロも横断して、約束の地点の数キロ以内にたどり着こうというのは。連中は百キロほど離れたところに来ているかもしれないではないか。

「あそこだ！」とスマイズが叫んで指さした。

ライダーは目を細めて闇を見据えた。砂丘からかなり離れた海岸に近い海上に、小さな赤い光の玉があった。それは一秒ほどで消えた。

地球の丸みのせいで、砂浜からだと五キロほど先までしか見えない。だが、砂丘の上にいるライダーには、どの方角も三十キロ先まで見えた。赤い光が打ちあげられた高さを計算に入れると、落ちあう場所は海岸の三十キロほど先だろう。広大な砂漠を旅してきて、目標地点が目に入るところへ到着したわけで、かなりいい仕事をしたと言ってよかった。

五人は四十八時間寝ていなかったが、この拷問の苦しみも終わりに近づいたと思った。報酬として莫大な富が手に入ると思うと、最後の段階で意気があがった。崖が広い砂浜を猛威をふるいつつある砂嵐から守っていたが、それでも砂は海に入り、波打ちぎわが濁った。白い波頭は茶色くなり、海は大量の砂を含んでねっとりしはじめたように見えた。

真夜中ごろ、百メートルほど沖に停泊している小さな船の灯火が見えた。船は石炭を焚く蒸汽船で、船体は鋼鉄製、全長約六十メートルの沿岸貨物船だった。上部構造物は船尾寄りにあり、すぐうしろに高い煙突が一本立っている。船の前部甲板には貨物倉のハッチが四つあり、二基のひょろ長いデリックで貨物の積み降ろしをする。砂が船腹に吹きつけているが、まだボイラーを焚いているかどうかは、ライダーにはわからなかった。月は雲に隠れており、煙突から煙が出ているかどうかも判然としない。

汽船に一番近い岸辺にやってくると、ライダーは鞍袋から小さな信号灯を出した。着火して頭上で振り、強風にあらがって声を振り絞った。ほかの者も声をかぎりに叫んだ。もうあと何分かで安全が確保されると信じきって。

船橋で探照灯がともり、光芒が渦巻く砂をつらぬいて五人のもとへ届いてきた。踊る光に馬が怯えた。まもなく救命艇が架台から海面におろされ、二人の熟練した漕ぎ手がぐんぐん漕ぎ寄せてきた。船尾にはもう一人の男が坐っている。救命艇がキールで砂を裂きながら波打ちぎわを越えてくると、ライダーたちはさっと駆け寄った。

「H・A、おまえか？」と声が飛んできた。

「ああ、おれだ、よく来てくれた、チャーリー」

英国商船ローヴ号の一等航海士、チャールズ・ターンボーが救命艇から飛びおりて、膝まで海に浸かった。「例の話は聞いたこともないような大ぼらなのか、それともほんとにやったのか？」

ライダーは鞍袋の一つを高く持ちあげて振った。だが、風の音があまりにもすさまじく、ダイヤモンド原石の打ちあう音は誰の耳にも聞こえなかった。「あんたが来たのは無駄足じゃなかったとだけ言っておくよ。どれくらい待った？」

「ここへ着いたのは五日前で、それから毎晩七時に信号灯を打ちあげた。おまえさんに言われたとおりな」

「船の経線儀を調べてみろ。一分遅れているから」それからライダーは互いの紹介をすることもなくこう言った。「じつはチャーリー、ヘレロ族の戦士が百人ばかり追ってきているんだ。さっさとここを離れて外海へ出られると嬉しいんだがな」

ターンボーは疲労困憊している一行を救命艇に乗りこませた。「あんたらを浜から連れだしてやることはできるが、外海に出るのはもう少したってからだ」

ライダーはターンボーの汚れた制服の袖に手をかけた。「どういうことだ？」

「引き潮のときに座礁したんだ。沿岸の海底砂州は形が変わりやすくてな。しかし、次の満潮で抜けだせるから心配するな」

「ああ、そうだ」救命艇に乗りこむ前に、ライダーは言った。「あんた拳銃を持ってないかな」

「うん？　なぜだ？」

ライダーは肩越しに、身を寄せあっている馬たちのほうへ小さく顎をしゃくった。馬たちは勢いを増しつつある嵐にいよいよ怯えている。

「船長が古いウェブリーを持っていたはずだ」

「悪いがとってきてくれないか」

「たかが馬じゃないか」と救命艇にうずくまっているヴァーリーが言った。

「あれだけのことをしてくれた連中だ。こんな地の果てにただ棄てていくんじゃ申し訳なさすぎる」

「とってくるよ」とターンボーが言った。

ライダーは救命艇を押しだしてやり、浜で馬たちと一緒に待った。馬たちに優しく話しかけ、頭や首をなでてやった。十五分後、ターンボーが戻ってきて、黙って拳銃をよこした。一分後、ライダーはゆっくりと救命艇に乗りこみ、不定期貨物船に向かうあいだ身じろぎもせずに坐っていた。

士官食堂に入ると、旅の仲間はたらふく食べ、水をがぶ飲みして、少し青い顔をしていた。ライダーはちびちびと水を啜って身体を慣らしていった。それからおもむろにシチューを口に運びはじめたとき、船長のジェイムズ・カービーがターンボーと機関長をお供に入ってきた。

「H・A・ライダー、あんたは猫よりたくさん命を持っているようだな（「猫に九生あり」という諺がある）」と船長は胴間《どうま》声《ごえ》をあげた。熊のような体格の男で、黒髪がみっしりと濃く、顎ひげは胸の半ばまで伸びていた。「あんた以外の人間がこんなばかなことを頼んできたら、寝言は寝て言えと突っぱねたところだ」

ライダーは船長と温かい握手を交わした。「あんたにはあれだけの報酬を約束したんだから、地獄が凍るときまでも待ってくれると思っていたよ」

「で、その報酬だが？」カービー船長は片眉を額の半ばまで吊りあげた。

ライダーは自分の鞍袋を床に置き、もったいぶった手つきでわざとゆっくり留め金をはずして、強欲な船長たちをじらした。垂れ蓋をめくりあげ、中に手を入れて、これがよかろうと思う原石を一つ取りだし、テーブルに置いた。船長たちがそろって息を呑んだ。食堂内には天井の吊り鉤からさがったランタンが二つともっているだけだが、その明かりでダイヤモンドがまばゆく照り輝き、一同を虹の中に包みこんだ。

「こんなところでどうかな」とライダーは無表情に言った。

「これなら少し釣りを渡してもいいくらいだ」カービー船長はため息交じりにそう言

い、初めてその原石に指を触れた。

　翌朝六時、ライダーは手荒く揺り起こされた。その手を無視して、狭い寝台で寝返りを打とうとした。この寝台はチャーリー・ターンボーのもので、彼が当直のあいだ使わせてもらっているのだった。「おい、H・A、起きろ」

「どうした？」

「たいへんなんだ」

　ターンボーの険しい声で一遍に目が醒めた。さっと寝台から降りて服に手を伸ばした。もたもた身につけるズボンとシャツから埃が立った。「どうしたんだ？」

「自分の目で見なきゃ信じられんだろうよ」

　ライダーは嵐がいっそう強く吹き荒れているのに気づいた。風は鋭い爪と牙で襲いかかる猛獣のように吠えながら、船全体を揺るがしていた。ターンボーのあとから船橋にあがる。窓から灰褐色の光がにじみこんでいるが、ほんの四、五十メートル先にある船首はほとんど見えなかった。ライダーは何が問題かを即座に見てとった。嵐が大量の砂を甲板に積み、その重みで船は満潮になっても浮くどころか逆に海底に押しつけられているのだ。おまけに昨夜までは砂浜と船の距離は百メートルほどあったのに、今は五十メートルもない。

カラハリ砂漠と大西洋は永遠の領土争いを今まさに熾烈に繰り広げていた。波の浸食作用と、海に注ぎこむ途方もない大量の砂の戦いだ。その戦いは有史以前から続き、海岸線の形をたえず変えてきた。今は岸を削ろうとする潮流の弱まりを衝《つ》いて、砂が一メートル、十メートル、さらには一キロと砂漠を広げようとしている。この闘争のさなかには、一隻の船の運命など一顧だにされないのだ。

「砂を棄てるのに猫の手も借りたい」とカービー船長が陰鬱な声で言った。「しばらく嵐がやまないとしたら、陽が暮れるまでに船は陸に閉じこめられてしまう」

ターンボーは乗組員を、ライダーは仲間たちを、それぞれ呼び集めた。そして罐焚《かまた》き用のシャベル、厨房の鍋、船長用浴室の腰湯盥《だらい》などを持って荒れ狂う砂嵐の中に出た。風が強く、襟巻きで口を覆っているので、言葉を交わすのがほぼ不可能ななか、全員で甲板の砂を必死で海に棄てた。誰もがはげしく毒づいた。砂を舷側からぶちまけても、全部顔に吹き戻されてくるように思えるからだ。

まるで潮流を押しとどめようとするようなものだった。一つのハッチの上からなんとか砂を除去しても、かわりにほかの三つを覆う砂が倍になった。ライダーたち五人と二十人の乗組員は広大な砂漠を渡ってきた砂嵐の敵ではなかった。視界はほぼ閉ざされ、四方八方からローヴ号に襲いかかる砂に、みなぎゅっと目をつぶり、何も見えなかった。

一時間、必死に作業を続けたあと、ライダーはターンボーに言った。「こんなことはむだだ。嵐が静まるのを待つしかない」耳に口をつけて話しても、風の絶叫に消されてターンボーには聞きとれず、同じことを三度繰り返さなければならなかった。

「あんたの言うとおりだ」ターンボーも納得して、二人で男たちを呼び集めた。

みんなは身体からざらざら砂を流しながら、這々《ほうほう》の態《てい》で船内に入った。最後にハッチをくぐったのはライダーとジョン・ヴァーリーだ。ライダーのほうは全員の無事を確かめたいという義務感からだったが、ヴァーリーは、それが自分の得になるとわかっているときは粘りに粘る習性を持っているからだった。

階段昇降口にいても風の唸りはすさまじく、互いの声が聞きとりにくかった。

「ああ、こんなこと、もう早く終わってくれ」ピーター・スマイズは自然の猛威に怖れおののいて、泣きそうになっていた。

「みんな戻ってきたか？」とターンボーが訊く。

「ああ、そのはずだ」ライダーは壁にぐったりもたれた。「あんたのほうは人数をかぞえたか？」

ターンボーが数えはじめたとき、ハッチが外側から鋭く叩かれた。

「おい、まだ誰か外にいるぞ」と誰かが叫んだ。

一番近くにいたヴァーリーが留め具をはずして扉を開ける。風が扉をぱっと引き開け、突風が飛びこんできた。ハッチがぶつかった壁から塗装がはげ落ちる。外には誰もいないようだった。何かの装備がはずれて扉に当たったのだろう。

ヴァーリーが身を乗りだして扉の取っ手をつかみ、引き戻して閉めようとする。とそのとき、掌ほどの長さの銀色のものが、ヴァーリーの背中から飛びだした。それは槍の穂で、根もとから血が滴り落ちた。槍が引き抜かれると、血飛沫《ちしぶき》が飛び、近くにいる者たちをぎょっとさせた。ヴァーリーは身体をひねって床にどうと倒れた。口を動かすが、言葉は出ず、シャツが深紅に染まっていく。鳥の羽根と腰布だけを身に帯びた黒い亡霊のようなものが、槍を手にヴァーリーの身体を乗り越えてきた。背後にはさらに多くの人影が襲いかかろうと待ち構え、嵐の音に負けない雄叫びをあげた。

「ヘレロ族だ」ライダーが観念したようにつぶやいたとき、戦士の集団が船内になだれこんできた。

それは百年に一度自然が生みだす怪物じみた砂嵐であり、一週間以上暴れに暴れて、アフリカ南西部の海岸の形を変えてしまった。隆々たる砂丘が均《なら》される一方で、新たにいくつもの砂丘がうずたかく盛りあがった。かつて湾だった場所には巨大な砂の岬ができて、南大西洋の冷たい海原に突き刺さった。カラハリ砂漠は天敵である海との戦いで勝ち星をあげ、場所によっては十キロ以上も陸地を押しだした。地図作成者は、南北数百キロにわたる海岸線の描き直しを迫られるだろう。このような荒涼たる土地の地図に関心を持つ者がいるとすればだが。ともあれ船乗りたちは、この剣呑《けんのん》な海岸には船を近づけないのが得策と知ることになる。

公式の記録には、英国商船ローヴ号は難破したとある。それは真実から遠いわけではない。だが、ローヴ号は海底に沈んだのではなく、十九キロほど内陸の、厚さ数十メートルの純白の砂の下に埋まったのだった。冷たいベンゲラ海流に洗われるこの海岸は、骸骨海岸《スケルトン・コースト》と呼ばれている。

## 2

〈メリック・シンガー研究所〉
スイス、ジュネーヴ
現在

スーザン・ドンレヴィーはハゲタカのように背を丸めて坐り、顕微鏡を覗いて、スライドガラスの上で起きていることを観察していた。まるで死すべき人間たちの振る舞いを見て楽しむギリシャ神話の神のようだが、ある意味ではそのとおりだった。スライドガラスに載せてあるものは、彼女自身が創造したもの——神々が土で人間を創ったようにして命を吹きこんだ人工有機体だからだ。

スーザンはその姿勢のまま一時間近く動かなかった。今見ているものに心奪われ、こんなに早い段階で有望な結果が出たことに驚いていた。それから、科学的には見込みが薄いが、自分の直感を信じて、スライドガラスを顕微鏡から隣の作業台に移した。部屋を横切り、壁ぎわにでんと据えられた実験室用保冷庫の前へ行って、きっかり摂氏二十度に保たれた水の入った一ガロン容器を一つ取りだした。

水は採取されてすぐ研究所まで空輸されるが、保存期間は二十四時間である。つねに新鮮な水のサンプルを用意しておかなければならず、それがこの実験の費用の大きな部分を占めている——その額は遺伝子配列解析の費用に肉薄するほどだ。

スーザンは容器の蓋をとり、海水のつんとくる潮の香りを嗅いだ。スポイトを差しこんで、水を少量吸いあげ、新しいスライドガラスの上に一滴落とす。それを顕微鏡にセットして、極微の世界を覗きこむ。海水は生命に満ちていた。数ミリリットルの中に、おびただしい動物プランクトンや植物プランクトンが浮遊していた。海の食物連鎖で最初の段階に位置する者たちだ。

今見ている微生物は、さっきまで観察していた有機体と似ているが、遺伝子操作は受けていない。

海水のサンプルが輸送途中に変質していないのを確認すると、それをビーカーに注いだ。目の上にかざすと、蛍光灯の列のまばゆい光を背景に、比較的大きめのプランクトンが肉眼で見えた。仕事に没頭しているスーザンは、実験室のドアが開く音に気づかなかった。そもそもこんな夜遅くに誰かが来るとは思っていなかったのだ。

「それは何かね?」という声にぎくりとして、スーザンは危うくビーカーを取り落としそうになった。

「ああ、メリック博士。いらっしゃったんですか」

「きみだけでなく、会社のみんなに言っているはずだよ。どうかジェフと呼んでくれたまえ」

スーザンは軽く眉をひそめた。ジェフリー・メリックは悪い人ではないが、馴れ馴れしいところが好きになれない。数十億の財産を持っていても、そんなことは研究員たちとの関係になんの影響もないはずだという振る舞いが、かえってこちらには居心地悪いのだ。〈メリック・シンガー研究所〉の研究員はみな、まだ博士論文に取り組んでいる科学者のひよこばかりなのだから。メリック博士は五十一歳だが、若々しい体型をよく保っている。これは一年中スキーをするおかげであり、スイス・アルプスに夏が来ると、雪を求めて南アメリカまで出かけていく。外見には過度に気をつかう男で、顔の膚《はだ》が妙につるりとしているのは皺取り美容整形のたまものだ。メリックは化学博士だが、久しい以前から自分ではもう研究はせず、自分と元のパートナーの名を冠した会社組織の研究所を管理運営している。

「これはきみの主任が何カ月か前にわたしに呑ませた、例のとりとめもないプロジェクトなのかな?」メリックはスーザンからビーカーを受けとり、中身を見た。

早く出ていってもらうために嘘をつくというわけにもいかず、スーザンは正直に答えた。「そうです、博士。いえ、ジェフ」

「話を聞いたときは面白いアイデアだと思ったが、何に使えるのかはさっぱり見当がつかないね」メリックはビーカーを返した。「しかしまあ、われわれの仕事はそういうものだろう。思いつきを追求してみて、何が出てくるか見てみる。で、調子はどうかね?」

「まずまずだと思います」スーザンは不安でいっぱいだった。気さくな人柄だとはいえ、博士はやはり怖い存在だ。もっとも、正直に言うと、スーザンには誰も彼もが怖い。直属の上司も、アパートの家主であるおばさんたちも、毎朝コーヒーを飲むカフェのカウンター係の男も。「これから非科学的な実験をやってみるところです」

「なるほど。ではちょっと見せてもらおう。続けてくれたまえ」

手が震えだしたので、スーザンはビーカーをスタンドに載せた。まずは遺伝子操作をした植物プランクトンのスライドガラスをとる。それから新しいスポイトで海水のサンプルを吸いあげ、それをビーカーに注いだ。

「これがどういう研究なのか忘れてしまったよ」スーザンのすぐ脇からメリックが言った。「これから何をやるんだ？」

スーザンは間近に立たれている居心地悪さを、小さな身じろぎでごまかした。「ご存じのように、珪藻類《けいそうるい》は細胞壁に珪酸を含んでいます。わたしがやったのは、というか、やろうとしているのは、この細胞壁を溶かして、小腔内の細胞液の濃度を高める方法を見つけることです。わたしが手を加えたプランクトンは海水中の天然の植物プランクトンを攻撃して、猛烈に自己複製を始めるはずで、うまく行けば……」そこで言いさして、片手に防護手袋をはめ、ビーカーを手にとった。それをスライドガラスの上で傾けると、液体はさらりと流れでるかわりに、食用油のようにねっとりとガラスの内側をつたった。スーザンは液体がテーブルにこぼれないうちにビーカーをまたまっすぐにした。

メリックは拍手をした。まるで手品を見せられた子供のような喜び方だ。「水をとろりとさせたね」

「ええ、まあ。プランクトンが結合しあって、自分たちの細胞液の中に水を取りこんだんです。水は水のままで、ただ混ざっているだけです」

「これはすごい。たいしたものだ、スーザン。たいしたものだよ」

「まだ完全に成功したわけではありません」とスーザンは念を押した。「これは発熱反応ですから、液体は六十度くらいになります。だからこの厚い手袋をはめました。ゲルが溶解するのは二十四時間たってからです。そのときに遺伝子操作したプランクトンが死ぬんです。ゲル化のプロセスは説明できていません。化学反応であることは間違いないでしょうが、それの止め方もわかりません」

「いや、とにかくこれはすばらしい第一歩だよ。きみはこれをどう実用化できるか、何か考えを持っているんじゃないかね？　水をドロドロにしてみようなんて、漫然と考えるはずがない。ダン・シンガーとわたしが有機化学的に硫黄を吸収する方法を発見しようとしたのは、火力発電所の硫黄酸化物排出を減らせるかもしれないと考えたからだ。きみのプロジェクトにも何かそういう動機があるはずだよ」

スーザンは驚いた。が、考えてみれば、ジェフリー・メリックの今日あるのは、鋭い洞察力のおかげだ。「ええ、そのとおりです。鉱山の沈殿池とか、浄水施設とか、石油流出事故対策とか、そういったことです」

「ああ、そうか、きみの履歴書を思いだしたぞ。たしかアラスカ出身だったね」

「はい、シューアドの出です」

「エクソン・ヴァルデス号がプリンス・ウィリアム湾で座礁して大量の石油を流出させたとき、きみはたぶん十代の初めごろかな。あの事故はきみやきみの家族にとっても大事件だったはずだ。きっと衝撃を受けたんだろう」

スーザンは肩をすくめた。「というわけでもないんです。うちは小さなホテルをやっていて、除去作業をする人たちが大勢泊まったので、まあ儲かったというか。ただ友達の親の中には何もかも失くしてしまった人たちもいました。わたしの親友も、親が離婚してしまったんです。缶詰工場で働いていた父親が失業したせいで」

「では、この研究は個人的に切実なものというわけだ」

スーザンは独り決めするような言い方にむっとした。「環境問題に関心があるなら、誰にとっても個人的に切実だと思いますけど」

メリックは笑みを浮かべた。「いや、言っている意味はわかるだろう。親を白血病で亡くしたので癌の研究をするとか、子供のころ家が火事で全焼したから消防士になるとか、そういうのと似ている。きみは子供時代の辛い思い出と戦っているんだ」スーザンが何も言わないのを、メリックは肯定の返事と解釈したようだった。「敵討ちが動機というのは悪いことじゃないよ、スーザン。癌や、火事や、悪夢のような環境破壊への敵討ちというのはね。ただ給料をもらうためにやるのより、仕事に身が入るから。たいしたものだと思うよ。そして今夜見せてもらったものから判断すると、研究は順調に進んでいるようだ」

「ありがとうございます」スーザンは控えめに言った。「でも、まだまだやることがあります。何年もかかるかもしれません。まあ、わかりませんけど。ビーカー一個のサンプルから流出石油の除去までの道のりは長いですから」

「アイデアをとことん突きつめるんだね。わたしに言えるのはそれだけだ。必要なだけ時間をかけて、あらゆることを試してみるんだ」ほかの人間が言えば陳腐に聞こえるだろうが、ジェフリー・メリックの口から出た今の言葉は誠意と確信に満ちていた。

メリックが部屋に入ってきてから初めて、スーザンは相手と目を合わせた。「ありがとうございます……ジェフ。とても励みになります」

「楽しみだよ。硫黄酸化物除去剤を開発して以来、わたしは環境保護運動に憎まれている。わたしの発明は環境汚染を根絶するのに充分ではなく、かえって温存しているというのでね。きみがわたしの名誉を挽回してくれるかもしれない」メリックは微笑み、実験室を出ていった。

スーザンはまたビーカーや試験管のもとに戻った。手袋をはめた手でビーカーを取りあげ、ふたたびスライドガラスの上でゆっくりと傾けた。遺伝子操作をした植物プランクトンを加えてから十分が経過した今、海水は糊《のり》のようにビーカーの底に付着していた。熱いビーカーを完全に逆さまにしたとき初めて、冷やした糖蜜のようにゆっくりと下に向かって垂れはじめた。

スーザンは子供のころに見た瀕死のラッコやカモメを思いだしながら、実験を反復した。

# 3

## コンゴ川
## マタディー南郊

その廃園となったプランテーションも、川岸に沿った長さ九十メートルの木製の横桟橋も、いずれジャングルに呑みこまれるだろう。一キロ内陸にある母屋はすでに木材の腐敗と植物の侵食に降伏している。栈橋が川に流され、近くにあるトタン造りの倉庫が倒れるのも、時間の問題だ。倉庫の屋根は脊椎湾曲症の馬の背中のようにたわみ、波型トタン板の壁はペンキがはげて錆《さび》の疥癬《かいせん》に冒されている。そこは幽霊が出そうな荒涼とした場所であり、満月に近い月のミルク色の光に浸されていてさえ物侘《ものわ》びしさが和らぐことはない。

今その桟橋に、大型の貨物船が接近していた。その船体に比べれば、大きな倉庫も小ぶりに見えた。船は船首を川下に向け、機関を逆転させてうしろに進んでいる。扇形船尾が流れに逆らって白い波を立てる。コンゴ川は部分的な逆流と渦で悪名高く、船体のバランスをとるのは微妙な作業だ。

船長はトランシーバーを口もとに掲げ、反対側の腕を大きく振っていた。右舷の船橋ウィング（船橋〔操舵室〕の左右に張りだした部分）を行きつ戻りつしながら、大声で操舵手と機関員に微調整を指示する。全長百七十メートルの船を正確に接岸させるため、機関員はスロットルを小刻みに動かしていた。

桟橋には黒っぽい作業服姿の男たちが立ち、接岸作業を見守っていた。一人を除いて全員がAK‐47突撃銃を持っている。例外の一人は腰に大きなホルスターを着け、革製の乗馬鞭で自分の脚を軽く叩いている。そして夜だというのにパイロット用のミラーグラスをかけていた。

貨物船の船長は大柄な黒人で、剃りあげた頭にギリシャの漁師の帽子をかぶっていた。胸と腕の隆々たる筋肉が制服の白いシャツを張りつめさせている。船橋ウィングで船長のそばに立っているもう一人の男は、背は若干低いが同じく筋骨たくましく、船長以上に指揮者の雰囲気を漂わせていた。警戒怠りない目から威厳を放ちながらも、身のこなしには力みのない余裕がある。船橋《ブリッジ》は上部構造物の三層目にあるので、そこで交わされる会話は桟橋からは聞こえない。船長がもう一人の脇腹をついた。その男は微妙な操船よりも下にいる武装集団のほうに注意を向けていた。

「われらが反乱軍の指揮官は、いかにも反乱軍の指揮官という感じですね、会長？」

「乗馬鞭からミラーグラスに至るまでね」と会長は応じた。「もちろん、われわれも役柄をしっかり演じきって、正体を悟らせることはしないがね、リンカーン船長。そのトランシーバーを使った小芝居はなかなかのものだよ」

フランクリン・リンカーンは大きな手で握っている装置を見た。それには電池すら入っていない。リンカーンは低く笑った。アフリカ系アメリカ人の上級乗組員のうち最高位にある彼は、本当の船長であるファン・カブリーヨから、今回の作戦のために船長役をおおせつかっていた。コンゴ革命軍の指導者サミュエル・マカンボがよこす部下は、船長の膚の色が自分と同じであるほうが気を許すだろうと、カブリーヨは踏んだのだ。

リンカーンはまた手すり越しに下を見おろし、船体が安定していることに満足した。

「ようし」と夜の闇の中へ叫んだ。「船首尾のロープで船を係留しろ」

船首と船尾の甲板員が、太いロープを錨鎖孔に通して下におろした。栈橋にいる指揮官のうなずきを合図に、二人の兵士が銃を肩にかけ、ロープを錆で覆われた係船柱にくくりつけた。巻き上げ機がロープのたるみをとると、大型貨物船は栈橋に取りつけられた緩衝材の古タイヤに優しくキスをした。船尾では流れに抗して逆転を続けるスクリューがなおも水を泡立てている。機関を停止させれば、船は腐りかけた木の栈橋から係船柱をもぎとって下流に向かって漂いはじめるはずだ。

カブリーヨはすばやく目を走らせて、船体の安定度、位置、川の水流、風の状態、操舵の具合、機関の出力を点検し、満足すると、リンカーンにうなずきかけた。「じゃ、取引をしにいこうか」

二人は船橋に入った。中は二つの赤い常夜灯で照らされ、それが地獄めいた雰囲気を醸しだしており、老朽化の印象をいっそう強めていた。床のリノリウムは洗われた形跡がなく、あちこちひび割れ、隅がはがれて浮いている。窓ガラスの内側は埃で汚れ、外側の周縁には塩がこびりつき、窓敷居はさながら昆虫の墓場だ。曇った真鍮のエンジン・テレグラフは久しい以前から針の一本が折れ、舵輪は取っ手がいくつかとれている。この船には現代的な航海補助装置がほとんどなく、船橋のうしろの部屋に備えてある無線機も、せいぜい二十キロ先までしか電波が飛ばない。

カブリーヨは舵輪を握っている男にうなずきかけた。四十代前半の中国系の熱血漢が、にやりと笑いを返してきた。カブリーヨとリンカーンは、ところどころに鉄枠で囲われたワット数の低い電球がともっているだけの階段を降りた。まもなく主甲板に出ると、べつの乗組員が数人待っていた。

「ジャングルの宝石商を演じる用意はできているか、マックス?」とカブリーヨは一人に声をかけた。

マックス・ハンリーは六十四歳、乗組員の中では上から二番目の年齢だが、その年齢は外見にだけ表われているにすぎない。赤褐色の髪は頭蓋のすそにだけ残り、腹が少々出ているが、格闘の実力は相当なものである。カブリーヨとは、この不定期貨物船を所有する会社〈コーポレーション〉が設立されたときからのつきあいだ。二人の遠慮のない友情は、幾多の危険をともに乗り越えてきたことから来る互いへの敬意に裏打ちされている。

ハンリーは傷みのはげしい甲板からアタッシェケースを取りあげた。「こういう警句があるだろう――〝ダイヤモンドは傭兵の一番の親友〟」

「そんなの聞いたことないですね」とリンカーン。

「それがあるんだな」

この取引は一カ月前から、偽装組織を通じた連絡や秘密の会見を重ねて準備してきた。取引の内容は単純明快で、百グラムのダイヤモンド原石と引きかえに、AK-47突撃銃を五百挺、ロケット推進擲弾《RPG》二百発とその発射機五十挺、それにワルシャワ条約機構の制式弾薬だった七・六二ミリ弾五万発を、サミュエル・マカンボ率いるコンゴ革命軍に供給するというものだ。マカンボは定期貨物船になぜそれだけの武器を調達できるのかを訊かなかったし、カブリーヨのほうでも、マカンボがそれだけのダイヤモンド原石を手に入れた方法は知りたくない。もちろん世界のこの地域での話だから、革命運動に貢がされる奴隷的労働者たちの血に染まったダイヤなのだろう。革命軍は十二、三歳の少年も強制的に兵士にするので、人員よりも武器を必要としている。今回の買い物で、脆弱な今の政権を転覆させる目論見にかなりの見込みが出てくるはずだ。

乗組員の一人が舷梯《げんてい》を渡すと、リンカーン、カブリーヨ、ハンリーが桟橋に降りた。リンカーンが先頭だ。軍団から指揮官が離れて、リンカーンに近づき、切れのいい敬礼をした。こちらは漁師の帽子に軽く指を触れて答礼する。

「リンカーン船長、わたしはコンゴ革命軍のライフ・アバラ大佐だ」アバラの英語にはフランス語と母国語のアクセントが混じっていた。声は妙に平板で抑揚がなく、人間味が感じられない。ミラーグラスをはずさず、相変わらず鞭で迷彩ズボンの縫い目を軽く叩いていた。

「どうも、大佐」リンカーンは両手をあげ、大佐の副官から身体検査を受けた。

「われらが最高指導者、サミュエル・マカンボ将軍から、よろしくとのことだ。自分で来られなくて申し訳ないと」

マカンボは長年にわたる反乱を、ジャングルの奥深くの秘密基地から指揮していた。武装蜂起以来、公の場には姿を見せない。政府による司令部への潜入工作はすべて阻止し、マカンボ暗殺の命を受けて革命軍に志願してきた十人の精鋭兵士も殺した。この男のせいで多くの血が流されてきたにもかかわらず、オサマ・ビン・ラディンや、ペルーの極左組織センデロ・ルミノソの指導者アビマエル・グスマンと同様、不屈のイメージによってカリスマ性をいっそう強められるのである。

「商品は持ってきてくれたな」とアバラは言ったが、それは問いではなかった。

「すぐ見せますよ。ここにいるわたしの友人が原石の検査をすませたら」リンカーンは軽い手ぶりでハンリーを示した。

「もちろんだ」とアバラ。「こっちへ来てくれ」

栈橋にはテーブルが一つ据えられ、携帯発電機でライトが点灯されていた。アバラは椅子の一つにどっかりと坐り、鞭をテーブルに置いた。その前には黄麻布の袋が一つ置かれている。袋には飼料会社のフランス語の名前が印刷されている。マックス・ハンリーがアバラの向かいに腰をおろして、アタッシェケースを開いた。中から電子秤、較正用の分銅、透明な液体の入ったプラスチック製メスシリンダー数個を取りだす。それから数冊のノート、シャープペンシル、小型電卓も。アバラのうしろに数人の兵士が立ち、ハンリーの背後にはそれより多くの兵士が立った。またカブリーヨとリンカーンのそばにも二人立ち、大佐からちょっとした合図があれば即座に射殺できる態勢をとった。一同の上には暴力の予兆が低く垂れこめ、夜の湿った空気に緊張がみなぎる。

アバラは片手を黄麻布袋にかけたまま、リンカーンに目をやった。「船長、そろそろ誠意を示してくれてもいいんじゃないかな。武器が入っているコンテナを見たいものだ」

「それは取り決めのうちにはないから」リンカーンが微量の不安を声に含ませると、アバラの副官がせせら笑った。

「だから、誠意を示してくれればいいんだよ」アバラは声に脅しをこめて続けた。

「友好のしるしを見せてくれれば」袋から手を離して人さし指を立てると、闇の中からさらに二十人の兵士が現われた。アバラの手の一振りで、その者たちはまたすっと消えた。「今あんたらを殺して武器を奪うこともできた。それをやらなかったのが、こちらの友好のしるしだ」

やむなくリンカーンは船のほうを向いた。手すりぎわに甲板員が一人立っている。片手を頭上でぐるぐるまわすと、甲板員が手を振り、まもなく小さなディーゼル機関が唸りだした。船首に三基あるデリックの中央の一基が軋り音を立てる。太いケーブルが錆びた滑車を回しながら、貨物船倉から重い貨物を引きあげはじめた。それは四十フィート・コンテナで、日々海上を輸送されている無数のコンテナとまったく変わりがない。ハッチの上に出たコンテナは手すりのほうへ振り向けられ、甲板におろされた。二人の甲板員が扉を開けてコンテナの中に入る。合図の声が飛び、コンテナはふたたび吊りあげられ、手すりを越えて船の脇へおろされたが、桟橋の二百五十センチほど上でとまった。

コンテナの中にいる二人がフラッシュライトで積荷を照らした。壁ぎわにはAK－47を収めたラックが並び、中で黒い金属が油光りしている。それから濃緑色の荷箱も見える。甲板員が一つを開き、兵器展示会のモデルよろしく空のRPG発射機を肩に担いでみせた。革命軍の若い兵士二人が歓声をあげる。指揮官のアバラも思わず口の端をひくひく吊りあげずにはいられなかった。

「友好のしるしはここまでだ」リンカーンがそう言うと、コンテナから二人の甲板員が飛びおりて、船に戻っていった。

アバラは無言で袋の中身をテーブルの上に出した。カットされ研磨されたダイヤモンドは最高の屈折率を誇る物質であり、白い光を虹色に分けてまばゆい光輝を放ち、大昔から人々の欲望をかき立ててきた。だが、原石の状態ではさほど見映えのするものではない。卓上の石の小山は煌きを見せることもなく、不恰好な水晶の塊のように地味だった。二つのピラミッドが底と底で癒着した形が一番多いが、そのほかは決まった形のない小石だった。色は透明から濁った黄色までさまざまで、形の整ったものもあるが、多くは面が不規則に割れていた。それでもカブリーヨとハンリーは、どれも一カラット以上あることをすぐに見てとった。ニューヨークやテルアヴィヴやアムステルダムへ持っていけば、コンテナの武器全部をはるかに超える値がつく。だが、商取引というのはそういうものだ。革命軍は、ダイヤモンドならいくらでも手に入るが、武器はそうではない。

ハンリーの手は自然と一番大きい石に伸びた。少なくとも十カラットはある。加工すれば四、五カラットになり、色と透明度にもよるが、四万ドルくらいにはなるだろう。ハンリーはいろいろな角度で石に光をあてて、宝石鑑定ルーペで観察した。口を引き結んで酸っぱそうな顔をしている。何も言わずにその石を置き、べつの石を調べ、またべつのを調べる。期待はずれだというように二度舌打ちをしてから、シャツの胸ポケットから読書眼鏡を出した。それを鼻先に載せ、レンズを通さずに失望の目でアバラをちらりと見ると、ノートの一冊を開いてシャープペンシルで線を二本引いた。

「何を書いてるんだ？」アバラはいかにも専門家らしいハンリーの見せる挙動に不安を覚えたようだった。

「これは宝石にするより道路舗装の砂利にしたほうがよさそうだ」ハンリーはオランダ語の硬い響きで声を尖らせて答えた。アバラはその侮辱に席を蹴立てて立ちそうになったが、ハンリーが手ぶりで抑えた。「しかし、今の予備検査の結果だけで言うと、われわれの取引には充分な品質だと思う」

ハンリーはズボンのポケットからトパーズの平たい板を出した。表面は引っかき傷だらけだ。「きみも知ってのとおり」と講義口調で言う。「ダイヤモンドは地球上で最も硬い物質だ。モース硬度は十。ところで、素人にダイヤモンドと思わせてボロ儲けをたくらむ連中が使うのは石英で、硬度は七だ」

同じポケットから八角柱の水晶、すなわち石英の結晶を出した。ハンリーはそれを力いっぱいトパーズにこすりつけたが、なんの痕跡も残らなかった。「ほら、トパーズは石英より硬いから傷がつかない。トパーズの硬度は八なんだ」それから、小さめのダイヤモンド原石を一つ手にとり、トパーズの板にこすりつけた。ガリガリッと音がして、青いトパーズに深い引っかき傷が残った。「これでこの石がモース硬度八より硬いことがわかったわけだ」

「ダイヤモンドだからな」とアバラは気取った口調で言った。

ハンリーは反抗的な生徒から口答えされた教師のようにため息をついた。宝石学の専門家を演じるのを楽しんでいる。「いや、鋼玉かもしれない。モース硬度九のね。ダイヤモンドと確定するには比重を測定する必要がある」

アバラはダイヤモンド原石を売ったことが何度もあり、その値打ちはよく知っているが、科学的知識はほとんどない。今の言葉は期せずしてアバラの好奇心を刺激したようだった。「比重というのはなんだ?」

「ある物の重さと、それと同じ体積の水の重さの比だよ。ダイヤモンドの比重は三・五二」ハンリーは電子秤を目の前に置き、ビロードで内張りした箱から真鍮の分銅を出して秤の較正を行なった。目盛りが正しく調整されると、ハンリーは一番大きい石を台に載せた。「二・二五グラム。十一・二五カラットだ」メスシリンダーの一つをとり、栓をはずして石を中に落とした。石に押しのけられた水の体積をノートに書きこみ、電卓を叩いて比重を出す。その数字を見て、ハンリーはライフ・アバラ大佐を睨みつけた。

アバラは憤慨して目をむいた。兵士たちがさっと動き、カブリーヨの背中にも銃口が押しつけられた。

ハンリーは突然の険悪な空気にも動じず、ふっと表情を和らげ、口もとに笑みを含ませた。「三・五二。諸君、これはダイヤモンドだ」

アバラ大佐はゆっくりと椅子に腰を戻し、拳銃の引き金にかけた指から何オンス分かの圧力を減じた。カブリーヨはハンリーを蹴飛ばしてやりたかった。演技過剰だぞ、マックス。

ハンリーはさらに八つの原石を無作為に調べて、同じ結果を得た。

「こちらは約束を守った」とアバラが言った。「武器の代金に百グラムのダイヤモンド原石を持ってきたんだ」

ハンリーがなおも原石を調べているあいだ、リンカーンはアバラをコンテナのそばへ連れていき、船上の甲板員に荷を桟橋におろせと手ぶりで命じた。重みを受けて桟橋の木材が軋んだ。アバラは五人の兵士を連れてコンテナの中に入った。フラッシュライトで照らしながら、あちこちのラックからAK－47を十挺と弾薬を百発ほどとった。鉈《なた》を使って弾薬を包んでいる蠟紙を破る。

リンカーンは兵士たちが妙な動きをした場合に備えて、アバラのそばから離れないようにした。兵士たちは丁寧な手つきで、ぴかぴかの真鍮の弾薬をAKのバナナ型弾倉にこめていく。ぶかぶかのスウェットシャツの下に防弾衣を着けているカブリーヨも、同じ理由でハンリーのそばに張りついていた。兵士たちはそれぞれの突撃銃を十発ずつ撃った。三点連射を二回と、単射を四回。廃倉庫の壁に釘でとめた標的を慎重に狙った。銃声は川面を渡り、何十羽もの鳥が夜空に飛び立った。兵士の一人が標的のところへ走り、好成績を報告した。アバラが唸るような声でリンカーンに言った。

「よし。大変けっこうだ」

テーブルではハンリーが検査を続けていた。黄麻袋を秤に載せて、重さをノートに書きこむ。それから、兵士たちの監視のもと、柄の長いスプーンで原石を袋に戻しはじめた。それが終わると、また袋を秤にかけた。電卓で袋だけの重さを割りだす。ハンリーは肩越しに振り返ってカブリーヨにささやいた。「八カラット足りない」

品質にもよるが、八カラットなら数十万ドルに相当する。カブリーヨは肩をすくめた。「生きてここを出られるだけで幸せだ。細かいことは目をつぶろう」そう答えて、リンカーンのほうを向いた。リンカーンはアバラと一緒に、歴戦の古参軍曹といった感じの兵士がRPG発射機を調べるのを見ている。「リンカーン船長、ボマの港湾はいつまでも停泊場所を押さえておいちゃくれない。そろそろ出発しましょう」

リンカーンがこちらを向いた。「わかった、ミスター・カブリーヨ。ありがとう」またアバラに目を戻して、「もっと商品があればいいんだがね、大佐。これが手に入ったのは予想外のことだったんだ」

「もしまた予想外のことが起きたら、われわれに連絡してくれ」とアバラ。

リンカーンがアバラと一緒にテーブルに戻ってきて、ハンリーに訊いた。「仕事は終わったかい」

「ええ、船長。万事オーケーです」

アバラの笑みがさらにニヤニヤと嫌らしいものになった。数の力で威圧して事前の約束より不利な条件を押しつけられると踏んで、わざとダイヤモンド原石を減らしておいたのだ。抜いた原石はシャツのポケットに入っている。それは長旅を経て金に変わり、アバラが保有するスイスの秘密口座に振りこまれるだろう。

「では出発しよう、諸君」リンカーンはダイヤモンド原石の袋をハンリーから受けとり、舷梯のほうへ歩きだした。その大股の歩みを、カブリーヨとハンリーが急ぎ足で追った。だが、舷梯へたどり着く前に、アバラの部下たちが行動を開始した。二人が先回りをして舷梯ののぼり口をふさぐと同時に、ジャングルから数十人の兵士が飛びだしてきて、空に向かって銃を発射しながら大声で叫んだ。十数人がコンテナにとりつき、デリックのフックをはずそうとする。

〈コーポレーション〉の面々がこれを予想していなかったなら、騙し討ちは完全に成功していただろう。

アバラが攻撃命令を出す直前に、カブリーヨとリンカーンは駆けだし、舷梯ののぼり口にいる二人の兵士に襲いかかった。二人の兵士は銃を持ちあげる暇もなかった。リンカーンは体当たりで一人を船と桟橋のあいだの海に落とした。カブリーヨはもう一人の喉に、吐きそうになる程度の手刀突きを食わせる。その兵士が咳きこむと、カブリーヨはAK-47をもぎとり、銃床を相手の腹に突き立てた。兵士は倒れて胎児のように身体を縮めた。

カブリーヨは身をひるがえして弾幕射撃をし、舷梯を渡るハンリーとリンカーンを掩護した。それから自分も舷梯に飛び乗る。手すりの下のボタンを押すと、舷梯の先端一・五メートル分が鋭くはねあがった。船腹は堅固で、舷梯の先端は九十度に立っており、三人は兵士たちの浴びせる銃弾から安全に守られていた。弾丸は頭上を飛んで船腹に当たり、あるいは舷梯の先端にはね返される。カブリーヨたちは装甲された盾の陰で身を縮めていた。

「これを予想していないとでも思ったのかね」銃声と着弾音の響くなか、ハンリーが平然とした口調で言った。

船内の操作係が舷梯を桟橋から持ちあげはじめると、三人は急いで船内に駆けこんだ。カブリーヨは芝居の役柄を捨て、ただちに指揮官の任に当たった。壁に取りつけたインターコムのボタンを押す。「状況報告を、ミスター・マーフィー」

船内の奥深くで、兵器部員のマーク・マーフィーが、五基のクレーンに設置した監視カメラからの映像をモニター画面で見ていた。

「舷梯は収納完了、まだ銃を発射しているのは二名のみ。アバラは攻撃を目論んでいる模様。百名ほどを集合させ、指示を出しています」

「コンテナはどうなっている？」

「ロープはほとんどはずされています。待ってください。ああ、終わったようです。当方とは切り離されました」

「ミスター・ストーンにずらかる用意をするように言いたまえ」

「あー、会長」マーフィーがためらいがちに言う。「まだ係船柱にロープがつないでありますが」

カブリーヨは耳の血を指でこすりとった。弾丸が飛ばした塗膜片で小さな傷ができたのだ。「引きちぎれ。わたしもそちらへ行く」

貨物船は朽ちかけた桟橋といい勝負の老朽船に見えるが、じつは乗組員以外にはごく少数の者しか知らない秘密を隠していた。塗装がはげて錆の浮いた船体、今にも折れそうなデリック、染みだらけの甲板、そして全体に汚れた外見は、船の真の性能を隠すための舞台衣装にすぎない。オレゴン号は、ファン・カブリーヨを会長とする会社〈コーポレーション〉の所有する民間の秘密工作船である。この船は、カブリーヨの創造物であり、ただ一つ本当に愛しているものなのだ。

表面の襤褸《ぼろ》の下で、オレゴン号は地球上で最も進化した武器を装備していた。ロシアの堕落した提督から買った巡航ミサイルと魚雷、三〇ミリ回転式多砲身機関砲《ガトリング》、M1A2アブラムズ戦車と同じ目標捕捉技術を使用する一二〇ミリ砲、そして敵の乗船攻撃を撃退するためのサーボ機構制御の三〇口径機関銃。武装はすべて船腹の内側に隠され、あるいは甲板上のガラクタに偽装されている。遠隔操作される三〇口径機関銃は錆びた樽型容器に仕込まれ、手すりに沿って戦略的に配置されている。指令を出すと蓋が開き、機関銃が現われ、高感度カメラと赤外線カメラの助けを借りて敵を撃つ。

オレゴン号が接岸するさいにカブリーヨとリンカーンがいた船橋の何層か下に、作戦指令室がある。そこがこの船の頭脳だ。それは退役軍人や元CIA局員が、機関室への指令や自動位置制御や兵器管制を行なう場所であり、レーダーや水中音波探知機も、とびきり高価な最高水準のものを備えている。

この作戦指令室で、卓越した操舵手エリック・ストーンが接離岸の実際の操船を行なうのだが、そのとき使用するのが船首と船尾のサイドスラスター（船体の左右方向にトンネルを作り、プロペラで水を流すことで船を真横に動かす装置）と、全地球測位システム《GPS》であり、後者のデータはスーパーコンピューターに入力され、風や水流など数多くの要素とともに判断材料となる。このスーパーコンピューターが、コンゴ川の水流に抗して船体を安定させるのに必要なサイドスラスターの推進力を制御するのだ。

カブリーヨとハンリーは、テレビン油の臭いがする作業用具室の中に入った。リンカーンはエディー・センの率いる陸上作戦班の部屋へ向かう。革命軍の乗船攻撃に対応する必要が出てくるかもしれないからだ。カブリーヨは清掃用流しの栓を、金庫のダイヤルのようにまわした。すると奥の壁が開いて、その向こうに通路が現われた。

船橋をはじめとして、上部構造物内はリノリウムが汚れ、塗装がはげているが、この秘密通路は照明が明るく、贅沢なマホガニーの羽目板張りで、カーペットも高級だ。壁にかけてあるウィンズロー・ホーマーの捕鯨船の絵はオリジナルであり、通路のはずれのガラスケースの中で剣と鎚矛を手に立っている甲冑も十六世紀の本物である。

二人はいくつものドアの前を通りすぎて、貨物船の中心に位置する作戦指令室にたどり着いた。ここはアメリカ航空宇宙局《NASA》のミッション・コントロールセンターのようにハイテク設備に満ち満ちている。ワークステーション端末機がずらりと並び、壁の一つには巨大なパネルスクリーンが設置され、今は桟橋の混乱を映しだしていた。マーク・マーフィーとエリック・ストーンがスクリーンの真下にある端末機の前に坐り、その右側には通信部長のハリ・カシムがいた。奥の壁ぎわでは被害対策班の二人が、数台の端末機で船の総合保安システムをチェックしている。そこはマックス・ハンリーがオレゴン号の革命的な磁気流体力学機関の制御を行なう場所でもある。

この作戦指令室が、《スタートレック》の宇宙船エンタープライズ号のブリッジに雰囲気が似ていると感じるのは、的外れではない。部屋の中央に据えられた椅子からしてそうである。乗組員が〝カーク船長の椅子〟と呼ぶその椅子に、カブリーヨは腰かけた。小型マイク付きのヘッドセットをかぶり、コンピューターの小型モニターの角度を調節する。

「航空機が二機、接近中」とカシムが言った。黒い顔にレーダー表示器の緑色の光が映っている。「今まで超低空飛行をしていたようですから、おそらくヘリです。推定到達時刻は四分後」

「革命軍がヘリを持っているという報告はありませんが」マーク・マーフィーがカブリーヨに顔を向ける。「石油探査会社が二機のヘリを盗まれたというニュースを、ハリが聞いていいます。詳しいことはわかりませんが、パイロットごとハイジャックされたようです」

カブリーヨはうなずいたが、どう対処すべきかはまだわからない。

「後方に動きを探知」とエリック・ストーンが声をあげた。モニターを切り替えて、船尾のカメラでとらえた映像を映しだす。

二隻の哨戒艇が川の曲がり目の向こうから現われたところだった。操舵室の上のライトがまぶしく、兵装は不明だが、マーク・マーフィーが兵器管制ステーションでコンゴ民主共和国軍の軍用艇のデータを調べた。

「アメリカ製の高速艇ですね」

「おい、冗談はよしてくれ」とハンリーが言う。ヴェトナム戦争での二度の勤務期間は、高速艇乗りとして過ごしたからだ。

マーフィーは取り合わずに続けた。「排水量十二トン、乗組員十二名、兵装は五〇口径機関銃が六挺。最大速力は二十五ノット。コンゴ軍河川部隊は迫撃砲を追加、肩撃ち式ミサイルも装備している可能性あり」

刻一刻と状況が悪化するなか、カブリーヨは決定をくだした。「ハリ、ベンジャミン・イサカに連絡をとってくれ」イサカはコンゴ民主共和国政府の連絡役だ。「コンゴ軍の中にわれわれの行動を察知した部隊があるかもしれないが、われわれはコンゴ政府の味方だと伝えるんだ。それとコンゴ軍の高速艇が二隻、マカンボの部隊に盗まれたことも。エリック、うまく逃げきる手立てをとれ。マーフ、きみは、そう、すべてに目を光らせろ。ただし、攻撃はわたしの命令なしに行なわないこと。こちらの実力を見せつけたら、アバラは罠だと気づいて、買った武器を棄てていくかもしれない。で、その武器のことだが。ハリ？」

ハリ・カシムは黒い縮れ毛を額からかきあげ、キーボードを叩いた。「無線方向探知機《RDF》は作動。感度良好です」

「ようし」カブリーヨはくるりと椅子をまわしてハンリーを見た。「そっちはどうだ、相棒？」

「何しろバッテリー走行だからな」とハンリー。「二十ノット以上はむりだ」

オレゴン号は最先端の推進機関を採用している。それは磁気流体力学機関と呼ばれるものだ。液体ヘリウムで冷却する超伝導コイルを使い、流れる海水から電気を取りだす。その電力で四基の大型ポンプを動かし、船尾の二基のベクトルノズルからウォータージェットを噴出するのだ。この推進機関のおかげで、一万一千トンのオレゴン号は競艇用ボートに近い速力で進むことができる。燃料となる海水はもちろん無尽蔵だ。二年前に、磁気流体力学機関を使った客船が火災事故を起こしたために、ほとんどの国の海事行政当局は使用を禁じて、試験による安全確認を待つとしている。オレゴン号が船首にイランの国旗を掲げているのは、かの国が海事法に関してきわめて鷹揚であるからだ。

このマタディーの桟橋は、大西洋からコンゴ川を遡ること百二十キロ。当然水は海水ではなく、発電はできない。銀亜鉛ディープサイクル・バッテリーを使ってウォータージェットを噴きだすことになる。

オレゴン号を材木運搬船からハイテク船に改造したとき、カブリーヨは船舶設計者や技術者たちと議論を重ねたので、川の流れに乗れるにしても、バッテリーでは九十キロ進むのが精一杯で、海まで三十キロを残すことになることぐらいはわかる。

「ミスター・ストーン、ここ三時間くらいの潮の状態はどうだ？」カブリーヨは操舵手に訊いた。

「二時間三十分後に満潮です」エリック・ストーンは何も見ずに答えた。職掌柄、五日先までの潮汐表と気象情報はつねに頭に入っている。その几帳面さは、一セントの間違いも許さない会計士のそれだ。

「これはきわどいことになるぞ」カブリーヨは誰にともなく言う。「よし、エリック。アバラの一党が攻撃してこないうちに逃げるんだ」

「はい、会長」

エリック・ストーンは熟練の手さばきでパルスジェットの噴出速度を高めた。磁気流体力学機関を使うときの低温ポンプと補助装置の甲高い音はなく、管内を走る水の音は深い唸りとなって船全体に響いた。船首と船尾のサイドスラスターを作動させると、巨大な船体は桟橋に対して垂直に動きだし、係船ロープが張りはじめた。

船が逃げると見た桟橋の兵士たちが、突撃銃で長い連射を浴びせてきた。弾丸が船首から船尾までミシン打ちにする。船橋の窓ガラスが粉砕され、舷窓もガラスの滝となった。船体が火花を飛ばし、数百発の弾丸が装甲帯にはね返された。見かけは派手だが、兵士たちの戦果は塗膜をはがしたのと、とりかえるのが容易なガラスを割っただけだった。

後方の哨戒艇二隻が、五〇口径機関銃の律動を騒音に追加した。桟橋に接岸するため、オレゴン号は喫水を浅くしている。船腹に取りつけた特別のバラストタンクは、貨物を積んでいるときと同じ重量にする役割を果たすが、これが今は空だ。だから哨戒艇の機関銃手には舵が見えている。彼らは舵柱を狙って撃ってきた。舵がとれなくなれば、船は気まぐれな流れに翻弄されることになる。この作戦は、普通の船に対してなら有効だ。だが、オレゴン号の舵は、港湾職員の目をごまかす必要があるときには舵取りの役を果たすが、そうでないときはジェット噴出の調整で方向を変える。ジェットを噴出するベクトルノズルはつねに水中に没しているのだ。

エリック・ストーンは機関銃の攻撃を無視し、監視カメラの映像で鉄製の係船柱を注視した。船が桟橋を離れるにつれて、ロープはまっすぐに伸びていく。二人の兵士が船尾のほうへ突進し、銃を肩にかけ、ドブ鼠のようにロープをよじのぼりはじめた。ストーンはサイドスラスターの出力を一杯にあげる。メリメリと腐った木の裂ける音がして、キノコ形の係船柱が虫歯のように桟橋から抜けた。係船柱は振り子のような軌跡を描いて船腹に激突し、大きな鐘を鳴らしたような音を響かせた。

兵士の一人はすぐに落ち、船尾サイドスラスターのスクリューに巻きこまれた。すぐにエリックは船の向きを修正するためにサイドスラスターを逆回転させる。船体の反対側から出てきたのは赤黒い染みだけで、それもあっという間に川の流れに溶けこんだ。もう一人はまだしがみついているが、そのロープを自動ウィンチが巻きあげはじめた。錨鎖孔まで来ると、兵士は乗船を試みる。だが、エディー・センとフランクリン・リンカーンが戦闘ベストに装着された戦況表示画面でそれを見ていた。

エディーはCIAを早期退職して〈コーポレーション〉に入社した男で、元海軍特殊部隊員だったリンカーンとちがって実戦経験はないが、がむしゃらな闘志はそれを補って余りある。カブリーヨがエディーを陸上作戦班の主任にしたのはそこを見込んでのことだった。マックス・ハンリーは、海軍特殊部隊、海兵隊の威力偵察隊、陸軍特殊部隊の出身者からなるこの部隊を猟犬どもと呼んでいる。

兵士は船縁にかじりつき、甲板に降りようとして、大きく目をむいた。リンカーンがフランキSPAS-12戦闘用ショットガンのサイト越しに兵士を睨み、エディーがグロックの銃口をこめかみに押しつけたのだ。

「自分で選んでいいぞ」とエディーが穏やかに言った。

兵士は手を離して、真下の泡立つ川水の中へ落ちた。

作戦指令室では、エリックが船首の係船柱を見ていた。何トンもの力がかかっているのに、まだ桟橋にしがみついている。かわりに木の桟橋に大きな亀裂が走り、裏側の木材がぐっと動いた。栈橋が五メートルほどちぎれ、三人の兵士が川に落ちて、栈橋が広範囲にわたってぐらぐら揺れた。

「これで自由の身になりました」とエリックが言った。

「よし」カブリーヨはモニターの戦況表示画面をチェックした。ヘリコプターはあと二分で到着する位置におり、時速百五十キロ以上で迫ってくる。石油探査会社から盗んだヘリコプターなら、大型で高性能にちがいない。オレゴン号の兵装をもってすれば、栈橋の兵士を一人残らず射殺し、ヘリコプターを吹き飛ばし、哨戒艇を川に浮かぶガラクタに変えるのは簡単だ――だが、それは今回請け負った仕事の趣旨に反する。

「速力を二十ノットにあげろ」

大型貨物船は滑らかに加速し、係船柱が引きずる栈橋のきれはしも水流にちぎりとられた。栈橋からの銃撃はまもなくやんだが、哨戒艇からはなおも機関銃弾が飛んでくる。

「RPGを発射してきます」とマーク・マーフィーが鋭く叫んだ。

アバラはジャングルに車両隊を隠していたらしい。それが川に沿って疾駆し、オレゴン号の真横へ来た。小型のロケット弾が下草の中から飛びだし、弧を描いて水の上を渡り、船首に激突した。強固な船体はびくともしないが、爆発音はすさまじく、火炎の玉が甲板まで巻きこんできた。その直後に哨戒艇の一隻からも、RPGが発射された。低い位置からはじけたロケット弾は船尾の手すりをかすめてその塗装を焼き、煙突に直角に命中。煙突は中に隠した精密なレーダードームを保護するため装甲を施されているが、それでも衝撃でレーダーシステムが故障した。

「わたしが見てきます」レーダー画面が消えると、カシムが叫んで作戦指令室を出た。火器管制班と電子技術班も、コンピューターの指示に従って即座に応対に取りかかった。

リンダ・ロスが、ただちにカシムのコンピューターを引き継ぐ。そばかすのある、いたずらな妖精のような顔立ちで、ほとんど少女のような高い声を出す。「敵ヘリとの遭遇まであと一分です、会長。それと消える直前のレーダーに、川上へ向かってくる船が映っていました」

カプリーヨは前方を向いた監視カメラの解像度をあげさせた。川水は石油のように黒いが、両側の丘陵地は月光を受けて銀色に映えている。川の曲がり目から今ちょうど出てきたのは、大型のフェリーだ。上部構造物は三層で、船首は丸みを帯びている。だが、カプリーヨたちの目を惹いたのは、赤外線カメラの映像だった。最上デッキに乗客がひしめき、そのほかのデッキにも大勢いるのだ。それがマタディー港をめざして川を遡ってくる。

「なんと、五百人はいますね」とエリックが言った。

「定員は二百人くらいのはずだ」とカブリーヨは応じた。「こちらの左舷を通ってもらおう。われわれがRPGの盾になるんだ」

ストーンが針路を調整しながら測深機を見た。川床が急速に上昇しはじめている。

「会長、キールの下が六メートルしかありません。五メートル、四メートル、三メートル」

「このまま行け」カブリーヨがそう言ったとき、ジャングルからまたAK-47が連射され、RPGがローマ花火のように連続して撃ちだされた。

爆発の衝撃で船体が揺れる。フェリーはぐんぐん近づいてくる。ロケット弾が命中するたびに空が明るんだ。一発のロケット弾が見当違いな方向に飛び、フェリーの船腹に当たるかと思われた。だが、その直前に推進力を失い、川に落ちて爆発し、狂乱状態で必死に逃げようとする乗客たちに水飛沫を浴びせた。

「マックス、速力を最高にあげろ」カブリーヨはアバラの部隊の非情なやり方に怒りと嫌悪を覚えた。「フェリーの乗客を守るんだ」

マックス・ハンリーはバッテリー回路のセイフティーを解除し、電力を絞りだしてジェットを噴出させるポンプに注ぎこんだ。オレゴン号は速力を三ノットあげたが、それは航行可能距離を縮めることでもある。失うには惜しい距離なのだが。

フェリーは川の真ん中近くに寄ってきて、オレゴン号には岸をこすらないぎりぎりの幅しかなくなった。二隻の哨戒艇が向かってくるフェリーの両側をまわりこみ、川面に白い泡の弧を描く。フェリーの後方にいた小型モーターボートがあわてる。哨戒艇の一隻にぶつけられ、モーターボートの木の船体が裂け、乗っていた二人が投げだされた。

カブリーヨは操船中のエリック・ストーンを見た。このような大型船に隘路《あいろ》をくぐらせるだけでも大変なのに、攻撃を受けながら他船との衝突を避けなければならない。若いストーンには未経験の事態だ。カブリーヨはストーンを信頼してはいるが、かわって自分が操船することも考えていた。

カブリーヨのヘッドセットが声を響かせた。「会長、こちらエディー。二機のヘリを視認。機種は不明ですが、大型で、それぞれ十人は乗っていそうです。そろそろ攻撃すべきかと」

「だめだ。パイロットはマカンボの部隊に強制されている民間人のはずだ。それにわれわれの戦闘能力を知られるわけにはいかない。事前の計画どおりにやる。手ひどくやられるだろうが、オレゴン号はきっと逃げきってくれるはずだ。ヘリから甲板に降りてくる事態に備えろ」

「対応の準備はできています」

「それなら、やつらに神のご加護あれだ」

それから一時間、コンゴ川をくだりつづけた。哨戒艇は執拗に追ってくる。道路が川岸に接近しているところでは兵士らが待ち伏せしてＲＰＧを発射してくる。ヘリコプターもオレゴン号の真上にぴたりとつけているが、甲板に降りようとも、兵士をおろそうともしない。まずＲＰＧの攻撃で船をとめてから甲板に降りる気だな、とカブリーヨは推測した。

一行はインガ・ダムの下方に差しかかった。コンゴ川の支流を堰《せ》きとめているダムで、これともう一つの双子のようなダムが、この地域の電力供給源となっている。支流との合流点で、オレゴン号は荒波にもまれた。エリックはサイドスラスターを使って横からの圧力に抵抗した。

「会長、ベンジャミン・イサカと連絡がとれました」リンダ・ロスが言った。「今そちらにまわします」

「イサカ副大臣、カブリーヨ船長です。この状況に驚かれているでしょうね」

「ああ、驚いているよ、船長。アバラ大佐はダイヤを取り戻す気だな」国防副大臣の英語は訛りが強く、意味がとりにくい。「しかもあの男は、われわれの哨戒艇を二隻盗んだ。ドックでは国軍兵士を十人殺したそうだ」

「石油探査会社からもヘリを二機盗みました」

「そうかね」イサカは無関心な口調で言う。

「ちょっと手助けをお願いできますか？」

「ラングレー（CIA本部の所在地）のわれらが共通の友人は、きみたちはなんでも自力でやれると言っていたぞ」

カブリーヨは相手を怒鳴りつけたい衝動を抑えた。「副大臣、われわれが連中を片づけてしまうと、アバラは買った武器を怪しみます。発信機はうまく隠してありますが、探知できないわけじゃありません。今回の作戦は、アバラに武器をジャングルの司令本部まで持ち帰らせ、あなたがたがその位置を突きとめるというものです。成功すれば、反乱軍を数日で掃討できる。しかしアバラが武器を埠頭に置いていけば、それはむりだ」CIAのラングストン・オーヴァーホルトから今回の仕事の許可をとって以来、カブリーヨがイサカ国防副大臣にこの理屈を説明するのは、これで三、四回目だ。

イサカの返事の最初の部分は、哨戒艇からの迫撃砲弾の爆発音で聞きとれなかった。砲弾は船のすぐ近くに落ちて船腹に水飛沫を浴びせた。「……がボマを出た。あと一時間でそちらに着くはずだ」

「もう一度おっしゃっていただけますか、副大臣?」

そのとき、オレゴン号のキールが川底に食いこみ、作戦指令室の全員が身体を前に投げだされた。突然の減速で、厨房の高価な陶器がなだれ落ち、医務室では船医のジュリア・ハックスリーが収納し忘れていた携帯X線撮影機が破損した。

カブリーヨがすばやく立ちあがる。「エリック、どうしたんだ?」

「川底に衝突したんですが、予測できませんでした」

「マックス、機関はどうだ?」

船が座礁した場合、コンピューターが自動的に危険予防策をとり、機関は停止することになっている。モニター画面を見つめるマックス・ハンリーが、眉間の皺を深くする。さらにキーボードを叩く。

「マックス?」カブリーヨはもう一度呼びかけた。

「左舷のノズルに砂が詰まっている。右舷は二十パーセントの出力が見込めるが、それも逆進する場合だけだ。前進しようとすればそっちもやられる」

「わたしがやろう」

「エリック」とカブリーヨは声をかける。

「はい、操船交代します、会長」

ジェット噴出ノズルは精密な特殊合金加工で製造され、ライフルの銃身なみに滑らかであり、微小な泡が発生して機関に有害な圧力が加わるキャビテーションという現象を引き起こすことはない。だが、ノズルの内部はすでに砂と泥で傷ついている可能性があり、さらに作動を続けると機能を停止するかもしれない。船に今以上の損傷が生じるのならその責任は自分が引き受けようと、カブリーヨは考えたのだった。

左舷のノズルは休めたまま、右舷のノズルにゆっくりと逆回転の出力を与える。カブリーヨは、監視モニターに映る船首の下の沸き立つ川面と、ジェット噴出の状態を示す計器を交互に見た。出力を二十五パーセントまであげる。ノズルの内側に入りこみ、内壁をインパクトレンチで思いきり叩いているのと同じであるのは承知のうえだ。

オレゴン号は動かない。重い船体が泥に深くとらわれている。

「ファン」ハンリーが声に警告の調子をこめる。

カブリーヨはすでに出力を落としはじめていた。最先端技術で武装していても、今は使えない。あと十五秒ほどで決断しなければ、ヘリから兵士が甲板に降りてくるだろう。二基の三〇ミリ・ガトリング砲を五秒連射すれば、ヘリコプターは始末できるが、それでは民間人パイロットも殺してしまうし、オレゴン号の破壊力が露見する。それにまだ哨戒艇もいる。こちらが座礁したのを知れば、アバラはさらに舟艇を差し向けてくるかもしれない。だが、ダイヤモンドの原石を返すことも、目的達成を断念することも、カブリーヨの念頭には浮かばなかった。

「マックス、風は追い風だ。煙幕を濃く張って、できるだけ船体を隠せ。それから消火砲で放水だ」上部構造物の四隅にある消火砲は、それぞれ毎分四千リットルの放水が可能で、動力は専用のディーゼル機関である。「水は五十メートル以上の高さに飛ぶ。ヘリの降下を阻止できるはずだ」マイクを切り替える。「エディー、これから放水する。それでもヘリが降りてくる場合は、ショットガンと拳銃だけで対応すること。それならこの船の武装として不自然じゃないからな」

「了解」

「それから、エディー、リンク（リンカーンの愛称）と一緒に舟艇格納庫へ来てくれ。きみたちにやってもらうことがある。完全武装してきてくれ」

カブリーヨは椅子から立ちあがり、エレベーターに向かった。舟艇格納庫は二層下、満載喫水線の高さにある。だが、ハンリーが途中で呼びとめた。「煙幕と放水は名案だが、リンクとエディーに何をさせる気だ？」

「三十分後にこの船をまた浮かびあがらせる」

カブリーヨは、やると宣言したことは必ずやってのける男だ。つきあいの長いマックス・ハンリーにはそれがよくわかっている。わからないのは、そんな不可能事をどう可能にするかだ。「船の重さを二千トンほど軽くしてくれるのか?」

「もっといいことをしてやる。川の水位を三メートルあげるんだ」

4

## ウォルヴィス・ベイの南
## ナミビア

道路の上を、埃のように細かい砂が渦巻きながら漂っている。これは砂漠の冷えていく空気がまだ温かいアスファルトと出逢ったときに起きる現象だ。煙か雪のように見えなくもない。太陽はもうとっくに沈み、砂丘は月明かりを受けて青白く光っている。

一台だけ道路を走っている車は、そよ風と砂浜をなめる波を除けば、あたりで唯一動いているものでもある。四輪駆動のピックアップトラックは、港湾都市ウォルヴィス・ベイに近い町スワコプムントの南約三十キロの地点にいるが、まるで地球上にただ一台残った自動車といった風情だ。

運転している若い女性、スローン・マッキンタイアは身体を震わせた。

「ちょっとハンドル、持っててくれる?」スローンは助手席の男にそう頼み、フード付きのスウェットシャツを頭からかぶった。長い髪を両手で襟の外に出し、肩に流す。髪は日没時の砂丘のような赤銅色で、澄んだ灰色の瞳がよく映える。

「やっぱり朝まで待って、サンドイッチ湾に入る許可をもらったほうがよかったんじゃないかな」連れのトニー・リアドンがこの不服を唱えるのは、ホテルを出てからこれで三度目だ。「地元のお役所は旅行者が立入禁止区域に入ることに神経質なんだ」

「わたしたちが行くのは野鳥保護区であって、ダイヤモンド会社がリースしている独占採掘地区じゃないんだから」とスローン。

「それだって法律違反だからね」

「だいたい腹が立つんだな、あのルカには。わたしたちがパパ・ハインリックに会いにいくのをやめさせようとして。まるで何か隠してるみたいじゃない」

「誰が? パパ・ハインリックが?」

「そうじゃなくて、われらが高名なガイド、トゥアマングルカ様がね」

「なんでそんなこと言うかな。ルカはずっと役に立ってくれているよ」

スローンは横目でトニーを睨んだ。ダッシュボードの明かりを受けたイギリス人トニーの顔は、反抗のために反抗する少年のそれに見えた。「というより、役に立ってくれすぎると思わない？　わたしたちのホテルにガイドは要りませんかとやってきた男が、ウォルヴィス・ベイ中の漁師を知っていて、ヘリコプターツアーの会社を紹介してくれるなんて、そんなことが起きる確率はどれくらいある？」

「ぼくたちは運がよかったのさ」

「わたしは運なんて信じない」スローンはふたたび道路に注意を集中する。「年寄りの漁師からパパ・ハインリックのことを聞いて、それをルカに話したら、あの男はなんだかんだ言ってパパ・ハインリックに会いにいかせまいとしたでしょ。最初は、パパ・ハインリックは陸から一、二キロ程度しか出たことがなくて、海のことなんか何も知らないと言った。その次には頭がおかしい男だと言った。それでもだめだとなると、危険な男で、人を殺したこともあると言いだした。

でも、最初に噂を聞いたとき、そんな男だって印象があった？　なかったでしょ。あの年寄りの漁師の話では、スケルトン海岸沖のことはほかの誰よりもよく知っているということだった。だったら今度のプロジェクトのために話を聞く相手としてぴったりじゃない。なのにあの役に立つ、立つガイドは会うなと言う。どうも臭いわ、トニー。あなたにもわかるでしょ」

「でも明日の朝まで待ってもよかったはずだ」

スローンはそれを無視し、しばらくして言った。「これは時間との戦いなのよ。わたしたちの目論見は、そのうち誰かに知れる。そうなったらこの辺の海岸には人が押し寄せるわ。政府はたぶん立入禁止にするわね。漁業も禁止して、戒厳令を敷くかもしれない。あなたはこういう仕事をしたことがないでしょ。わたしはあるのよ」

「それで何か発見したことはあるのかい？」トニーは答えを知りつつ、わざと角を立てる。

「ない」とスローンは認めた。「でも、だからってズブの素人ってことにはならないでしょ」

アフリカでは珍しく、ナミビアの道路は保守管理が行き届き、穴ぼこなどない。トヨタの四輪駆動車は夜の道路を滑らかに走り、やがて枝道の入り口にやってきた。その道にはタイヤの高さほどに砂が溜まっている。スローンはLレンジにシフトダウンして枝道をくだりはじめた。二輪駆動車なら砂の上で立ち往生する道だ。二十分後、高い金網フェンスで囲まれた駐車場にたどり着く。フェンスには、この先は車両通行禁止と警告する板が掲げてある。

二人がやってきたのはサンドイッチ湾だ。この環礁に囲まれた広い遠浅の湾は地下水が湧いて真水に浸され、五万羽の渡り鳥の棲息地となっている。スローンはレバーをパーキングレンジに入れたが、エンジンはアイドリング状態にしておいた。トニーに声をかけるでもなく、さっさと車を降りて、軟らかな砂にブーツをめりこませ、車の後部へ足を運んだ。覆いのない荷台にはゴムボートと電動ポンプを積んでいる。ポンプは車の十二ボルトのバッテリーで動く。

スローンはてきぱき作業をしてゴムボートを膨らませ、道具類をそろえた。フラッシュライトをつけて、電池が充分残っていることを確かめる。バックパックとオールをゴムボートに積み、トニーと二人で波打ち際まで運んだ。環礁に守られているため、干潟は池のように静かだ。

「あの年寄りの漁師は、パパ・ハインリックは干潟の南端に住んでると言ってたわね」ゴムボートに乗りこみ、オールで砂浜を突いて海に乗りだしながら、スローンは言った。月明かりで方向磁石を見てから、滑らかな海面をオールで掻きはじめた。

トニーには強気の発言をしたが、まったくの時間のむだかもしれないことは、スローンにもわかっていた。どちらかと言うとその可能性のほうが高い。噂やあいまいな証言や意味ありげな仄《ほの》めかしを追いかけても、たいていは袋小路に入ってしまう。これはそういう仕事なのだ。長い単調な時間を過ごしながら、大発見の瞬間を待つ。スローンはまだ大発見の喜びを知らないが、その餌が目の前にぶらさがっているおかげで、孤独、疲労、ストレス、そしてトニー・リアドンのような悲観論者のばかに耐えられるのだ。

南に漕いでいくと、暗い水面でときおり魚が跳ねたり、葦の繁みの中で鳥が羽繕いをしていたりする。一時間かけて湾の最南端に到達すると、そこもほかの場所とあまり変わりがなく、淡海水で生きられる葦が壁をなしていた。スローンはフラッシュライトで岸を照らす。不安を募らせながら二十分ほどそうしているうちに、葦の繁みの切れ目から湾に注ぐ細い川が見つかった。

スローンが黙ってそこを指さすと、トニーはオールを操って繁みの切れ目にゴムボートを滑りこませた。

両側の葦が高く伸びて頭上で合わさり、生きたトンネルを作っていて、銀色の月を隠していた。細い川の流れはゆるやかなので遡るのは容易で、ゴムボートはするすると進んでいく。湿地帯の奥へ百メートルほど入ると、葦の森に囲まれた池のような場所に出た。その真ん中に小さな島がある。満潮時にもなんとか水没せずに残る程度の島だ。月明かりに照らされて、流木や荷箱の破片で作られた粗末な小屋が見えた。入り口には毛布が吊るされ、そのすぐ外には石で囲った炉があり、灰に埋もれた熾《おき》がくすぶっている。その右手には魚を干す台、真水を保存する錆びたバケツ、それに木の切り株にロープ一本でつないだ木製の小舟がある。小舟の帆はマストにきつく巻きつけ、舵と着脱式竜骨《センターボード》は一緒に縛って舟の上に載せている。小さな平底舟なので、沖合に出ていくのに適しているとは言えない。結局、ルカの言ったとおり、パパ・ハインリックは海岸のすぐ近くで漁をするだけなのかとスローンは思った。原始的な野営地だが、ベテランのアウトドア愛好家なら、何年でも生活できるだろう。

「どうする?」ゴムボートを上陸させると、トニーがささやいた。

スローンは小屋の入り口に近づいた。聞こえてくるのが風や波の音ではなく、一人の人間のいびきだと確信できると、また戸口から離れた。砂浜に坐りこみ、バックパックからノートパソコンを出す。そして下唇を軽く嚙んで、静かにキーを打ちはじめた。

「スローン?」トニーは最前よりも少しだけ鋭くささやく。

「起きてくるまで待ちましょ」とスローンは応えた。

「でも、ここがパパ・ハインリックの家じゃなかったら？　ほかの人間が住んでたら？　海賊か何かかもしれないぞ」

「前にも言ったように、わたしは運なんて信じない。偶然の一致も信じない。パパ・ハインリックが住んでいると教えられた場所に小屋があった。ということは、パパ・ハインリックを見つけたってことよ。夜中に年寄りを怖がらせるより、朝まで待ったほうがいいわ」

聞こえてくるいびきは音色も大きさも変わらなかったが、ふいにアフリカ人のしなびた老人が、股間を保護する運動用サポーターを着けただけの姿で、毛布をめくって現われた。がに股の脚は瘦せほそり、胸にはあばらが一本一本浮きだし、鎖骨の上下が深くくぼんでいる。鼻は幅広で平たく、水差しの取っ手のような耳には骨の飾り物が刺してある。髪は真っ白で、目は黄色い光を放っていた。

老人はまだいびきをかいており、スローンは夢遊病かもしれないと思ったが、老人は身体をボリボリ搔き、炉に唾を吐いた。

スローンは立ちあがった。老人は背が三十センチほど低い。きっとサン族の血が混じっているのだろう。「パパ・ハインリック、わたしたち、とても遠いところからあなたに会いにきたんです。ウォルヴィス・ベイである漁師さんから、あなたが一番賢い漁師さんだと聞いて」

パパ・ハインリックは英語を話すと聞いてきたが、この地の精《ノーム》のような老人はこちらの言葉を理解したような気配を見せない。もっとも、もういびきをかくふりをやめているのはいい兆候だ。「それで、あなたがよく漁をする場所のことで、お訊きしたいことがあるんです。あなたがよく釣り糸や網を失くすという、漁をするのがむずかしい場所について。どうでしょう、答えていただけますか？」

老人はまた小屋に入り、毛布をぱらりと垂らした。しばらくして出てきたときには肩に布団をかけていた。布団はシーツを雑に縫いあわせたもので、老人が歩くたびに縫い目から鳥の羽毛がこぼれた。老人は少し離れた水ぎわで盛大な音を立てて放尿し、気だるげに腹を掻いた。

それから炉のそばにしゃがんだ。スローンたちに向けた背中には、背骨が黒い真珠のように浮きでていた。息を吹きかけて炭火を熾し、流木のきれはしを足して小さな炎をあげさせた。「漁をするのがむずかしい場所は、この辺にはいっぱいあるよ」老人の声は小柄な身体からは想像できない深みのある低音だった。こちらを向くことなくあとを続けた。「わしはいろんなところで漁をしてきた。そのことでは、パパ・ハインリックは誰にも負けない。失くした釣り糸を全部足して伸ばしたら、ここからクロス・ベイ岬へ行って、また戻ってくるくらいの長さになる」クロス・ベイ岬は北へ百二十キロほど離れたところにあるが、老人は嘘じゃないぞと念を押すような口調で言った。「失くした網を広げたら、ナミブ砂漠くらいの広さになるんだ。わしは荒海と戦ったが、ほかのやつなら泣きわめきながら糞を漏らしたろう。そうしてどんなでかい船よりもでかい魚を捕まえてきた。ほかのやつなら頭がおかしくなっちまうようなものを見てきた」

それからようやくこちらを向いた。揺らめく炎の明かりの中で、目が悪魔じみて見えた。にっと笑うと、上の二本と下の一本の前歯が歯車のように噛みあっていた。老人はふくみ笑いをし、それから大声で笑いだしたが、まもなく咳きこんでしまった。咳が収まると、また火の中に唾を吐いた。「パパ・ハインリックは秘密を話さない。わしはあんたらの知りたいことを知ってるが、あんたらに知ってほしいと思わないから、あんたらがそれを知ることはない」

「どうしてです?」スローンはわかりにくい言い回しを頭の中で整理してから、そう訊いた。そして老人のそばにしゃがんだ。

「パパ・ハインリックはこの世で一番偉い漁師だ。人にいろいろ教えてこっちと張りあう人間を作るのは嫌だ」

「わたしはこの辺で漁をしたいわけじゃなくて、ずっと昔に沈んだ船を探しているんです。そこにいる仲間と一緒に」――スローンが手で示したトニーは、老人の体臭を嗅いだときにうしろにさがっていた――「なぜその船を見つけたいかというと……」言葉を切って頭の中で話をこしらえる。「あるお金持ちが、その船からあるものを取り戻したがっていて、そのためにわたしたちを雇ったんです。それで手助けしてほしいんですけど」

「その金持ちはいくらか払うんかね？」と老人は抜け目なく訊いてきた。

「ええ、多少のお礼は」

老人は片手を持ちあげ、夜空を飛ぶ蝙蝠《こうもり》のようにひらひらさせた。「パパ・ハインリックは金なんぞもらってもしかたがない」

「じゃ、何がいいんです？」とふいにトニーが口をはさんだ。老人がとんでもない要求をしそうな予感がして、スローンはトニーを睨みつけた。

「あんたの手助けはせん」パパ・ハインリックはトニーに向かって言い、それからスローンに目を戻した。「でもあんたならいい。あんたは女で、漁はやらん。だからわしと張りあう人間にはならんからな」

スローンは、自分がフロリダ州フォート・ローダーデイルで生まれ育ち、夏はいつも釣り船のチャーター業をしている父親の手伝いをしていたことを話すつもりはなかった。父親が五十歳でアルツハイマー病にかかってからは、自分が引き継いだことも。

「ありがとうございます、パパ・ハインリック」スローンはバックパックから大縮尺の海図を出して炉のそばに広げた。トニーがそばへ来て、フラッシュライトで追加の光をあてる。海図はナミビアの沿岸地方を表示していた。沖合に鉛筆でいくつも星印がつけてある。大半がウォルヴィス・ベイの近辺だが、その南北にも散っていた。

「ほかの漁師さんたちにも、釣り糸や網がよく切れる場所はないかと訊いてみたんです。船が沈んでいるのはそういう場所だと思うんですよ。この海図を見て、ほかにもそういう場所があったら教えていただけます？」

老人は指で海岸線をなぞりながら、あちこちへ目を走らせた。それから顔をあげてスローンを見た。スローンはその目の奥に狂気めいたものを感じた。この老人にとっての現実は自分たちの現実とはちがうのではないか。「こんなところは知らん」

スローンは困惑し、ウォルヴィス・ベイを指で示してその名前を教えた。それから指を南にずらした。「サンドイッチ湾はここです」次いでそれより北の地点を指で叩く。「ここがクロス岬」

「わからん。クロス岬はあっちだ」老人は現実世界の北のほうへ手を振りたて、それから海図のその地点を指さした。「ここのはずがない」

スローンはそういうことかと思った。海で生涯を過ごしてきたパパ・ハインリックだが、海図など見たことがないのだ。スローンは内心でうーんと唸ってしまった。

それから二時間、老人から、釣り糸や網が切れたり絡まったりした場所の話を辛抱強く聞いた。このあたりでは砂漠の砂が沖合数百キロまで海底に広がっている。釣り糸や網を切るものがあるとすれば、露出した岩か沈没船だ。老人はサンドイッチ湾から南西へ小舟を漕ぐと、二日目と五日目にそういう場所へ来ると言った。地図で見ると、そのどちらもウォルヴィス・ベイの商業漁船の船員や遊覧船の船長から教えられた場所だった。

ところがそのうち、パパ・ハインリックは誰も指摘しなかった場所のことを口にした。スローンの推測では、そこは海岸から百キロほど沖で、ほかのどの星印からもかなり離れている。そこで漁をしたという話すら聞いたことがない。パパ・ハインリックが言うには、そこはいい漁場ではないが、気まぐれな風に連れていかれたとのことだ。

スローンは地図のその地点に丸印をつけた。水深は四十ないし五十メートル。こちらのダイビングの技量からすればぎりぎりだが、潜れないことはない。もっともそれだけ深いと、水が澄んでいてさえ、海上から船は見えないだろう。チャーターする予定のヘリコプターからでも。

「あそこは行っちゃいかん」パパ・ハインリックはスローンの遠いまなざしに気づいて、そう警告した。

その言葉に、スローンはわれに返った。「どうしてです？」

「あそこには鉄の大蛇がいる。きっと悪い魔法がかかってるんだ」

「鉄の大蛇？」トニーがせせら笑った。

老人は獰猛な表情になり、ぱっと立ちあがった。「パパ・ハインリックを疑うか？」トニーの顔に唾を飛ばしながら怒声をあげた。「三十メートルか、もっとでかいやつが、十何匹かいて、水の上に出てのたくってるんだ。一匹が食いついてきて、舟が沈みそうになった。それでもなんとか逃げた。わしはこの世で一番偉い船乗りだからだ。おまえなら小便をちびって、子供みたいに泣きながらくたばったろうよ」老人は目にひそめた狂気をさらに鋭くぎらつかせて、スローンを見た。「パパ・ハインリックはちゃんとあんたらに注意したぞ。あそこへ行ったら生きたまま食われるとな。さあ、もう帰ってくれ」そう言ってまた炉の前にしゃがみ、身体を前後に揺らして、スローンには理解できない言葉で何かつぶやいた。

スローンはお礼を言ったが、老人は返事をしなかった。スローンとトニーはゴムボートに乗りこみ、パパ・ハインリックの世間から孤絶した棲み処を離れた。葦の繁みの切れ目から出ると、トニーは長い吐息をついた。「あれは完全にいかれてるな。鉄の大蛇だって？　勘弁してほしいよ」

「〝天と地のあいだには、ホレーシオ、哲学などが思いもしないようなことがあるのだ〟」

「なんだい、それは？」

「『ハムレット』の一節。この世界には想像もできないようなことがあるってこと」

「まさか信じたんじゃないだろうね」

「鉄の大蛇のこと？　それは信じないけど、きっと何か怖いものを見たのよ」

「潜水艦でもぬーっと現われたんだろうさ。南アの海軍はこの辺の海もパトロールしているはずだ」

「そうかもしれない」とスローン。「でも、大蛇や潜水艦を相手にしている暇はないわね。調べなくちゃいけない場所がたくさんあるから。今日の午後、ルカに会って打ち合わせをしましょ」

陽がのぼりはじめるころ、二人は瀟洒《しょうしゃ》なスワコプムント・ホテルに帰り着いた。スローンは時間をかけてシャワーを浴び、身体から砂とべとつく塩を洗い落とした。脚のむだ毛を剃ったほうがいいが、とりあえず今は強く噴きでる湯に身体を打たせて、肩や背中の凝りをほぐした。

バスタオルで身体を拭き、全裸のままベッドに潜りこむ。夢の中には、大海原で死闘をくりひろげる大蛇たちが現われた。

# 5

上部構造物後方の下にある舟艇格納庫へ駆け足で向かう途中、ファン・カブリーヨは無線機で損害評価報告を受けた。浸水がないのは意外ではなかった。川底は泥で、船底を傷つけるはずはないからだ。心配なのはキールドアだった。オレゴン号の船底には外側に開く扉が二つある。扉の奥にはムーンプール（船体中央の開口部で、船上からはプールのように見える）が設けてあり、そこから二隻の潜水艇が直接海中に発進できるのだ。隠密作戦に使う潜水艇のうち、一隻は水深三百メートルまで潜航でき、作業用アームが一本ついている。もう一隻のディスカヴァリー1000はそれより小型で、浅深度専門だ。

だが、ほっとしたことに、報告によれば扉は二つとも無事で、どちらの潜水艇も損傷を受けていなかった。

カブリーヨは満載喫水線の高さにある舟艇格納庫にたどり着いた。広いスペースには赤い非常灯がともり、塩水とガソリンの臭いが漂っていた。船腹の厳重に密閉された扉の内側では、係員が〈ゾディアック〉社の黒い膨張式ボートの準備中だ。船尾の大型船外機を使えば時速四十キロ強で走れるが、隠密性の高い作戦のために音の静かな小型電動モーターも備えている。格納庫には海軍特殊部隊の攻撃用舟艇もあり、こちらは武装した乗組員を十名乗せ、さらに速く駆けることができる。

エディーとリンカーンもすぐに来た。リンカーンが船長の役を演じるあいだ、操舵手を務めたのはエディーだった。二人の体格は対照的だ。リンカーンはアスレチックルームでウエイトトレーニングに励むおかげで筋肉隆々だが、エディーのほうは昔から武術で鍛えて、細身の剣のような身体つきである。

二人とも黒い戦闘服に身を包み、弾薬パウチやナイフなどを取りつけたベルトを締めている。武器はM‐16自動小銃の特殊部隊版、M‐4A1カービン銃だ。

「どういう作戦です、ボス？」とエディーが訊いた。

「知ってのとおり、本船は座礁したが、大雨を待っている余裕はない。二、三キロ手前にダムがあったのを覚えているか？」

「爆破するんですか？」リンカーンが信じられないという口調で訊く。

「そうじゃない。水門を開いて放水するんだ。警備員はいないと思うが、かりにいても、できるだけ穏やかにやること」カブリーヨの指示に、両名はうなずいた。「放水が始まったら、きみたちはここに戻れないだろうから、陸路でボマへ行ってくれ。そこで落ちあおう」

「よさそうなプランですね」リンカーンが自信をみなぎらせて潑剌と応えた。

カブリーヨは壁付けインターコムのボタンを押した。「エリック、格納庫を開けてゾディアックを発進させてもいい状況かどうか知りたい。哨戒艇は今どこにいる？」

「一隻は後方にやや離れています。また迫撃砲攻撃でしょう。もう一隻はこちらの船尾から左舷へまわりこもうとしています」

「川岸の様子はどうだ？」

「赤外線カメラには何も映っていません。アバラはじきに追いついてくると思いますが」

「わかった、ありがとう」カブリーヨは係員に扉を開けるよう、うなずきで合図する。扉が上方にスライドすると、ジャングルの蒸れた匂いが格納庫になだれこんできた。空中に充満した湿気は液体のように飲めそうなほどだ。それに加えて、ハンリーが張った煙幕の薬品臭も鼻をつく。植物が密生した川岸は暗い。エリックは安全を保証したが、カブリーヨはそこからの視線を感じた。

今、オレゴン号は喫水が浅く、進水傾斜板《ランプ》の先端は水面より百五十センチほど高い。リンカーンとエディーはボートを押しだしてランプを滑らせ、それが着水すると、自分たちも川に飛びこんだ。水面に浮かぶと、軟らかい側からボートに乗りこむ。エディーが銃を構え、リンカーンがエンジンをかける。闇の中を低速で進むゾディアックはほとんど目に見えなかった。

オレゴン号を離れると、リンカーンはボートをジグザグに進めた。ヘリコプターを近づけないために、オレゴン号から消火砲の水が弧を描いて噴きあがっている。その水が落ちてくる場所を避けるためだ。二機のヘリコプターは唸りながら機体を上下左右に動かし、三十メートル以上は近づかない。だが、そのうち、水の一本が機体に激突し、パイロットが機体を鋭く傾けた。

煙幕の外に出ると、二隻の哨戒艇はかなり遠ざかっている。リンカーンはゾディアックの推進機関を船外機に切り替えた。大型の四サイクル・エンジンは消音装置で音を抑えているが、それでも水上を疾走すると深い唸りを発した。

四十ノットで飛ばしているあいだは、会話は不可能なので、リンカーンもエディーもそれぞれの想念を追っていた。アドレナリンが体内にあふれ、いかなる事態にも立ち向かえる気構えができている。前方から近づいてくる舟艇のわめき声が聞こえたのは、それが片側の岸に近い小さな洲《す》の向こうから飛びだしてきたときだった。

リンカーンは衝突寸前に、ゾディアックの艇首を鋭く右に振った。アバラ大佐の副官がこちらの正体に気づいて、顔に恐怖の色を浮かべた。リンカーンはスロットルを一杯にまわす。アバラ大佐の副官は艇をUターンさせ、追ってきた。艇体は流線型で、船外機を二基搭載、艇高が低いので水上を滑らかに疾駆する。副官のほかに兵は四人で、みなAKで武装している。

「あの男を知っているのか?」とエディーが怒鳴る。

「ああ。アバラの右腕だ」

追っ手は後方へ雄鶏の尾のような水飛沫を噴き、ぐんぐん距離を詰めてきた。

「リンク、やつが無線機を持ってたら万事休すだ」

「くそ。そこを考えてなかった。何か案は?」

「追いつかせよう」エディーはM-4カービンの一挺をリンカーンに渡した。

「敵の白目が見えるまで撃つなと。そういうことか?」

「ばかな。射程内に入りしだい片づけるんだ」

「わかった。ちょっと待ってくれ」リンカーンはスロットルを戻す。ゾディアックが急激に減速すると、鋭く方向転換する。ボートの平らな底は水切りの石のように水上を跳ねた。ボートは急停止し、みずから作った波で上下に踊る。だが、リンカーンとエディーにとっては充分安定していた。

カービン銃を肩づけし、時速八十キロで突進してくる舟艇と向きあう。そして距離が二百メートルを切ったと見るや、発砲した。即座にAKが応戦してきたが、高速で走行する敵は狙いが定まらない。ゾディアックのかなり前方と、左手で、水飛沫があがる。だが、静止しているリンカーンたちにはその問題はない。敵舟艇が近づくにつれて、ますます狙いは正確になった。

リンカーンの三点連射が敵のフロントガラスに命中し、グラスファイバーの破片を吹き飛ばした。エディーが操縦者を狙い、冷静沈着に単射を放つと、ふいに相手の上体が倒れる。艇は脇へ暴走しかけるが、べつの兵士が舵輪を握った。あとの三人は撃ちまくり、弾倉を次々に交換する。一連射がエディーとリンカーンの間近の空気を焦がしたが、二人とも身じろぎはおろか瞬きもせず、端正な射撃を続ける。残るは舵輪を握る兵士一人。その男は長い艇首のうしろで身を低くしている。

ゾディアックの側は連携プレーで対応、エディーが間断なく発砲するあいだに、リンカーンがアイドリング状態の船外機のそばへ戻った。敵艇はすでに五十メートル先まで迫り、獲物をめざす鮫のように直進してくる。こちらに体当たりするつもりのようだ。リンカーンは相手をさらに引きつけた。

敵が二十メートル先に来たとき、スロットルをぐいとまわすと、ゾディアックはぐいと脇へ飛ぶ。エディーはすでにピンを抜いた手榴弾を握っている。高速艇が唸りをあげて横を駆け抜けるとき、それを操縦席に投げこみ、開いた片手の指を一秒に一本ずつ折った。最後の指を折ったとき、手榴弾が炸裂音を立てて艇体が持ちあがり、すぐさま続けて燃料タンクが派手に爆発した。艇体は横に転がり、グラスファイバーと乗組員の身体の破片が飛び散って、燃えるガソリンの雨とともに川面に降りそそいだ。

「ストライク、バッター・アウトだ」リンカーンが満足げに言った。

五分後、二人はインガ・ダムの足もとにある木の桟橋にゾディアックを寄せた。頭上には巨大な構築物がそびえている。鉄筋コンクリートの凹凸のある壁が、コンゴ川に注ぐ支流の水を堰きとめているのだ。ここの水力発電所が生む電力は、ほとんどが日中にシャバ州(旧カタンガ州)の鉱山で使われるので、夜間はちょろちょろとしか水が流れ落ちない。二人がボートを引きあげて木につないだのは川岸からかなり離れた場所だった。水がどこまで来るかわからないからだ。二人は銃を持ち、ダムの壁面に作られた階段をのぼりはじめた。

階段の中ほどまで来たとき、夜の静寂が下方からの銃声で破られた。遮蔽物のない場所で、二人のまわりに弾丸と、弾丸の破片と、コンクリートのかけらが飛んだ。二人はすぐ階段の上に伏せて反撃した。眼下の桟橋にボートが二隻接岸している。そこから銃撃をしてくる一群と、階段をのぼってくる一群がいた。

「アバラの副官は無線機を持っていたようだな」エディーは弾の切れたM‐4を放りだし、グロックを抜いて速射した。リンカーンはM‐4の五・五六ミリ弾を雨あられと降らせる。

階段を駆けのぼってきた三人の兵士は、エディーの拳銃弾を受け、血に汚れた一塊となって転がり落ちた。エディーがM‐4の弾倉を交換するころには、桟橋から撃ってくるAKは一挺だけになっていたが、リンカーンが長い連射を浴びせると、兵士が桟橋から落ち、銃声はとまった。川の流れはあっという間にその兵士を下流へ連れ去っていった。

上方で警報器が鳴りはじめた。

「行こう」リンクが声をかけ、二人は階段を二、三段ずつ駆けあがった。

ダムの頂上に着いた。向こう側は広い貯水池。ダムの反対側の端には四角い建物があり、窓から明かりが漏れている。

「あれが管理棟かな」とリンカーンがささやく。

「きっとそうだ」エディーは咽喉《スロート》マイクの位置を調節した。「会長、こちらエディー。ダムの頂上に到達して、これから管理棟に接近します」敵に動きを察知されていることは、報告する必要はない。

「わかった。ゲートを開く前にまた連絡しろ」

「了解」

星空を背に影絵として浮きださないよう、身体を低くして、ダム頂上の通路を静かに走る。左手は貯水池で、縦長に映った月で二分されている。右手は高さ百メートルほどのコンクリートの急斜面で、裾には大石がごろごろしている。

管理棟は一階建ての立方体に近いコンクリート製建物で、ドアが一つに、窓が二つ。その向こうには水門と導水路が見える。この導水路で送られる水が、ダムの下の直方体の発電所でタービンをまわすのだが、今そこを流れているのは、マバティーの町に電気を供給するのに必要な量だけだ。

リンカーンがドアの反対側に立ち、エディーがドアハンドルに手をかけたが、堅く施錠されている。エディーは鍵を鍵穴に差すような手つきをしながらリンカーンを見て、片眉を吊りあげた。フランクリン・リンカーンは鍵開けの名人だ。噂によれば、リンダ・ロスと賭けをして、カブリーヨ会長のガンロッカーをこじ開けたという。だが、リンカーンは肩をすくめてポケットを手で叩いた。ピッキングの道具を忘れてきたのだ。

エディーはぐるりと目をまわして、ベルトのパウチを開けた。プラスチック爆薬のセムテックスを小さくちぎり、ドアハンドルに貼りつけ、電子式信管を刺す。二人はドアから離れた。

遠隔装置のスイッチを入れようとしたそのとき、建物の陰から警備員が現われた。黒い制服姿で、フラッシュライトと拳銃を持っている。リンカーンが反射的に狙いをつけて発砲した。警備員は拳銃を落として倒れた。腕を手でつかんで胸に引きつけ、悲鳴をあげる。リンカーンはそばに駆け寄り、ベルトからプラスチック製手錠をはずした。すばやく腕を調べ、傷が浅いのにほっとして、両腕と両足に手錠をかけた。

「悪いな」と声をかけ、エディーのそばへ戻る。

エディーは爆薬を起爆させた。爆発でドアハンドルが吹き飛ぶと、リンカーンがドアを開け、エディーがM‐4で掩護する。

制御室は明るく照明され、わりとスペースに余裕があった。壁ぎわの制御盤にはダイヤルやレバーが並び、カウンターには旧式のコンピューター機器が据えてある。三人いる夜勤の技術者がさっと両手をあげた。エディーとリンカーンは中に駆けこみ、全員床に坐れと叫んだ。銃を振ってうながすと、三人はコンクリート床に腰をおろした。恐怖に目を見開いている。

「言うとおりにすれば危害は加えない」エディーは自分で言っておきながら、人質には気休めにならない決まり文句だなと思う。

リンカーンは建物内をすばやく偵察した。制御室の奥の会議室は無人だった。クロゼットほどのトイレにいたのは、体長がリンカーンの中指ほどあるゴキブリが一匹だけだ。

「誰か英語を話せる者は？」エディーは三人に手錠をかけながら訊いた。

「わたしが話せる」と一人が答えた。青いつなぎの作業服には〝コフィー・バーコ〟と記した名札をつけている。

「よし、コフィー。さっきも言ったとおり、きみたちに危害は加えないが、非常用水門を開ける方法を教えてもらいたい」

「そんなことをしたら貯水池が空になる！」

エディーはマルチライン電話機を指さした。五つのライトのうち四つが点灯している。「あんたらはもう本部に連絡したようだ。じきに大勢駆けつけてくるんだろう。

水門を開くのは一時間以内にする。だからやり方を教えてくれ」

コフィー・バーコはなおもためらう。エディーはホルスターから拳銃を抜いたが、三人には銃口を向けないようにした。穏やかだった声を荒らげる。「五秒以内にだ」

「あのパネルだ」とバーコは壁の一つへ顎をしゃくった。「まず一番上の五つのスイッチで安全装置を解除する。次にその下の五つで水門のモーターの電源を入れ、一番下の五つで水門を開く」

「水門は手動で閉じられるのか？」

「ああ。ダムの壁の内部に部屋があって、そこに大きなクランクがある。まわすのは二人がかりだ」

リンカーンは建物の戸口でほかの警備員を警戒する。エディーがトグルスイッチを一つずつ弾いていくと、パネルのライトが次々と赤から緑に変わった。最後の五つを残して、スロートマイクで報告を入れる。「会長、わたしです。用意ができました。水門はいつでも開けます」

「さっそくやってくれ。アバラが迫撃砲を哨戒艇から岸に移しているところだ。もうすぐガンガン撃ってくる」

「それじゃ派手に流しますよ」エディーはそう言って残る五つのスイッチを入れた。

最後のスイッチがオンになった瞬間、音がしはじめた。最初は低い唸りだったが、まもなく建物を揺るがす轟音に変わった。水門が開き、水が堅い壁のようになってゴーッとなだれ落ちはじめる。そしてダムの底を打つと、高さ二、三メートルの波を作って川に向かっていった。水流は川岸を浸し、速度を増すにつれて木や草を引き抜きはじめた。

「よし、これでいい」エディーはそう言うと、拳銃の全弾を制御パネルに撃ちこむ。薄い金属板はズタズタになり、旧式の電気回路は破壊されて煙と火花をあげた。

「それで時間が稼げるな」とリンカーンが言った。

技術者をテーブルの脚につないだまま残し、建物を出て、さっきのぼってきた階段に戻った。ほとばしる水の響きと怒りは身体にビリビリ感じられ、水飛沫はそこそこ乾いていた服をずぶ濡れにした。

下に降りてゾディアックを川岸まで引いてくると、たっぷりの水に浮かべ、下流のボマをめざして出発した。

オレゴン号では、カブリーヨが不安に駆られていた。アバラが哨戒艇は不安定すぎると見て、迫撃砲を岸にあげさせ、次々に発射しながら射程を調整している。さっきの砲弾は右舷舷側から五、六メートルの水面に落ちた。

しかも困ったことに、兵士が一杯に乗りこんだ丸木舟が次々と上流からやってくる。消火砲は効果的だが、四本しかなく、うち二本はヘリコプターを遠ざけておくために必要だ。カブリーヨはレーダーを修理しにいったハリ・カシムをすでに呼び戻し、本来の持ち場で通信の采配を振らせていた。代役を務めていたリンダ・ロスに陸上作戦班の指揮をとらせるためだ。陸上作戦班はショットガンと拳銃だけを持ち、敵舟艇が近づきすぎていると兵器部員のマーク・マーフィーが警告した場所へ駆けつけた。そして岸と丸木舟からの猛烈な銃撃をかわしながら、敵に攻撃を加えつづけていた。

「よしと」通信ステーションでカシムが言った。「会長、うちの連中がレーダーを修復しました」

「大波は見えるか？」とカブリーヨが訊く。

「残念ながら、川の曲がり目が邪魔です。見えるのはドーッと押し寄せてくる直前でしょう」

「それでも見えないよりましか」

また迫撃砲弾が船の近くに落下した。今回は左舷の手すりからほんの数十センチのところだ。敵は両岸から撃ってくる。次からは間違いなくオレゴン号の上に落ちるだろうが、甲板は船腹ほど装甲が堅固ではない。

「被害対策班、出動準備をしろ」カブリーヨは船内放送で指令を出す。「もうすぐボコボコ当たるはずだ」

「おっと、来た！」カシムが叫んだ。

「なんだ？」

「みんな衝撃に備えろ！」

カブリーヨは衝突警報ボタンを押すと同時に、大型スクリーンの隅のレーダー画面と、船尾からの監視カメラ映像の両方で、大波を見た。幅は川岸から川岸まで、高さは三メートル以上、二十ノットを軽く超える速度で、渦巻く水の壁が容赦なく襲いかかってきた。哨戒艇の一隻は大波から逃れようと方向転換を試みたが、その途中で呑みこまれた。横腹に激突されてあっさりひっくり返り、兵士たちは大渦に巻きこまれて、暴れる舟艇に身体を強打された。

丸木舟は跡形もなく消え、オレゴン号に砲撃を加えていた川岸の兵士たちはあわてて土地の高いところへ退避して、残された迫撃砲などいっさいの機材は押し流された。

カブリーヨは大波が船に激突する寸前にキーボードから両手を離し、超絶技巧の難曲に挑むピアニストのような指の構えをしたが、すぐにまた操船に取りかかるべく両手を軽くキーボードに載せた。

オレゴン号の船尾が川底から持ちあがった瞬間、泥の詰まっていないノズルから二十パーセントの出力でウォータージェットを噴射させる。あたかも津波に襲われたように、船は静止状態から一気に二十ノットの速力で走りだす。そのときすぐうしろで二発の迫撃砲弾が爆発したが、大波に押されなければ船尾の貨物船倉ハッチが吹き飛ばされ、エレベーターを備えた格納庫内のロビンソンR44ヘリコプターが破壊されたはずだった。

カブリーヨは諸数値を読んだ。機関の状態、ポンプの温度、対地速力、対水速力、位置、針路。視線は複数の表示画面を繰り返し巡回する。オレゴン号は今、川水に対しては三ノットでしか進んでいないが、川岸に対しては二十五ノットで疾走している。インガ・ダムからの奔流にぐんぐん押されているのだ。

「マックス、停止中のノズルが使えるようになったらすぐ教えてくれ」カブリーヨは声をあげた。「まだ舵効きが悪いんだ」

スロットルを徐々に開き、横向きの水圧に抵抗する。前方の中洲に衝突しそうなのだ。キーボードの上で指を踊らせる。船首と船尾のサイドスラスターを使ってなんとか船を直進させると、中洲の黒いジャングルがぼやけた形で脇を飛びすぎた。

船体を傾けて急な曲がり目を曲がりはじめると、流れの勢いで岸のほうへ強く押しやられる。前方を見ると、上流のほうを向いている小型の貨物船がそちら側の岸に船体を押しつけられていた。しかも船尾が川の中央寄りのほうへ突きでている。カブリーヨはサイドスラスターの出力を最大にし、オレゴン号を可能なかぎり右へ水平移動させた。船体が小型貨物船をこすって耳をつんざく音を立てたが、両者はすぐに離れた。

「愛車に傷がつきましたね」とエリックがからかったが、実際にはカブリーヨの操船技術に舌を巻いていた。舵の操作で衝突を避けるのはむりだと一瞬で判断したのだ。

船は沸き返る川をぐんぐん押し流されていく。まるで大雨の日の排水溝を流れる木の葉のようで、片方のノズルが復活するまでは針路の制御がままならない。カブリーヨは浅瀬や川岸に乗りあげないよう必死で戦ったが、回避はますますきわどいものになってきた。一度は実際に船底を浅瀬にぶつけた。キールが泥にめりこんで速度ががくんと落ちた。一瞬、カブリーヨはまた停止かと不安になった。コンピューターが自動的にジェット噴出をとめたからだ。だが、水流は力強く、船は川底を離れ、スターティングブロックを蹴った短距離走者のように前に飛びだした。

危険であるにもかかわらず、いや、危険だからこそ、カブリーヨはこの試練を楽しんでいた。これは予測不可能な猛威をふるう奔流を使っての、自分の技術と船の性能のテストであり、もっと言えば、人間対自然の勇壮な戦いなのだ。彼は自分に限界があるのを知っているからといって逃げるのではなく、むしろ自分に対処できそうにない状況にあえて立ち向かいたくなるタイプの人間だ。こうした性格は、ほかの人間なら身の程知らずの蛮勇として現われるかもしれない。だが、ファン・カブリーヨの場合は、比類のない度胸のよさとなる。

「ざあっと流されて、ノズルの詰まりがとれたようだ」とマックス・ハンリーが言った。「でも、どれくらいやられてるか調べさせるまでは優しく頼むぞ」

カブリーヨが問題のノズルを稼動させると、船体がそれに反応した。動きがのろくさくなくなり、徐々にサイドスラスターの使用を減らすことができた。速力を見ると、対地で二十八ノット、対水で八ノット。速力が増して舵効きがよくなった。数キロにわたって荒れ狂った川の流れも落ち着いてきた。アバラ大佐の手勢は川で死んだか、うんと引き離されたかのどちらかだろう。二機のヘリコプターは大波が襲来したときに引きあげていた。

「エリック、ここからボマまではきみに任せるぞ」

「はい、会長」とエリック・ストーンは応えた。「操舵、交代します」

カブリーヨは椅子の背にもたれた。マックス・ハンリーが肩に手をかけてきた。

「みごとな操縦ぶりだったな」

「ありがとう。しかし、ああいうのはしばらくやりたくないよ」

「これでもう安心と言いたいが、じつはそうじゃない。バッテリーの残量が三十パーセントまで落ちた。流れの助けがあっても、河口の二十キロ近く手前で電力切れになる」

「おいおい、結局わたしのことは信じていないのか?」カブリーヨは顔をしかめた。

「きみも聞いていたはずだぞ。エリックによれば……」腕時計を見る。「あと一時間半ほどで満潮だ。海水が河口から二、三十キロ上流まで上ってくる。レギュラーガソリンでレーシングカーを走らせるようなものだろうが、磁気流体力学機関を動かせるだけの塩気はあるよ」

ハンリーは悔しがった。「くそ、忘れていた」

「だからわたしのほうが高い給料をとっているんだ。わたしのほうが頭脳明晰で、賢明で、ルックスもいい」

「しかもこの上なく謙虚でいらっしゃる」そこで、ハンリーはまじめな顔になった。

「ボマに着いたら技術班にノズルを調べさせるが、コンピューターで判断するかぎりだいじょうぶそうだ。まったく無傷というわけでもないだろうが、内張りの取り替えは必要ない気がする」

ハンリーは〈コーポレーション〉の社長であり、会社の業務全般をみる立場にあるが、一番楽しんでいるのは機関長としての立場であり、オレゴン号の芸術品ともいえる推進機関は彼の誇りと喜びの対象なのである。

「それはありがたい」ノズルの内張りを取り替えるには数百万ドルかかるのだ。「しかし、ボマには長居したくないんだ。リンクとエディーを乗せたら、すぐに公海に出たい。ダム放水の件で、イサカ副大臣の揉み消しがうまくいかないかもしれないからな」

「なるほど。それなら機関の点検は外海でやろう。ドックでやるのとそう変わらないからな」

「ほかに被害の報告は出ているか?」

「医務室のX線撮影機が壊れたのと、皿やグラスがどっさり割れたとモーリスが文句を言っているくらいで、まずまず無事だ」モーリスはオレゴン号のボーイ長で、ハンリーより年が上なのは彼一人だ。ヴィクトリア朝に生まれたほうがよかったような人物で、乗組員ではただ一人アメリカ人ではない。イギリス海軍のさまざまな艦船で司厨員を務めて定年退職し、〈コーポレーション〉に就職してたちまち乗組員たちの人気者になった。それぞれの誕生日には完璧なお祝いパーティーを催してくれる。各自の食べ物の好みをきちんと把握していて腕のいいコックたちに作ってもらうのだ。

「新しいのを注文するときは贅沢をしないように言ってくれ。この前エディーを助けるために猛スピードを出して食器をたくさん割ったときは、ロイヤルドルトンで揃えたんだ。一人分のセットが六百ドルするやつを」

ハンリーは片眉をあげた。「雀の涙ほどの金をけちるのかい?」

「フィンガーボウルとシャーベットカップだけで四万五千ドルだぞ」

「それなら、鳩の涙かな。しかし前期の財務諸表は見ただろう——それくらいの出費は平気だよ」

それは本当だった。〈コーポレーション〉の業績は絶好調だ。保安と情報収集を目的とする会社を設立するというカブリーヨの賭けは、予想をはるかに超える大当たりとなった。もっとも、単純に喜んでばかりもいられない。このような会社に需要があることの背景には、ポスト冷戦時代のきびしい現実がある。二大超大国の拮抗が生んだ秩序が破れ、世界中で地域紛争とテロが増えたわけだが、そうした状況から利潤を得るというのは、顧客をきちんと選んでいるとはいえ、因果な話と言えなくもない。そのことでカブリーヨは不眠の夜を過ごすこともある。

「責めるならわたしの祖母さんを責めてくれ」とカブリーヨは言った。「一ドルの買い物でも値切る人だったんだ。家に遊びにいくのは嫌だったよ。何セントか節約するために、パンなんかも古くなったやつを買うんだ。ちゃんとトーストするんだが、トーストしたボローニャ・サンドイッチほどまずいものはない」

「わかった。それじゃきみのお祖母さんに敬意を表して、今回はリモージュ焼きで手を打つようモーリスに言っておこう」ハンリーはそう言って自分の持ち場に戻った。

ハリ・カシムが液晶画面付きの電子クリップボードを手にやってきた。口をへの字にして、西部のガンマンじみた口ひげをたわめている。

「会長、嗅ぎだし屋《スニッファー》がちょっと前にこんなものを傍受したんですが」スニッファーというのは、船の周囲数十キロをカバーする電波傍受システムで、普通のラジオ放送から暗号携帯電話の通信までキャッチできる。スーパーコンピューターが〇・五秒おきに受信電波をふるいにかけ、屑の中から有益な情報を拾いあげるのだ。「コンピューターが暗号を解読しましたが、民間人だとすればかなり高度な暗号で、軍隊でも中レベルです」

「電波の発信源は?」カブリーヨは通信部長から液晶画面が光っているクリップボードを受けとった。

「高度一万二千メートルの上空からかけた衛星電話です」

「それなら軍用機かビジネスジェット機だな。旅客機なら一万一千メートルより高く飛ぶことはめったにない」

「わたしもそう思いました。傍受したのは通信のごく一部だけです。スニッファーはレーダーと一緒にダウンして、復旧したときには飛行機はもう有効範囲から出ていました」

カブリーヨは短い解読文を声に出して読んだ。「〝……すぐはむりだ。午前四時までにメリックを悪魔《デヴィルズ》のオアシスまで連れていく〟」それから、今度は黙読して、無表情にカシムを見た。「さっぱり意味がわからない」

「〈悪魔のオアシス〉がなんなのかわかりませんが、桟橋にコンテナをおろしているとき、スカイ・ニューズで報じていました。ジェフリー・メリックと研究員の一人が、ジュネーヴにある研究所から誘拐されたようなんです。通信社の情報を確かめると、今の通信がなされたとき、メリックを乗せたビジネスジェット機がわたしたちの頭上を飛んでいったようです」

「そのジェフリー・メリックというのは、〈メリック・シンガー研究所〉の経営者のことなんだろうな」

「火力発電所の煙をきれいにする発明で億万長者になって、世界中の環境保護団体から憎まれている人物です。忌まわしい石炭の利用を長引かせたといって」

「身代金の要求はあったのか？」

「まだそういう報道はないですね」

カブリーヨは即座に決断した。「マーフとリンダ・ロスに調べさせるんだ」海軍情報部出身のロスは情報収集の達人、マーフィーは大量の情報からパターンを見つける名人だ。「状況を正確に知りたい。メリックを誘拐したのは誰か。捜査の責任者は誰か。〈悪魔のオアシス〉とは何で、どこにあるのか。それから、〈メリック・シンガー研究所〉に関する基礎情報も。とにかくすべてだ」

「調査の目的はなんです？」

「人助けだ」カブリーヨは海賊のようににやりと笑った。

「メリックが億万長者だというのは関係ないと」

「きみがわたしをそんなふうに思っているとはショックだよ」カブリーヨは大まじめな顔で憤慨してみせた。「被害者の財産のことを考えないはずが――いや、考えるはずがないだろう」

# 6

ファン・カブリーヨは椅子に坐り、象嵌《ぞうがん》細工を施した机に両足をあげて、タブレットパソコンでエディーとリンカーンの事後報告を読んでいた。冷や汗の連続だったにちがいない一連の出来事を、二人は退屈な読み物にし、互いに相手の功績を自分のものより高く評価している。危険な局面も控えめに説明されていて、ステレオ装置の取り扱い説明書かと思うほどだ。カブリーヨは光学ペンで二、三のコメントを書き、報告ファイルをコンピューターに保存した。

次いで気象情報をチェックすると、北方で今年九番目の熱帯低気圧が発生していた。オレゴン号には脅威ではないが、カブリーヨが惹かれたのは、すでに三つがハリケーンになっているからだ。シーズンに入ってまだ一カ月なのに。予報によれば、今年のハリケーンの数は、ニューオリンズやテキサス州南岸が甚大な被害をこうむった二〇〇五年の記録を破る可能性があるという。ほとんどの気象学者は、ハリケーンの年間発生数には周期があり、それで説明できるとしているが、環境保護団体は地球温暖化の結果であると声高に主張している。カブリーヨは学者のほうを信じているが、それにしても最近の傾向には当惑を覚えずにはいられない。

南西アフリカの沿岸は、少なくとも向こう五日間は晴れるようだった。

前夜は不定期貨物船の強欲な航海士を演じたので、むさくるしい外見をしていたが、今朝のカブリーヨはシャワーを浴びてさっぱりとし、イギリス製のブルージーンズにターンブルアンドアッサーのオープンシャツ、素足にデッキシューズという格好だ。靴下を履かないと、踝のあたりが見えるので、右の義足は金属がむきだしのものではなく、肌色のゴムを張ったものを着けている。髪はクルーカットより少し長いだけ。苗字が示すとおりラテン系の出身だが、その髪はほとんど真っ白に色が抜けている。これはカリフォルニアで生まれ育ち、明るい陽射しのもとでサーフィン三昧《ざんまい》に明け暮れたせいだ。

舷窓は装甲板がおろされて、カブリーヨの船室には陽光が射しこんでいた。チーク材の腰羽目も、床も、格《ごう》天井も、新鮮なワックスの光沢を帯びている。机からは寝室が見えているが、据えられているのは手彫り細工を施した大きな四柱式ベッドだ。バスルームには便器と洗面台のほか、メキシコ製タイルを張ったシャワー室と、銅製の気泡ジェットバスがある。アフターシェーブローションと、ときおり吸うキューバ産の葉巻トロヤ・ウニベルサレスの男臭い香りが漂う部屋だ。

内装は簡素ながら優雅で、カブリーヨの折衷的な趣味がよく出ている。一つの壁には荒海を突き進むオレゴン号がかけられ、べつの壁には旅先で手に入れた骨董品を飾ったガラス戸付きの棚がある。古代エジプトの副葬品である石人形ウシャブティ、アステカ帝国の石碗、チベットのマニ車、昔の水夫が暇つぶしに作った彫刻細工、グルカのナイフ、グリーンランドのアザラシの毛皮で作った人形、コロンビアのエメラルド原石などなど、数十点ある。家具はほぼ暗い色調で統一し、明かりは控えめで間接照明を多く用いているが、床に何枚か敷いたラグは色使いの明るい絹のペルシャ絨毯である。

この部屋の目立つ特徴は、写真が一枚もないことだ。海の男はたいてい妻や子供の写真を飾るものだが、カブリーヨの船室にはそれがない。結婚していたことはあるが、十一年前に妻が酒酔い運転で事故を起こして死んだ。カブリーヨは苦悩を胸の奥深くにしまいこみ、思いだすことを拒否しているのだ。

カブリーヨはコナのコーヒーを一口飲み、カップと皿を見てにやりと笑った。〈コーポレーション〉がアメリカの軍と情報機関から最高の人材をリクルートできるのには、二つの理由がある。給料がいいことと、社員のために使う経費を惜しまないことだ。厨房の高価な磁器、一流のコックたちが腕をふるう料理、あるいは新入社員が自分の船室を飾るのに必要な手当て。マーク・マーフィーはその手当てのほとんどを使い、船体からフジツボを全部落としてしまいそうな大音響を発するステレオ装置を備えつけたし、リンダ・ロスはニューヨークのインテリアデザイナーを雇って内装を整えさせた。リンカーンは、部屋自体は質実剛健なスパルタ風だが、ハーレー・ダヴィッドソンのバイクを買って部屋に置いている。

船内には広いフィットネスルームとサウナがある。また任務遂行中でないとき、バラストの一つに半分水を溜めると、オリンピック規格サイズのプールになる。このように〈コーポレーション〉の社員は快適な生活をしているが、昨夜の任務からもわかるとおり、それは危険に満ちた生活でもある。乗組員はみな自社の株主であり、役員は会社の利益から高額の報酬を受ける。また任務が一つ終わったあとのカブリーヨの楽しみは、技術員その他の補助的職務を果たす乗組員に払うボーナスの小切手にサインをすることだ。昨夜の仕事でいえば、ボーナスの総額は五十万ドルだ。

カブリーヨはキーボードに向かってラングストン・オーヴァーホルトへの報告書を書きはじめた。オーヴァーホルトはCIA時代の旧友で、〈コーポレーション〉にいろいろ仕事をまわしてくれる男である。と、そのとき、ドアにノックがあった。

「どうぞ」

入ってきたのはリンダ・ロスとマーク・マーフィーだった。リンダは小柄で活発な女性だが、マーフィーはひょろりと背の高い、垢抜けない印象の男だ。黒い髪はぼさぼさで、顎には剃刀の一滑りで消えてしまいそうなひげを生やし、服は黒いものしか着ない。船では数少ない軍出身以外の人材で、二十歳で博士号をとった天才だ。国防会社に研究開発員として就職し、そこでエリック・ストーンと出逢った。当時ストーンは海軍にいたが、退役間近で、〈コーポレーション〉への就職が内定していた。エリックはカブリーヨに、すごい兵器の専門家がいる、ぜひ会社に迎えるべきだと教えた。〈コーポレーション〉に就職して三年、マーフィーはパンクロックのファンであり、甲板はスケートボードパークと心得ている男だが、カブリーヨはエリックの見立てに完全に同意していた。

カブリーヨは机上のアンティークのクロノグラフを見た。「こんなに早く来たということは、三振かホームランのどちらかなんだろうな」

「三塁打ってとこですかね」マーフィーは両腕の書類を抱え直す。「ついでに言うと、ぼくはスポーツの喩えが好きじゃないんです。わからないのが多いし」

「じゃ言い換えるが、ヘイル・メアリー（アメリカンフットボールで試合終了間際に行なう一か八かのロングパス）というより、スラムダンクに近いということかな」カブリーヨはにやりと笑う。

「べつにいいですけどね」

二人は机と向きあう椅子に腰をおろし、カブリーヨは書類の山を机の上からおろした。「よし、何がわかった？」

「どこから始めます？」とリンダが訊く。「誘拐のことか、研究所のことか」

「まず全体の背景を説明してくれ。関係者についての基本的な情報を頼む」カブリーヨは頭のうしろで手を組み、天井をあおいで、リンダの報告を聞いた。相手の目を見ないのは失礼なようだが、これが精神を集中するときのカブリーヨの癖だ。

「ジェフリー・メリックは五十一歳。妻とは離婚、二人の子供はすでに成人して、父親の財産で遊びまくり、パパラッチに追いかけられてタブロイド紙に写真が出るというライフスタイルです。元妻は芸術家で、ニューメキシコ州在住、こちらは目立たない生活を送っています」

「メリックはマサチューセッツ工科大学《MIT》で化学博士号を取得。そのときの年齢は、同じ大学でマークが博士号をとったときの年齢と同じです。同窓生のダニエル・シンガーとともに新素材開発を目的とする会社〈メリック・シンガー研究所〉を創立。過去二十数年間に会社が取得した特許は八十件。会社はボストン郊外に二人で借りたアパートから出発して、現在ではスイスのジュネーヴに本社を構え、スタッフの数は百六十名。

ご存じだと思いますが、同社の最大の特許は石炭火力発電所の排出ガスから硫黄酸化物を九十パーセント除去する有機化学的システムです。この特許を取得した翌年、会社は株式を公開して、二人の創業者は億万長者になりました。ただしこの発明は当時大きな論争の的となり、それが今日まで尾を引いています。環境保護団体の中には、この技術が採用されてもなお石炭は汚い資源であり、全面的に使用を禁止すべきであるとする団体がかなりあります。多くの訴訟が現在も係属中で、新たな訴訟提起も毎年行なわれています」

「エコテロリストがメリックを誘拐した可能性は?」カブリーヨが質問を差しはさむ。

「スイスの警察はそれも視野に入れていますが」とリンダ。「可能性は薄そうです。誘拐など無意味なように思えますから。で、先ほどの続きですが、株式公開で大富豪となった十年後、メリックとシンガーのあいだに不和が生じました。このときまでは兄弟のように仲がよかったのです。記者会見にはいつも揃って出席し、休暇も両方の家族が一緒に過ごしていました。それから、数カ月間にシンガーの人格に変化が生じたようです。自分の会社を訴えているいくつもの環境保護団体の味方をしはじめて、メリックに自分の持ち株を全部買いとれと言いだした。当時の評価額で二十四億ドルで、メリックは必死でお金を掻き集めなければなりませんでした。株は全部メリック自身が買ったんですが、おかげで破産寸前に追いこまれたんです」

「カインとアベルみたいな話ってわけです」とマーフィー。

「経済紙はみな一面トップでこのことを報じています」

「その後、シンガーは何をしているんだ？」

「離婚をして、メイン州の生まれ故郷の近くで暮らしています。五年ほど前までは莫大な財産を使っていろいろな環境保護団体を支援していましたが、その中にはかなり過激な団体もありました。ところが突然、いくつもの団体に対して詐欺を理由に訴訟を提起しはじめたんです。そういう団体の幹部は集めた寄付金で私腹を肥やしているだけで、環境のために何もしていないと主張して。訴訟はまだ続いていますが、シンガー自身はもう表には出てこないようです」

「今は一種の隠者というわけか？」

「いえ。ただ目立つのを避けているだけみたいです。調べるうちになんとなく感じたのは、研究所をやっているときも、メリックが表の顔で、シンガーが頭脳部分だったのではないかということです。地位は対等でしたけど。メリックは気さくな人物で、ワシントンの連邦議会でも、のちに会社を移したスイスの首都ベルンでも、巧みに人脈を作りあげたようです。メリックは千ドルのスーツ、シンガーはジーンズにゆるめたネクタイ。メリックはスポットライトを好み、シンガーは影を好む。おそらく会社から手を引いたあとは、もともとの内向的な性格がいっそう強くなったのではないかと思います」

「誘拐の首謀者になりそうな感じじゃないが」とカブリーヨ。

「わたしもそう思います。要するに分厚い財布を持った科学者です」

「となると、やはり身代金目的の線が有力なわけか。それとも、ほかにメリックに恨みのある人間がいるのかね？」

「シンガーが抜けたあと、会社の運営はスムーズに運んでいるようです」

「今はどういうことをやっているんだ？」

「今は単独株主であるメリックの出資で、おもに基礎研究をやっています。特許も毎年何件かずつとりますが、世間を驚かすようなものはありません。素人にはよくわからない目的に役立つ接着剤とか、従来の製品より十分の一度だけ熱に強い発泡プラスチックとか」

「産業スパイが狙うようなものはないのか？」

「今のところそういう情報は出てきませんが、極秘裏に研究している可能性はあります」

「よし、そのことも念頭に置いておこう。次は誘拐事件のことを説明してくれ」

マーフィーが椅子の上で背を起こした。「メリックとスーザン・ドンレヴィーという研究員が、昨夜七時に研究所のメインビルで警備員に目撃されています。二人は何か話しながら建物を出たそうです。メリックは人と食事をするので八時に予約を入れていた。ドンレヴィーは一人暮らしで、その夜はとくに予定はなかったようです。

二人はそれぞれの車で研究所を出ました。メリックはメルセデス、ドンレヴィーはフォルクスワーゲン。どちらの車も研究所の敷地から一キロ弱離れたところで発見されています。警察はタイヤ痕から第三の車――これは車輪の間隔からおそらくバンだろうと推測されていますが――これが高速で体当たりして二台の車を道路から外に出したようです。メルセデスではエアバッグが膨張、フォルクスワーゲンのほうは作動せず。たぶんメリックが先にぶつけられ、ドンレヴィーは減速したところをやられた。

メルセデスの運転席側の窓は外から割られ、ロックを解除されたと見られます。フォルクスワーゲンのほうはオートロックではなかったので、単純にドアを開けて外に引きだされたと思われる」

「なぜ誘拐だとわかる？　事故に遭った二人を、どこかの善きサマリア人（困った人を助ける親切な人）が病院に運んだのかもしれないだろう？」とカブリーヨ。

「市内のどこの病院にも二人がいないので、警察は善きサマリア人の地下室に閉じこめられていると考えたわけです」

「なるほど」

「今のところ身代金の要求はなく、バンも発見されていません。でも、たぶん空港で発見されるでしょう。メリックが飛行機で国外に連れだされたことを、わたしたちは知っている。おそらくスーザン・ドンレヴィーも一緒でしょう」

「ゆうベジュネーヴを出発したチャーター機はリストアップしたか？」

「今エリックがやっています。五十機以上あります。ちょうど経済サミットが終わったところで、お偉いさんたちが帰っていったんです」

カブリーヨはぐるりと目をまわした。「そりゃ厄介だ」

「これはわれわれの不運というより、周到な計画というやつかもしれませんね」とリンダ。

「いい指摘だ」

「今のところ警察の捜査は目鼻がついていません。誘拐犯からの連絡待ちです」

「目当てはスーザン・ドンレヴィーで、メリックではないという可能性は？」カブリーヨは仮説を投げかける。

マーフィーが首を振った。「ないんじゃないですかね。会社のデータベースで調べましたが、ドンレヴィーは入社二年目、有機化学の研究者で、まだ博士号取得をめざしている段階です。さっきも言ったとおり一人暮らしで、夫も子供もいない。研究者の履歴データには趣味や何かの記録はほとんどありません。個人的な情報は出てこない。が、ともかくビジネスジェット機を使ってまで誘拐したくなる人物ではなさそうです」

「どう考えてもその線はなさそうですね」とリンダも口を添える。「標的はメリックでしょう。ドンレヴィーは目撃者なので一緒に連れていかれたんです」

「例の〈悪魔のオアシス〉というのは？」カブリーヨは話を前に進めた。

「インターネットでは何も出てきません」とリンダ。「暗号名だとしたら、どこであってもおかしくない。傍受した通信では、午前四時までに着くと言っていましたが、その範囲を円で描くと南米の東端まで含まれます。北へ方向転換してヨーロッパに戻ったかもしれませんし」

「それはどうかな。とりあえず、スイスから昨夜われわれがいた位置までの針路を南に延長した場合、行き先として考えられるのはどこだ？」

「ナミビア、ボツワナ、ジンバブエ、南アフリカのどこかでしょう」

「どれかに賭けろと言われたら、ジンバブエかな」とマーフィーがつぶやく。

長期政権の腐敗や経済政策の失敗により、かつて豊かだったジンバブエはアフリカの最貧国の一つとなってしまった。抑圧的な政府への怒りが煮えたぎり、地方では現体制を批判した者が弾圧を受け、食糧不足と病気が広がりつつある。あらゆる指標が、いつ内戦が勃発してもおかしくないことを示唆しているのだ。

「これもわれわれの不運というより、周到な計画の表われかもしれません」とリンダが言った。「内戦が起きそうなところに誘拐された大富豪がいるとは普通考えませんからね。しかし政府に賄賂を贈って見て見ぬふりをしてもらうのは簡単です」

「よし、それじゃジンバブエに重点を置いて探してくれ。ただしほかの可能性も無視するな。これから南に向かうが、南回帰線に到達するまでには何かわかっていることを期待しよう。わたしはラングストンと話して、ＣＩＡがこの件で何かつかんでいないか訊いてみる。スイス政府と〈メリック・シンガー研究所〉に人を送って情報を集めてもらうことも頼んでみよう。われわれに仕事を与える選択肢もあることを知らせるんだ」

「いつものビジネスのやり方とはちがいますね、会長」

「そのとおりだが、われわれはちょうどいいとき、ちょうどいい場所に居合わせたのかもしれない。万事うまくいく見込みはあるよ」

「誘拐犯がきょう身代金を要求してきて、〈メリック・シンガー〉が払って、ジェフリー先生は夕食に間にあう時間に帰宅できたりして」

「きみは重要な点を忘れている」カブリーヨはリンダの軽口に調子を合わせなかった。「金目当てなら、飛行機で国外へ拉致するリスクまで冒すとは思えない。スイス国内のどこかに監禁して、要求を出して、金を受けとって終わりにするはずだ。きみが考えている程度にまで周到な計画を立てたのだとしたら、われわれにはまだ見えていないべつのレベルの目論見があるはずだ」

リンダ・ロスは事態の深刻さを感じとって、うなずいた。「たとえばどういう？」

「〈悪魔のオアシス〉を見つけるんだ。そうすればわかるかもしれない」

# 7

両耳を覆うヘッドセットが暑苦しく、スローンは汗をかき、髪が膚に糊づけされたようだ。しかし、それをはずせば、ヘリコプターのエンジンとローターの律動する轟音に直接耐えなければならない。どちらの不快感をとるかというのが、この成果のない二日間の悩みだった。

シャツの背中もべとべとだ。身じろぎするたびにビニール張りの座席に貼りついて気持ちが悪い。そこで上体を動かすたびに背中を押さえるわざを編みだした。そうしないと胸の布地が突っぱって、ルカの好色な笑みを誘うからだ。ルカは後部座席の、スローンの隣に坐っている。本当はパイロットの隣に坐りたかったのだが、機体のバランスをとるにはトニーの体重が助手席に必要だとパイロットは言うのだ。

今はスワコプムントへ戻っていくところだが、スローンとしては嬉しさ半分、悔しさ半分だ。海の上を飛んで、給油のためにいったん引き返す、というのを今日は七回繰り返したが、地図に印をつけた場所を捜索しても、海中に見えたのは自然の岩ばかりだった。携帯型金属探知機を長いケーブルで吊るして海に沈めてみたが、船体はおろか錨ほどの大きさの金属も発見できなかった。

暑く窮屈なヘリコプターに長時間坐りつづけて、身体の節々が痛んだ。おまけにルカの体臭が、もう鼻から抜けないのではないかと思うほどだ。地元の漁師たちからこの辺の海のことを聞くという計画は、絶対に成功すると確信していた。ところがスワコプムントの砂丘に囲まれた小さなヘリポートへ戻っていく今、敗北感が喉の奥を焼き、海面からのぎらつく照り返しがサングラス越しに目を射て頭をずきずき痛ませる。

トニーが振り返って、ヘッドセットのプラグを差せという手ぶりをした。スローンは多少なりともプライバシーを守りたいので、機内通話網から身を切り離していたのだ。

「パイロットの話では、地図の最後の地点へはこのヘリで行けないそうだ」とトニーは言った。「パパ・ハインリックから聞いた場所へはね」

「パパ・ハインリックがどうしたんです?」ルカがすさまじい口臭をスローンに吹き

かけてきた。

なんとなくスローンは、深夜にサンドイッチ湾に出かけてゴムボートで頭のおかしな老人を訪ねた話を、ルカにはせずにいた。たぶんルカの言ったとおりだという気がしたので、それを当人に認めるのが嫌だったのだ。

余計なことを言って、とトニーを恨みながら、スローンは肩をすくめた。「もういいのよ。あの爺さんはおかしいから。燃料代に二千ドル以上も使って見込みのありそうな場所を探したのに、だめだったんだもの。パパ・ハインリックの大蛇なんかで散財できないわよ」

「ダイシャ?」とパイロットが訊き返す。南アフリカ人で、アフリカーンス語の訛りが強い英語を話す男だ。

「大蛇よ。大きな蛇」スローンはまぬけな気分で説明した。「巨大な鉄の蛇に襲われたことがあるんだそうよ」

「そりゃ幻覚ですわ」とパイロットは言った。「パパ・ハインリックは世界一の大酒飲みで有名ですからな。オーストラリアから来たバックパッカー二人と飲みくらべをやって、勝ったのを見たことがありますよ。二人とも象みたいな男でしたがなあ。たしかラグビーの選手でね。パパ・ハインリックが大蛇を見たとしたら、そりゃへべれけになってたんですわ」

「大蛇ねえ」ルカはくっくっと笑った。「だから頭がおかしいと言ったでしょ。話を聞きにいくなんて時間のむだなんだから。このルカを信じてくださいよ。絶対その場所を見つけてあげますから。ねえ。まだまだ探す場所はあるんですよ」

「ぼくはもういい」とトニー。「あさって帰るんだから、一日プールでのんびりするよ」

「いいですよ」ルカがショートパンツを穿いたスローンの太ももにちらりと視線を飛ばしてくる。「ミス・スローンと二人で行きますから。船はヘリより遠くへ行けるんです」

「それはよしとく」スローンの邪険な言い方に、トニーが「ん?」という顔を向けてきた。睨みつけてやると、やっとガイドの下心を理解したようだった。

「まあ、それは明日考えようか」とトニーは言った。「朝起きて、気分がよかったらつきあうよ。船遊びも悪くないかもしれない」

「時間のむだだけどなあ」とパイロットがつぶやく。

おっしゃるとおり、とスローンは思った。

二十分後、ヘリコプターは機首を心持ちあげて、土埃の溜まったヘリポートの上に降りてきた。ローターからの風が土埃を巻きあげてあたりを霞ませ、垂れていた吹き流しをピンク色のぴんと張りつめた円錐に変える。パイロットは機体をふわりと着地させ、エンジンを切った。その効果は覿面《てきめん》で、モーターの唸りがすっと小さくなり、ブレードの回転が速度を落としはじめた。それが停止しないうちにパイロットがドアを開けると、機内の汗臭い空気が出て、外の空気が入ってきた。熱く埃っぽいが、それでもほっとさせてくれる空気だった。

スローンはドアを開けてヘリコプターから降りた。頭上でまだ回転を続けているローターを本能的に避けて、身を低くする。機内に置いたダッフルバッグをとり、機首のほうへ行って、トニーが左側のスキッドにケーブルでくくりつけた金属探知機を取りはずすのを手伝った。二人で重さ四十キロほどの装置を運び、レンタルしたピックアップトラックの荷台に積みこむ。ルカはまったく手を貸さず、二時間ぶりの煙草をがつがつ吸っていた。

トニーはパイロットに今日一日分の料金を払った。残ったトラベラーズチェックは二枚だけだが、トニーはこれをカジノで使いきってしまおうと心に決めていた。パイロットは二人の客と握手をし、礼を言ったあとで、助言を一つ口にした。「ルカのことは泥棒まがいの下司野郎だと思ってるでしょうけどね、パパ・ハインリックのことはやつの言うとおりでさあ。あの爺さんはいかれてますよ。沈没船探しはもうさんざん楽しんだでしょうから、あとはのんびり休暇を楽しむことです。砂丘めぐりとか、トニーさんの言ったようにプールで泳ぐとか」

スローンはルカに聞こえないのを確かめてから言った。「ねえ、ピート、わたしたち、はるばる地球を半周してやってきたの。あと一日むだにしたって同じことよ」

パイロットは含み笑いをした。「さすがはアメリカ人だ、あたしゃ好きだな。絶対に諦めない」

ふたたび握手を交わすあいだに、ルカは四輪駆動ピックアップトラックの後部座席にのそのそ乗りこんだ。そのルカを、彼が住むウォルヴィス・ベイの労働者街のバーの前でおろし、今日のガイド料を払った。たぶんこれでお別れだとスローンとトニーがいくら言っても、ルカはまた明日の朝九時にホテルへ迎えにいくと言い張った。

「ほんとに嫌なやつ」とスローンは言った。

「なんでそう嫌うのかわからないな」とトニー。「そりゃまあ、シャワーを浴びて、口臭防止キャンデーを舐めろよとは思うけど、なかなかよくやってくれたよ」

「自分が女で、あいつがそばにいたらって想像してみてよ。そしたらわかるから」

スワコプムントは、アフリカのほかのどの都市とも似ていない。ナミビアはドイツの植民地だったため、市街地の建物は純バイエルン風で、家屋にも堅牢なルター派の教会にもごてごてした装飾が多い。椰子の木が並ぶ街路は広くてよく整備されているが、砂漠の砂があたり一面に薄く積もっている。ウォルヴィス・ベイの大水深港に近いおかげで交通の便がよく、最近では冒険好きの観光客がクルージングを楽しむ基地となっていた。

トニーはホテルのビュッフェで夕食をとったあとカジノで遊ぼうとしきりに誘ったが、スローンは断わった。「わたしは灯台のそばのレストランで夕陽を眺めながら食事をしようと思っているの」

「じゃ、ご自由に」トニーはそう言って自分の部屋へ戻っていった。

シャワーを浴びたあと、花柄のサンドレスを着てサンダルを履き、カーディガンを羽織った。赤銅色の髪は結わえずに肩まで垂らし、陽灼けした頰のピンク色が目立たないようなメイクをした。今回の旅行中、トニーはずっと紳士的だったが、たぶんカジノでジェームズ・ボンドごっこをしたあとで迫ってくるだろうという予感があった。とにかくそばにいないのが一番、というのがスローンの方針だった。

バーンホフ通りをぶらぶら歩きながら、土産物屋のウィンドーを覗いて、現地人の木彫品や彩色した駝鳥の卵などを眺めた。大西洋からの風のおかげで街は涼しくなり、空気中の細かい砂埃も吹き払われていた。通りのはずれまで来ると、右手にパーム・ビーチが現われ、前方には砂浜を守るように岬が伸びていて、突端に小さな灯台が建っている。それから数分後には目的地に着いた。白く砕ける波を見おろす岬の上のレストランは眺めがすばらしく、スローンと同じことを考えた観光客が大勢来ていた。ドイツビールを注文し、海に面したテーブルへ持っていく。

スローン・マッキンタイアは失敗に慣れていないので、今回の旅行がむだに終わったことがひどく堪《こた》えていた。たしかに初めから賭けの要素は高かったのだが、それでも英国商船ローヴ号の発見にはかなりの見込みがあると考えていたのだ。

そもそもあの噂が本当である可能性はどれくらいあるのだろう？　千分の一？　百万分の一？　もし発見したら自分には何が手に入るのか？　よくやったと背中を叩かれて、ボーナスをもらうだけだ。そんなことのためにトニーの不機嫌や、ルカの助平な目つきや、パパ・ハインリックの世迷い事に耐えるなんて割に合わないのではないか？　腹立ちまぎれに、ビールの残りを三回で喉に流しこみ、さらにもう一本と魚料理を注文した。

スローンは陽の入りを眺めながら食事をし、自分の人生について考えた。姉には仕事があるだけでなく、夫と三人の子供がいる。ところが自分は独身で、ロンドンのフラットはしょっちゅう留守にするので、すぐ枯らしてしまう本物の観葉植物は捨て、全部模造品に取り替えている。この前つきあった男にしても、あまり会えないものだから、すぐに仲が冷えてしまった。だが、それ以上に頭に浮かんでくるのは、コロンビア大学のビジネスクールで経営学修士号をとった自分が、何が悲しくて第三世界をうろつき、漁師にどこで網がよく切れるかなどと尋ね歩いているのかという疑問だ。

食事を終えたときには、決心を固めていた。ロンドンに帰ったら、一度じっくりと将来のことを考えてみよう。自分はいったい何をやりたいのかを。あと三年で四十歳。今の自分にはそれほどの年とも思えないが、二十歳のころにはずいぶんおばさんに思えたものだ。そんな年になっても、自分はまだ何事も成し遂げていない。何か思いきった行動をとらないかぎり、ビジネス社会でステップアップはできないだろう。

ナミビアへ来たのもそう考えてのことだったが、これは完全に失敗したようだ。ということで物思いはふりだしに戻り、読み違えた自分への怒りがまた湧いてきた。

冷たい海から吹く風のせいで、少し膚寒くなってきた。カーディガンに袖を通し、勘定を払った。チップも、ガイドブックには不要とあったが、気前よくはずんだ。

それからホテルに引き返したが、古い街をもう少し見たいので、来たときとはちがう道を通った。二、三のレストランの周辺を除けば歩道に人気はなく、車の往来も少なかった。ナミビアは、アフリカでは豊かなほうとはいえ、やはり貧しい国で、庶民の生活のリズムは太陽が刻んでいる。夜の八時には寝てしまうので、灯のともっている住宅は少なかった。

ふいに風がやんだとき、足音が聞こえた。コンクリート舗装の歩道は音がよく響くのだ。振り返ると、人影が角の向こうにさっと引っこんだ。その人間がそのままこちらへ歩いてきていたら、べつにどうということはなかった。だが、なぜか姿を見られたくないらしい。今さらながらスローンは、街のよく知らない界隈へ来ていることを自覚した。

ホテルが左手の、四つか五つ向こうの通りにあるのはわかっている。バーンホフ通りでは目立つ建物だから、その通りに出ればもうだいじょうぶだ。スローンは駆けだした。すぐにサンダルの片方が脱げたので、もう片方も蹴飛ばすように脱いだ。きっと尾行者も走ってこちらを追いはじめたにちがいない。

スローンは力いっぱい駆けた。素足がパタパタと歩道を打つ。角を曲がるとき、思いきってうしろを見てみた。追っ手は二人いる！　たぶんトニーと一緒に話を聞いた漁師たちだ、と思いたいところだが、どちらも白人で、一人は拳銃を持っているように見える。

角を曲がり、さらに速く走った。距離はどんどん縮まっているだろう。それはわかっている。だが、ホテルにたどり着けば、連中は諦めるはずだ。腕を思いきり振る。レースのブラではなく、スポーツブラを着けていればいいのにと思う。通りを一本越えた。男たちの姿は今は見えない。そこでとっさに決断して狭い路地に飛びこんだ。

向こうの通りへ抜ける直前、闇の中に落ちていた空き缶を蹴飛ばしてしまった。爪先が痛かったが、空き缶が見えなかった悔しさのほうが勝っていた。缶は大きな音を立てたので、追っ手にも聞こえたはずだ。角を左に曲がると、車が一台やってきた。スローンは車道に飛びだして両腕をはげしく振った。車は速度をゆるめた。乗っているのは男と女で、うしろに子供たちが乗っている。

女が男に何か言い、後ろめたそうに目をそむけると、車は加速してスローンの脇を走りすぎた。スローンは毒づいた。助けてもらえるかもしれないと希望を抱いたせいで、貴重な数秒がむだになったのだ。ふたたび走りだしたが、肺が焼けつきそうに熱くなってきた。

銃声が一つ弾け、同時にかたわらの建物の壁からコンクリートの破片が飛んできた。三十センチ弱の差で、頭への狙いがそれたのだ。背をかがめたい衝動に抵抗した。走る速度が落ちるからだ。なおもガゼルのように疾走しながら、右へ、左へと鋭く身体を振って、銃撃を逃れようとした。

ヴァッサーファル通りの標識が見えた。ホテルがある通りはその次だ。スローンは自分でも可能とは思わなかった一層の加速をして、バーンホフ通りに出た。ホテルはすぐ目の前と言っていいほど近く、広い車道を車が何台も走っているし、改築された駅の周辺はかなり明るい。スローンは浴びせられるクラクションを無視し、踊るように車と車のあいだを掻いくぐって、ホテルの玄関にたどり着いた。振り返ると、二人の男は通りの反対側からこちらを睨んでいる。拳銃を持っていた男はもう手ぶらだ。その男が両手で口を囲って、こう怒鳴った。「さっきのは警告だ！　すぐナミビアを出ろ！　次は当てるぞ！」

何を、と怒りが衝きあげ、中指を立ててやろうかと思ったが、向こう意気とは裏腹に力が抜けて、玄関前でへたりこんだ。胸がわななき、目から涙が流れる。すぐにドアマンが近づいてきた。

「だいじょうぶですか？」

「ええ、だいじょうぶ」スローンは立ちあがり、お尻の砂埃を払った。手の甲で涙をぬぐう。また通りの向かいを見ると、もうそこには誰もいなかった。唇はまだ震え、膝はがくがくしていたが、それでもスローンは肩をそびやかし、ゆっくりと右腕を持ちあげ、中指をぐっと立てた。

# 8

厚い石壁も悲鳴を呑みこみきれなかった。太陽の熱はたっぷり吸いこみ、熱くて触れないほどだったが、拷問を受けるスーザン・ドンレヴィーの泣き叫ぶ声は、隣の監房から聞こえるかのように響き渡った。最初のうち、ジェフリー・メリックはその声をしっかり聞いているよう自らに強いた。苦痛の証人となることが、多少ともスーザンの慰めになるとでもいうように。一時間ほどは、鋭い悲鳴にじっと耐えていた。その声が断末魔の叫びのようになるたびに、びくりと身を縮め、頭を水晶玉のように粉々に割られるような感覚に襲われた。だが今は、監房の東端の床に坐りこんで、両耳をふさぎ、悲鳴を押し殺そうとしていた。

スーザンは夜が明けるとすぐに連れていかれた。そのときの監獄はまだ息が詰まるほど暑くはなく、東側の壁の高い位置にあるガラスのない窓が曙光を導きいれて希望を持たせてくれていた。建物の中の監房区画は少なくとも面積が十五メートル四方、高さが十メートルほどある。各監房は三面が石の壁で、残る一面は鉄格子。監房区画は三階あり、二階、三階へは螺旋《らせん》階段でのぼる。古びた施設のように見えるが、鉄格子は現代の重警備刑務所なみに堅固だ。

メリックは誘拐犯たちの顔をまだ見ていなかった。研究所の近くで車をぶつけてきて、この地獄のような監獄まで連れてくるまでずっと、全員がスキーマスクをかぶっていた。体格から判断して、少なくとも三人いるのはわかった。一人は大柄で、スポーツ用の袖なしTシャツを着ていた。もう一人は細身で、目は明るい青。三人目はその二人とはちがうということしかわからない。

誘拐されてからの三日間、メリックもスーザンも、犯人から一言も話しかけられなかった。ぶつけてきたバンに押しこまれると、服を脱がされ、つなぎの服を与えられた。腕時計や装飾品は取りあげられ、靴もゴムサンダルに履き替えさせられた。食事は一日二回。メリックの監房の床にはトイレ用の穴があり、外の風が強まると砂交じりの熱い空気が吹きこんできた。監房に入れられたあとは、人が来るのは食事を運んでくるときだけだった。

そして今朝になって、スーザンが連れていかれた。スーザンの監房は同じ階のべつの列にあり、確実なことは言えないが、髪をつかまれてむりやり立たされたような音と声が聞こえた。男たちはスーザンを追い立てて、メリックの監房の前を通りすぎ、その区画のただ一つのドアから出ていった。覗き穴のある分厚い鉄のドアだ。

スーザンは顔面蒼白で、目にはすでに絶望の膜がかかっていた。メリックは彼女の名を呼び、鉄格子のあいだから手を出して身体に触れようとしたが、一番小柄な男が警棒を鉄格子に打ちつけてきた。メリックはうしろに倒れ、スーザンはむりやり連れ去られていった。監房の暑さの程度から推して、それから四時間ほどたったように思われた。最初は静かだったが、やがて悲鳴が聞こえてきた。拷問はすでに一時間以上続いている。

誘拐された直後、メリックは、これは身代金目的だと確信していた。犯人グループは金を要求するはずだと。スイスの警察は誘拐犯の要求を呑まないが、犯人との交渉を専門とする私企業は存在する。最近イタリアで誘拐事件が多発していることから、メリックは取締役会に、自分が誘拐されたときはそういう会社に依頼して、金を惜しまず救いだしてくれと指示していた。

だが、目隠しをされ、飛行機に乗せられて六時間ほどたつと、自信がなくなってきた。深夜、メリックとスーザンは声をひそめて、犯人の意図について議論した。スーザンは、やはり目当てはメリックの財産で、自分は誘拐現場を目撃したから連れてこられたという意見だったが、メリックは納得しきれなかった。会社に金を用意するよう指示しろとも、生きている証拠に声を聞かせてやれとも命じられない。今までのところ自分の知っている誘拐の定石とはちがっているのだ。企業経営者向けの保安セミナーを受けたのはもう何年も前のことだが、今覚えている範囲で考えても通常の誘拐事件のパターンにはあてはまらない。

そして今度はこれだ。自分の課題のこと以外はほとんど何も知らないまじめな研究員のスーザン・ドンレヴィーを拷問しはじめたのだ。メリックは数週間前に、スーザンから石油流出を食いとめるのに役立つバクテリアの話を聞いたことを思いだした。あのときは言わなかったが、彼女の志の高さは買うけれども、いささか現実離れしていると感じたのだった。敵討ちはいいモチベーションになると言ったのは、いろいろな場で何百回も繰り返してきた警句のようなものだ。子供のころのトラウマを克服したいのなら、実験室にいるより精神科医を訪ねたほうがいい。

スーザンの研究のことから進んで、〈メリック・シンガー研究所〉で現在進行しているほかのプロジェクトのことを考えた。監獄に入れられてから、何度も考えてみたことだ。だが、何もない。かりに目的が企業秘密を盗むことだとして、誘拐事件を引き起こすようなプロジェクトは何もないのだ。新たな革命的発明での特許を取得できる見込みなどまったくない。それどころか、シンガーと共同で硫黄酸化物除去システムを開発して以来、大きな利潤を生む発明は一つもなかった。実態を言うなら、今の研究所はメリックが見栄で続けているだけだ。化学研究の世界に身を置きつづけて、学会で発言させてもらうための道具なのだ。

悲鳴がやんだ。ゆっくりと尾を引きながらではなく、突然ぷつりととまった。それが想像させるのは怖ろしい事態だった。

メリックはぱっと立ちあがって鉄格子に顔を押しつけ、一部だけ見える区画の出入り口を見た。数分後、複数のボルト錠が開錠され、重い金属のドアが開かれた。

二人の男がスーザンの両腕を首にまわして、引きずるように中へ入れ、三人目の男が大きな鍵束を持ってついてきた。四人が近づいてきたとき、メリックはスーザンの髪に固まった血がこびりついているのを見た。つなぎの服は襟もとが引き裂かれ、あざのついた青白い胸の上部と肩が見えていた。メリックの監房の前を通るとき、スーザンはなんとか顔をあげた。メリックは息を呑んだ。ぐしゃぐしゃになっていたからだ。片方の目は膨れあがって閉じてしまい、もう片方も額と頬の打撲傷に押されてほとんど開くことができない。切り傷のある締まりなく開いた唇からは唾液と血が糸を引いて垂れている。

こちらをちらりと見たスーザンの目には、生命の光はごく微かにしか宿っていなかった。

「ああ、スーザン、すまない、本当にすまない」メリックは涙が流れるのを抑えようともしなかった。その哀れなありさまを見れば、それが見知らぬ人間であっても、悲痛な思いで叫びたくなったはずだ。ましてスーザンは自分の下で働いている研究員であり、こんな目に遭わされたのは、ある意味で自分のせいであってみれば、魂を引き裂かれる思いだった。

スーザンは血の混じった唾を石の床に吐き、しゃがれ声で言った。「この人たちは、何も訊かないの」

「おいきさまら！」メリックは男たちに憤怒をほとばしらせた。「金なら払ってやる。こんなことをすることはないんだ。この人は何も関係ないんだ！」

三人の男はまるで耳が聞こえないかのように、メリックの罵声にもまるで反応しない。ただスーザンを引き立てていっただけだった。監房の扉が開き、手荒く中へ放りこまれる音がした。鉄の扉が音高く閉まり、鍵がかけられた。

メリックは、自分の番になったら力のかぎり戦おうと決意した。殴られるにしても、その前に何か打撃を加えてやるのだ。監房の中でじっと待った。両の拳を握りしめ、肩をいからせて、待ち構えた。

青い目の一番小柄な男が現われた。手に何か持っている。それが何なのかわからず、なんの反応もできないうちに、男がテイザー銃を発射した。電線の先の電極がメリックの身体に五万ボルトの電気を流し、中枢神経に激痛を与えた。メリックは一瞬身体を硬直させてから、床に倒れた。意識を取り戻したときには、監房を出され、区画から出るドアの手前に連れてこられていた。すさまじい電気ショックのせいで、戦うも何もなかった。

# 9

スローン・マッキンタイアは野球帽をかぶって、前進するフィッシングボートが生む二十ノットの風に髪が乱されるのを防いでいた。派手な色の紐をつけたオークリーのラップアラウンド型サングラスで目を守り、膚の露出している部分は陽灼け止めクリームSPF30で保護している。服装は薄茶色の綿のショートパンツに、ポケットがたくさんついたゆったりめのブッシュシャツで、足もとはデッキシューズ。ゴールドのアンクレットが陽光にきらきら光る。

海に出るたびに、スローンは十代のころに戻った気分になる。フロリダ半島東岸でチャーター船業を営んでいた父親の手伝いをしていたのだ。病気がちの父親にかわって船を操縦するときは、ビルフィッシュやスナッパーより小娘船長を釣ろうとする酔っ払いの客に悩まされたりもしたが、総じてこれまでの人生で一番楽しかった時期と言えた。潮の匂いで心が落ち着き、俗世界を離れて疾走する船の上にいることで精神を集中させることができた。

船長は気のよさそうなナミビア人で、スローンが船に詳しいのを感じとって親近感を覚えたようだった。スローンがちらりと目を向けると、気心の通じた笑みが返ってきた。スローンも微笑みかけた。船尾の〈カミンズ〉社製ツイン・ディーゼルエンジンの喧《やかま》しい音で会話はほとんどできないので、船長は椅子から立ち、操縦してみろという手ぶりをした。スローンの微笑みは大きく広がった。船長は羅針盤を指で叩いて針路を示し、脇へよける。スローンは操縦席に滑りこみ、よく使いこまれた舵輪を握った。

船長は二、三分脇に立って、航跡が曲がらないかを見守った。そしてこの女の客なら全長十四メートルのクルーザーを操れるという見立てが正しかったのを確認すると、短い梯子でフライブリッジから降りた。船尾のファイティングチェアでぐったりしているトニー・リアドンに会釈をすると、船室内のトイレを使いにいった。

前の夜に二人の男が追ってこなかったら、スローンはもう沈没船の探索を諦めていたはずだった。それがあの一件で、自分が英国商船ローヴ号に迫っていることを確信したのだ。そうでなければなぜ脅しをかけてくるだろう。トニーにはまだ黙っているのだが、上司には朝一番に電話をかけてすべてを話していた。上司は危険ではないかと心配しながらも、パパ・ハインリックの鉄の大蛇の話を追求してみることを許可してくれた。

これが無謀なことであるのはわかっている。良識ある人間なら、あんな警告を受けたらとっとと飛行機に乗って帰国するだろう。だが、スローンはそういう性分ではない。中途半端に仕事を投げだしたりはしない。どんなひどい本でも最後の一行まで読みきるタイプだ。たぶんこの食らいついたら離さない性格のせいで、男との関係がうまくいかなくなっても思いきりよく別れられないのだろうが、今はその性格が、どんな障害があろうと沈没船を見つけてやるという気力を与えてくれるのだ。

スローンはチャーター船を慎重に選び、船長が前に地図作りのために話を聞いた相手でないことを確かめた。トニーと一緒にホテルを出ると、釣り船に乗るために港へ向かう大勢の観光客の中に交じった。バスに乗ったときは尾行者がいないか目を光らせた。怪しい人間がいたら船での探索はやめるつもりだったが、バスに注意を向けてくる者はいなかった。

それからの六時間は何事も起こらず、一キロ、二キロと陸を離れていくにつれて、スローンは徐々に緊張を解きはじめた。おそらくあの二人組は、スローンが警告を真剣に受けとめて諦めたと思っているのだろう。

南風が出て、海がやや荒れてきた。だが、幅広の船はうねりが来て右に傾いても、滑らかに平衡を取り戻し、快調に進んでいく。船長は船室から出てきたが、しばらくはスローンの背後に立ち、操縦を見ていた。ベンチシートの下から双眼鏡を取りだして水平線を見る。それから双眼鏡をスローンに渡し、真西よりわずかに南の方角を指さした。

スローンは接眼レンズの幅を調節してから目にあてた。一本煙突の大型貨物船が水平線上に浮かび、ウォルヴィス・ベイに向かっていた。この距離からわかるのは、船体が黒っぽく、船首と船尾にデリックがあることくらいだ。

「ああいう船はこの辺で見たことがないんだがね」と船長は言った。「ウォルヴィスに来るのは沿岸貨物船か客船だ。漁船はもっと岸寄りで漁をするし、タンカーは七、八百キロ沖を通るしね」

世界中の航路は、ほとんどハイウェイと同じくらい道筋が決まっている。到着の遅延が許されず、運航費用がスーパータンカーだと一日数十万ドルにもなるので、船は港から港へなるべく一直線に航行しようとし、二、三キロの変更もめったにしない。

だから四六時中込み合っている海域がある一方で、一年間に一隻も通らない海域もある。今、チャーター船はそんな海の過疎地にいた。沿岸船が通るところよりも外だが、喜望峰をまわりこむ船が通るほどの外海ではない。

「それに船じたいも変ね」とスローンは言った。「煙突から煙が出ていないもの。ひょっとして遺棄船かしら。嵐にやられて、全員降りてしまったとか?」

トニーが梯子をのぼってきた。スローンは謎めいた船とその乗組員のことを考えていてその音が聞こえず、肩を叩かれたときはびくりとした。

「ごめん」とトニーは謝った。「ちょっとうしろを見てごらん。べつの船が近づいてくるんだ」

スローンは勢いよく振り返ったので、両手で握った舵輪が動いてしまい、船は左へ曲がった。海上で距離を目測するのはむずかしいが、高速で近づいてくるその船が三キロ以内にいるのは間違いなかった。そして速度がこちらより速いのは。スローンは双眼鏡を船長のほうへ放り投げ、クロムめっきのスロットルレバーを一杯まで押した。

「どうしたんだ?」急な加速で前にのめったトニーが訊いた。

船長はスローンの怯えを感じとり、しばらくのあいだ無言のまま双眼鏡でうしろの船を見つめた。

「あの船、知ってる？」スローンは船長に訊いた。

「ああ。月に一遍くらいウォルヴィス・ベイに来るよ。高級なクルーザーだ。全長は十五メートルくらいかな。船の名前も、誰の船かも知らないが」

「乗っている人間は見える？」

「アッパーブリッジに何人かいる。みんな白人だ」

「何がどうなってるのか教えてくれ！」トニーが顔を紅潮させて叫んだ。

今度もスローンはトニーを無視した。自分で見なくても、誰が乗っているのかはわかっていた。ゆっくりと舵輪をまわして船首を遠くの貨物船のほうへ向けた。人の目があれば、追っ手は諦めるかもしれない。こんながらんとした海の上にいたら殺される、早く逃げなければ。スローンはさらに強くスロットルレバーを前に押したが、ディーゼルエンジンはすでに全力を出していた。あの貨物船に人が乗っていますように、と黙って唇を動かして祈った。もし無人だったら、クルーザーに追いつかれたときに死ぬことになる。

トニーが目をぎらつかせて腕をつかんできた。「おい、どういうことなんだ？　うしろから来るのは誰だ？」

「ゆうべホテルに戻る途中で追いかけてきた連中だと思う」

「追いかけてきた？　どういう意味だ？」

「そういう意味よ」スローンは突き放すように言う。「ホテルに戻る途中で二人組の男に追いかけられたのよ。一人は銃を持っていた。すぐこの国を出ていけって脅したわ」

トニーの怒りは憤怒となり、船長も表情の読めない顔でスローンに目を向けた。

「それをぼくに黙っていたわけだ。頭がおかしいんじゃないか？　銃を持った二人組に追われているというのに、こんな誰もいない海に出てきて。まったく、何考えてるんだ？」

「尾けてくるとは思わなかったのよ！」スローンは怒鳴り返した。「そうよ、わたしはへまをしたのよ！　でも、あの貨物船のすぐそばまで近づけば手出ししてこないわ」

「貨物船がいなかったらどうするつもりだった？」トニーは唾を飛ばしながらがなり立てる。

「でも、ちゃんとあそこにいる。だからだいじょうぶ」

トニーは船長に顔を向けた。「銃は持ってるか？」

船長はゆっくりとうなずいた。「サメ対策にね」

「じゃあ、持ってきてくれ。必要になるかもしれない」

船はずっと横からうねりを受けてきたが、今はスローンが転針したせいで、直角に立ち向かっていた。船首は大きく上下に揺れ、うねりを乗り越えるたびに白い飛沫をはねあげた。かなり荒っぽい走りになり、スローンは膝を軽く曲げて衝撃を和らげた。

船長があがってきて、スローンに年季の入った十二番径のショットガンと一掴みの弾薬を渡した。直感で、トニーにない力がスローンにあると読んだのだ。船長がまた操舵席につき、うねりに合わせてスロットルを微妙に調整しながら、速度を失わないようにする。後方のクルーザーは一キロ半ほど距離を詰めたが、貨物船は近づいたように見えない。

双眼鏡で大型貨物船を眺めるうちに、スローンの気力は萎えてきた。オンボロ船なのだ。船体の黒っぽい塗装にむらがあるように見えるのは、あちこち鉄板で補修しているせいらしい。甲板にも船橋にも人影はない。船尾の白い泡は船が前進していることを示唆しているようだが、それはありえないだろう。煙突から煙が出ていないのだから。

「無線機はある？」とスローンは船長に訊いた。

「キャビンにある。でも、電波はウォルヴィスまで届かないよ。それを考えているのならだが」

スローンは前方の貨物船を指さした。「あの船に事情を話して、梯子をおろしてもらうのよ」

船長はさっとうしろを振り返り、ぐんぐん迫ってくるクルーザーを見た。「間にあうかな」

スローンは両手だけで梯子を滑りおり、キャビンに飛びこんだ。低い天井に、旧式の携帯型無線機がボルトで取りつけてある。電源を入れ、国際ＶＨＦの緊急通信用周波数である16チャンネルを選ぶ。

「救援《メーデー》を求む、救援《メーデー》を求む、こちら釣り船ピングイン号。ウォルヴィス・ベイに向かう貨物船、応答願います。海賊に追われています。応答願います」

雑音がキャビン内に満ちる。

スローンはダイヤルを調整し、また親指で送信スイッチを押した。「こちらピングイン号。ウォルヴィス・ベイに向かう貨物船、応答願います。助けてほしいんです。応答してください」

親指を離すと、また雑音が鳴る。ただし今度はその中にかすかな声が聞きとれたような気がした。船は縦揺れを繰り返すが、スローンは外科医のように精妙な指づかいでダイヤルを調節した。

ふいに声がスピーカーから飛びだした。「ゆうべの警告を聞いて、ナミビアを出るべきだったんだ」音が割れていても、昨夜聞いた声だとはっきりわかり、スローンは血が凍りつきそうになった。

送信ボタンをぐいっと押す。「見逃してくれたら港に戻るわ」と訴えかけた。「すぐ飛行機に乗って出ていくわ。約束する」

「もう手遅れだ」

スローンは船尾の向こうを見た。クルーザーとの距離は二百メートルを切り、ブリッジでライフルらしきものを抱えている二人の男が見えた。貨物船はまだ二キロほど離れている。

もう間にあわない。

「どう思います、会長？」ハリ・カシムが通信ステーションの席から訊いた。

カブリーヨは前に身を乗りだし、両肘を椅子の肘掛けにかけて、ひげを剃っていない顎を片手で支えていた。大きなパネルスクリーンには、マストに設置したカメラからの映像が映っている。ジャイロ安定機のおかげで、オレゴン号に向かってくる二隻の舟艇のズームアップ映像はまったくブレない。釣り船の速力は二十ノット、クルーザーのほうは三十五ノットに近い。

二隻の船は小一時間前からレーダーで捕捉していたが、とくに注意を要するとは考えなかった。ナミビア沖は漁場であり、フィッシングスポットだからだ。ところが釣り船のほうが、突然こちらに向かってきた。船名はピングイン号とわかった。ピングインはドイツ語でペンギンだ。カブリーヨはアスレチックルームで一時間運動をしたあと、船室でシャワーを浴びようとしているときに、呼びだされた。

「さっぱりわからない」ようやくカブリーヨは答えた。「海賊が百万ドルほどする高級クルーザーに乗って、二百五十キロの沖合で釣り船を追いまわすかな。どうも胡散《うさん》臭い。ウェップス、クルーザーのほうをアップにしてくれ。乗っている人間を見てみよう」

非番のマーク・マーフィーにかわって兵器管制を担当しているウェップスが、レバーとトラックボールを操作して指示に従った。これだけ拡大すると、コンピューター制御のジャイロ安定機も、さすがに揺れを抑えきれないが、まずまずの絵が映しだされた。フライブリッジの下の曲面ガラスが陽光をはねてまぶしいが、そのぎらつきを通して、ブリッジの上に四人の人影が見えた。そのうち二人は突撃銃を抱えている。

見ていると、一人が銃を肩づけして、短い連射を放った。

ウェップスは次の命令を見越して、映像をピングイン号のそれに戻した。銃弾が船に命中した様子はない。が、船尾に赤銅色の髪の女が、ショットガンを持ってしゃがんでいるのが見える。

「ウェップス」カブリーヨが鋭く指令を発した。「ガトリング砲を巻きあげろ。ただしカバーはまだおろすな。クルーザーへの射撃諸元を算定して、念のために右舷の三〇口径機関銃の銃口を出しておけ」

「突撃銃で武装した男四人組と、ショットガンの女の対決ですか」ハリ・カシムが言った。「われわれが何かしないと、多勢に無勢ですね」

「その何かを今やっているんだ」カブリーヨはそう応じてから、カシムにうなずきかけた。「よし、無線であの女性に話すぞ」

三つのキーボードを前にしたカシムが、キーを一つ叩いた。「どうぞ」

カブリーヨはリップマイクの位置を整えた。「ピングイン号、ピングイン号、ピングイン号、こちらは貨物船オレゴン号」スクリーン上で、女性の頭がさっとうしろを向いた。

それから身を低くしたままキャビンに入る。すぐに息を切らした声がオレゴン号の作戦指令室に響き渡った。「オレゴン号、ありがとう。遺棄船《デレリクト・シップ》かと諦めかけていたわ」

「ある意味、住所不定者《デレリクト》かも」リンダ・ロスが真顔でジョークを飛ばす。今は非番だが、カブリーヨが作戦指令室に来てもらった。元情報機関員の知見を必要とする場面があるかもしれないからだ。

「どういう緊急事態か話してくれ」カブリーヨは二隻の船をカメラで捉えていることは伏せておいた。「さっき海賊と言ったようだが」

「ええ、いきなりマシンガンを撃ってきて。わたしの名前はスローン・マッキンタイア。チャーター船で釣りをしようとしていたら、突然現れたの」

「ちょっとちがう気がしますね」リンダ・ロスは下唇を吸った。「さっき、クルーザーの男が、前にも警告を発しているというようなことを言いました」

「あの女は嘘をついているわけだ」とカブリーヨも同意する。「銃で撃たれているというのに、嘘をつく。ちょっと面白いと思わないか?」

「何か隠し事をしていますね」

「オレゴン号」とスローンが呼びかけてきた。「聞こえている?」

カブリーヨはキーを押してマイクをオンにした。「聞こえている」スクリーンをすばやく見て、状況を把握しようとした。画面は両舟艇の一分後の位置と、二分後の位置を表示している。釣り船にとっては剣呑な状況だ。だが、問題はこちらが真相を知らないまま行動しなければならない点だ。ひょっとしたらマッキンタイアは、アフリカ南部随一の麻薬業者で、ライバル組織に消されようとしているとも考えられる。ピングイン号の危難は自業自得なのかもしれない。あるいは、マッキンタイアは罪のない釣り客なのかもしれない。

「しかし、それならなぜ嘘をつく?」カブリーヨはささやき声で独りごちた。オレゴン号の秘密を守ろうとすれば、とれる手段は限られている——かなり、限られている。カブリーヨはまた顎をなでるあいだに十個ほどのシナリオを検討して、決断した。

「操舵手、右舷へ急転回しろ。ピングイン号との距離を詰めるぞ。速力を二十ノットにあげろ。機関部、煙を出せ」人目のないところでは、オレゴン号は公害物質を排出しないが、ほかの船がいるときは特殊な煙を発生させる装置で、普通のディーゼル機関で動いているふりをするのだ。

「二分前にスイッチを入れました」と作戦指令室の奥から副機関長が応えてきた。

「二隻の船から見えるところへ来たときにそうすべきでしたが、うっかりしました」

「まあいい。変だと気づくやつはいなかっただろう」カブリーヨはそう言ったあとで、マイクをオンにした。「スローン、こちらはオレゴン号の船長だ」

「こちらスローン、どうぞ」

カブリーヨはこの女性の冷静さに感心し、トーリー・バリンジャーのことを思いだした。トーリーは数カ月前に日本海で救助したイギリス人女性だが、スローンも彼女と同じように度胸が据わっているようだ。「今、そちらに向かって方向転換を開始した。そちらの船長に、われわれの左舷へ来るよう伝えてくれ。ただし最初は、追っ手のクルーザーに、われわれの右舷側へ行くつもりだと思わせること。わかるか？」

「そちらの船の左舷へ行く。ただし最後のぎりぎりの段階で」

「そのとおりだ。だが、あまりきわどいことをしないように。どうせクルーザーは、今の速度ではあまり急激な転針はできない。きみたちはできるだけこちらの船首の波を避けること。こちらは舷側に舷梯をおろすが、わたしが指示するまで近づくな。わかったかな？」

「あなたから指示があるまで舷梯には近づかない」スローンは復唱する。

「きみたちはだいじょうぶだ、スローン」カブリーヨは雑音交じりに自信に満ちた声を送った。「われわれが海賊を相手にするのはこれが初めてじゃない」

スクリーン上では、二人の男がまたピングイン号に突撃銃を発射したが、距離もまだそれなりにあり、船が揺れるので、射撃はむずかしい。銃弾は釣り船にかすりもしていないようだ。だが、カブリーヨの中ではスローンを助けるのが正しいことだとの確信が強まった。

「ハリ、舷梯をおろさせろ。ウェップス、船首の三〇口径機関銃の発射準備をしろ」

「もう標的をロックオンしています」

ピングイン号は弾むように近づいてくる。オレゴン号まで約三百メートル、後方のクルーザーは百メートル以内に迫っている。機関銃は発射したくないが、やむをえまい。オレゴン号が二隻のあいだに割りこむ前に、クルーザーは正確な銃撃が可能なところまで接近するだろう。カブリーヨがウェップスに射撃を命じようとしたとき、スローンが船尾に這い進むのが見えた。頭と肩を船尾肋板から出して、ショットガンを一発撃ち、狙いをつけ直してさらに二発目を撃った。

もちろん当たりはしないが、思いがけない銃撃に、クルーザーはもう少し慎重に接近しようと速度をゆるめる。これで生まれた数秒の余裕が、カブリーヨのプランを助けた。

「何をやっているんだ？」マックス・ハンリーが、パイプ煙草の香りとともにそばへ来た。「おれが一日のんびり休んでいるときに、おまえさんはチキンゲームか？　しかも相手は古い釣り船に、女遊び用のボートとはね」

トラブルが始まると第六感で察知し、船室にいてもすぐ出てくるハンリーに、カブリーヨは今さら驚いたりはしない。「あのクルーザーの連中が釣り船に乗っている人たちを殺そうとしているんだ。しかも人に見られても平気らしい」

「人のお楽しみを邪魔しようというわけか」

カブリーヨは横目でハンリーを見てにやりと笑う。「わたしのことを他人のトラブルに口出ししない人間だと思っていたか？」

「黙って見ているやつかと訊かれれば、答えはノーだな」ハンリーはスクリーンを見ていたが、すぐに毒づいた。

クルーザーが一気に加速し、また射撃を開始した。ピングイン号の分厚い船尾から木の破片が飛び散り、キャビンのドアのガラスが砕けた。スローンは船尾に守られているが、フライブリッジの上の船長ともう一人の男は無防備だった。

船長は速度を犠牲にして船を左右に振り、銃弾をかわしながら、オレゴン号に近づいてくる。スローンがまたショットガンを二発撃って協力した。狙いは大きくはずれ、海面にできたはずの小さな飛沫は見えなかった。

クルーザーからまた連射され、スローンは身体を低くした。後部甲板の粗い木の床に伏せていると、オレゴン号は見えないが、自船の揺れ方の変化から、貨物船の巨体が立てる波の影響を受けはじめたのはわかった。ショットガンの反動のせいで肩が痛む。あとはもうピングイン号の船長とオレゴン号の謎の船長に任せるしかない。床の上で恐怖に息をあえがせながらも、スローンは高揚感を覚えていた。この窮地に陥る原因となった、あの負けん気が生みだす高揚感だ。

オレゴン号では、カブリーヨとハンリーが、小型船どうしの距離が縮まるのを見ていた。ピングイン号はこちらの右手を進んでくる。クルーザーはそれよりさらに少しだけ右寄りを疾駆し、銃で獲物を仕留めようと、ぐんぐん接近する。

「もうちょっと待て」ハンリーは誰にともなく言う。これが自分の仕切りなら、スローンを通して、無線で釣り船の船長に指示を出すのに。だが、やはりカブリーヨの判断が正しいのだと気づいた。ピングイン号の性能は船長が一番よく知っている。だから彼に任せるのがいい。

ピングイン号は三十メートル前方に来た。マストのカメラにはもう捉えられない。ウェップスは船首機関銃のカメラ映像に切り替えた。

釣り船はまた銃撃を受けた。もっと距離が空いていたら、カブリーヨは当初のプランを棄てて、機関銃かガトリング砲で高級クルーザーを吹き飛ばしただろう。ガトリング砲はまだ鉄板のうしろに隠されているが、標的をずっと追尾している。

「今だ」とカブリーヨはささやく。

マイクはオフになっているが、まるでその声がピングイン号の船長に聞こえたかのようだった。鋭く舵輪をまわし、オレゴン号のナイフのように尖った船首の十二メートルほど手前を横切り、船体が作る波にサーファーのように乗った。

クルーザーの操縦手も舵輪をまわしたが、速力が速すぎてピングイン号のあとを追うのはむりだと判断し、すぐに戻した。このままオレゴン号の右側を進み、速力の優位を利用して、ピングイン号より先に船尾に到達しようと決める。

「操舵手」カブリーヨは穏やかに言った。「わたしが号令をかけたら、船首サイドスラスターのジェットを右舷に噴出させ、舵を右いっぱいに切れ。速力を四十ノットにあげろ」カメラの角度を小刻みに変えると、ピングイン号が映った。船体の方向転換で釣り船を潰してはならない。速力と角度を決めながら、オレゴン号の秘密を守るために人命を危険にさらしているのだと自覚する。クルーザーがちょうどいい位置に来た。ピングイン号はまだ完全には危険な場所を脱していない。だが、もう時間切れだ。

「よし今だ」

操舵手がキーをいくつか叩き、レバーを微妙にひねっただけで、一万一千トンの貨物船は、このサイズのほかの船には不可能なことをやってのけた。船尾サイドスラスターが向かって右側にウォータージェットを噴出し、船首が左へまわりはじめる。磁気流体力学機関の出力を増加させたので、船体はみるみる向きを変える。

ついさっきまで、クルーザーとオレゴン号は平行線上を逆向きに進んでいたが、今やオレゴン号は四十五度の角度に曲がった。クルーザーはオレゴン号の長い船腹に沿って相対速度六十ノットで進むつもりだったが、そうはならなかった。オレゴン号は、母鯨が子鯨を守るように、釣り船とクルーザーのあいだに自分の巨体を入れたのだ。カブリーヨはピングイン号を映したスクリーンを見た。釣り船は回転してくるオレゴン号の船首を逃れ、送られてくる波に大きく揺れていた。

クルーザーは、列車の先を越して線路を横切ろうとする車のように、オレゴン号の船尾をまわりこもうと舵を切った。操縦手は機動力にとぼしい大型貨物船だと思っているのだろうが、もしも船尾で沸き立つ水が見えたなら、機関を停止させて、衝突の衝撃を少しでも小さくしようとしたはずだ。

構図は単純だ。オレゴン号は左回りに回転していく。直進してきたクルーザーは自分からみて左へ曲がろうとする。

操縦手がやっと気づいて、スロットルレバーをぐいと引き戻したが、もう遅すぎた。クルーザーのぴかぴかの船首が、オレゴン号の表面の荒れた船腹に衝突した。船首から三十メートルのところだった。グラスファイバーとアルミニウムは分厚い鋼鉄の敵ではない。高級クルーザーの船体は大ハンマーで叩かれたビール缶よろしく前後にぐしゃりと潰れた。ツイン・ターボ・ディーゼルエンジンが自船の船体をつらぬき、肋材を粉砕する。上部構造物は爆発したようにガラスとプラスチックの破片を飛散させた。ほんの少し前まで目的達成の自信にあふれていた四人の男は、すさまじい激突により一瞬にして無となった。

燃料タンクの一つが爆発し、オレンジ色の火炎の球が黒煙とともに噴きあがってオレゴン号の船腹を舐める。何事もなかったように回転を続けるオレゴン号は、金魚にぶつかられたサメといった風情だ。海面に広がったディーゼル油が燃えて油煙をあげている中に、クルーザーの残骸が見えていたが、まもなく海中に没した。

「全機関停止」カブリーヨが命じると、即座にすべてのポンプがとまり、船が減速するのが感じられた。

「ハエを叩くようなもんだな」マックス・ハンリーが肩をぽんと叩いてきた。

「助けた相手がスズメバチじゃないことを祈ろう」カブリーヨはマイクのスイッチを

入れた。「オレゴン号からピングイン号へ、聞こえるか?」

「オレゴン号、こちらピングイン号」そのスローンの声から、安心した笑顔が見えるようだった。「どうやったのか知らないけど、三人ともとても感謝しているわ」

「みなさんにこちらへ来てもらって、遅めの昼食をとりながら、事情を話してもらおうと思っているんだが」

「あー、ちょっと待ってもらえるかしら」

カブリーヨは真相がぜひ知りたいので、断わる口実を考える時間を与えなかった。

「招待を受けてもらえないのなら、ウォルヴィス・ベイの当局に正式な報告をするしかないね」

本気ではないが、相手にはそれはわからない。

「ええと、それじゃ、喜んで」

「よし、では、舷梯は左舷におろすから。乗組員が船橋まで案内する」カブリーヨはハンリーを見た。「さてと、わたしがどんな新しいトラブルを背負いこんだか、確かめにいくとするか」

# 10

　ジェフリー・メリックは温かな無意識にずっと抱かれていたかったが、テイザー銃の麻痺効果が薄れてくるにつれて、うめき声を漏らした。手足の指先がじんじん痺れ、電極が当たった胸は硫酸でも浴びたようにヒリヒリと痛かった。

「意識が戻ってきたようですよ」と肉体のない声が聞こえた。まるで遠くから届いてきたような響きだが、なぜかメリックはその声の主がすぐそばにいるのを知っていた。自分の混乱した頭が遠いところへ行っていたのだ。

　身体が居心地の悪い姿勢になっているのが意識にのぼってきた。そこで身動きをしようとしたが、むだだとわかった。両手に手錠をかけられている。金属が食いこんでいる感覚はないが、左右の手首が数センチしか離れない。両脚はまだうまく動かせず、足首を同じようにつながれているだけなのかどうかはわからなかった。

おずおずと目を開いて、またすぐ閉じた。ここがどこであるにせよ、ひどくまぶしい。太陽の表面に立っているようだ。

メリックは何秒か待ってから、また目を開いた。ただし強烈な光をまともに受けないよう細目にしておく。しばらくすると細かい部分の焦点が合ってきた。部屋はおよそ五メートル四方で、滑らかな石の壁は監房のそれとよく似ていた。つまりここは同じ監獄の建物の中なのかもしれない。一面の壁には大きな一枚ガラスの嵌め殺しの窓がある。頑丈な鉄格子がついており、ガラスは最近はめられたようにきれいだった。外に見えるのはこの上なく無機質な風景で、白い細かな砂の海が容赦なく照りつける陽射しのもとに無限に広がっていた。

メリックは首をめぐらせて部屋の中にいる人間を見た。

全部で八人の男女が木のテーブルを囲んでいた。監獄の看守とはちがって、スキーマスクはかぶっていない。知っている顔は一つもなかったが、大柄な男と青い目のハンサムな男は看守にちがいないと思った。全員が白人で、おそらく大半が三十五歳以下だ。メリックはスイス生活が長いので、服装がヨーロッパ風なのはわかった。テーブルにはノートパソコンが一台載っている。その前に坐っている女は、白いものが交じった髪から推して四十代後半で、この中の最年長者だろう。テーブルの下にはパソコンに接続されたウェブカメラが据えられており、メリックに焦点を合わせている。「ジェフリー・マイケル・メリック」パソコンのスピーカーから電子的に変形された声が響いた。「きみは欠席裁判にかけられ、地球に対する罪に関して有罪と判定された」何人もがうなずいた。「きみの会社が開発した硫黄酸化物除去システムなるものは、化石燃料の使用を続けても環境保全は可能だと諸政府や諸個人に信じこませた。具体的には〝きれいな石炭〟という概念を吹きこんだのだ。だが、そのようなものは存在しない。当法廷は、きみのシステムを採用した発電所で硫黄酸化物の排出量が若干減少したことは認めるが、その他の有害物質は手つかずのまま大気中に放出されている。

きみがそのシステムで収めた戦術的勝利は、将来の世代のためにわれわれの地球を救おうと努力しているわれわれにとっては戦略的敗北なのだ。きみの会社のように地球への優しさを唱えながら小ざかしいトリックで毒を売りつける企業に、環境保護運動が翻弄されることは許されない。地球温暖化は世界がこれまで直面してきた危機の中で最大のものであるのに、きみたちが従来よりも少しだけ環境に配慮した技術を開発するせいで、人々は脅威が減じられたと信じてしまう。しかし実際には、地球温暖化は年々悪化の一途をたどっているのだ。

ハイブリッドカーも同じだ。ガソリン消費量が少ないのは事実だが、これが開発されることにより自動車の使用が増えて、結果的に大気汚染が進むことになる。こうした技術は、少数の良心的な人々に自分は環境保護に貢献していると信じこませるための策略にすぎず、実際には彼らに環境を破壊させている。彼らは科学技術によって地球を救うことができると誤解しているが、科学技術は本質的に地球を破滅に導くものなのだ」

メリックには、言葉は聞こえていたが、意味が頭に入ってこなかった。何か言おうとしたが、喉がまだ麻痺していて、しゃがれ声が出ただけだった。咳払いをして、もう一度やってみた。「あなたたちは——何者なんだ?」

「きみのインチキを見抜いている者たちだ」

「インチキ?」メリックは間を置いて、必死で頭を回転させた。次の数分で、自分の足でここを出ていけるか、スーザンのように引きずりだされるかが決まるのだ。「わたしの技術はその有効性が実証されている。産業革命以来大量に排出されてきた硫黄酸化物が、わたしのおかげで減少したんだ」

「そしてきみのおかげで」——電子的に変形された声でもちゃんと皮肉な調子は出て

いた——「二酸化炭素、一酸化炭素、灰の微粒子、水銀その他の重金属の排出量が増えた。海水面も上昇した。きみの発明のおかげで電力会社は地球に優しい企業を気取っているが、硫黄酸化物は汚染物質のごく一部にすぎない。環境汚染の原因は無数にあることを世界に知らしめる必要があるのだ」

「それを知らしめるためにわたしを誘拐して、罪もない女性を半殺しにしたのか？」

メリックはわが身の危険のことを考えずにそう言った。この問題については何百回も批判者と議論してきたのだ。たしかに、自分の発明のおかげで硫黄酸化物の排出量が減ったかわりに、火力発電所の数が増え、有害物質の排出量が増えた。これは古典的なジレンマなのだ。この論争には慣れている。負けない自信がある。

「あの女はきみの会社で働いている。罪がないわけではない」

「なぜそれがわかる？　きみたちは一度も彼女の名前を訊かなかった。何をしている人かもだ」

「具体的にどういう仕事をしているかは関係ない。きみの会社で働いているというだけで共犯の罪が成立する」

メリックは大きく息をついた。生還したければ、自分が敵ではないことを彼らに説得しなければならない。「まあ聞きたまえ。世界がエネルギーを必要としているのはわたしのせいじゃない。環境を改善したいのなら、人口抑制を訴えるべきだ。中国はもうすぐアメリカを抜いて世界第一の環境汚染国になるが、それは人口が十三億人もいるからだ。十億人のインドもあとを追っている。地球環境への最大の脅威はそれだ。かりに欧米諸国が環境保護を徹底して、馬車や鋤の時代に戻ったら、アジアでの環境汚染に対応できなくなる。これは地球全体の問題だ。そこは賛成する。しかし、だからこそ地球全体で解決しなければならないんだ」

テーブルの男女は今の演説に感銘を受けた様子を見せず、パソコンも不吉な沈黙を続けた。メリックは強気の姿勢を崩すまいと、胃腸に流れこんでくる油のような恐怖と戦った。だが、むりだった。声がうわずり、目にまた涙が湧いた。

「お願いだ。こんなことをする必要はないんだ」メリックは嘆願した。「お金がいるんだろう? それならきみたちの組織に必要なだけ出す。お願いだから、わたしたちを帰らせてくれ」

「もう遅すぎる」パソコンの声が言った。それから変声装置が切られ、地声があとを続けた。「きみはもう裁かれ、有罪とされたんだ、ジェフ」

それはメリックのよく知っている声だったが、もう長いあいだ聞いたことがなかった。メリックは自分がもうすぐ死ぬことを悟った。

# 11

カブリーヨはシャワーを浴びる暇もなく、トレーニングウェアを制服に着替えただけだった。作戦指令室に戻ると、まもなくフランク・リンカーンに案内されてスローンと二人の男がやってきた。外の階段をのぼってくる足音が聞こえてきたとき、すばやく船橋内を見まわしたが、普段どおり汚れて雑然としており、この船の真の性質を暴露するハイテク機器の置き忘れはなかった。今はまたエディー・センが操舵手を演じていて、つなぎの作業服に野球帽をかぶり、古風な舵輪の前に立っている。エディーはおそらく〈コーポレーション〉の社員の中で最も周到なプランナーであり、何事であれ細かい点まできっちりと詰める。冒険を好む性格でなかったなら、会計士として成功していただろう。カブリーヨはエディーが、紛い物のテレグラフ（機関室に命令を出すための指示器）の針を全停止の位置にセットし、実際には使わないアフリカ南西部の海図を海図台に広げているのを見た。

カブリーヨは印刷が薄れて染みのついた海図を指で叩いた。「芸が細かいな」

「気に入っていただけると思っていましたよ」

カブリーヨはスローン・マッキンタイアの容姿については、当人が現われるまで何も考えていなかった。スローンは赤銅色の髪がくしゃくしゃに乱れ、手に負えないじゃじゃ馬の印象を与えた。口が少し大きすぎ、鼻が長すぎるが、開けっぴろげな性格が顔に現われていて、ささいな欠点はほとんど気にならないほどだ。サングラスは胸もとに垂らしているので、カブリーヨには彼女の目が見える。それは赤毛と対になるとロマンチックな面差しになる緑色の目ではなく、間隔の広い灰色の瞳で、周囲の状況をすばやく把握する明敏さを示しているように思えた。身体つきはややふっくらとした感じだが、腕などは筋肉がしっかりしていて、水泳選手のようだとカブリーヨは思った。

連れの男のうち、一人は黒人で、おそらくピングイン号の船長だろう。もう一人は喉仏の飛びでた白人で、不機嫌そうな顔をしていた。カブリーヨはこの男とスローンのような魅力的な女性が一緒にいる理由をうまく想像できなかった。二人の態度と表情を見ると、スローンのほうが主導権を持っているものの、男は彼女に対してひどく怒っているらしいとわかる。

カブリーヨは前に進みでて手を差しだした。「船長のファン・カブリーヨだ。オレゴン号へようこそ」

「スローン・マッキンタイアです」

握手は力強く、目はまっすぐこちらに向いている。カブリーヨは、銃撃されたときに感じたにちがいない恐怖はもう跡形もないのを見てとった。

「こちらはトニー・リアドンと、ピングイン号の船長ユストゥス・ウレンガ」

「はじめまして」

トニーはカブリーヨの英語に切れのいいイギリス風のアクセントがあるのを意外に思った。

「見たところ、三人とも医者の手当ては必要なさそうだが、どうかな?」

「ええ、だいじょうぶ。ありがとう」

「よかった、ほっとしたよ」カブリーヨはお愛想でなくそう言った。「船長室へ来てもらって話をうかがってもいいんだが、あいにく散らかっている。食堂へ行こう。料理長に何か作らせるよ」そう言ってリンカーンにモーリスを探しにいかせた。

船長室は船舶検査官や港湾職員を迎える場所で、彼らが一刻も早く船を降りたくなるような工夫がこらされている。壁とカーペットには安物煙草の悪臭がする化学薬品を染みこませてあり、ヘビースモーカーでさえ辟易すること請け合いだ。ビロードの布地に描いたピエロの絵が数枚かけてあり、その悲しげなまなざしは、まさに狙いどおりに、たいていの人を居たたまれない気分にさせる。じっくり話をしようという気になれない部屋なのだ。上甲板の厨房と食堂は、改善の余地はいろいろあるにせよ、そこそこ清潔だ。

カブリーヨは三人を先導してリノリウムの傷んだ内階段を降りた。手すりがぐらぐらするから気をつけるように警告したが、もちろんわざとそのようにしているのだ。食堂に招きいれ、二つあるスイッチの片方を弾き、蛍光灯の列を点灯した。もう一つのスイッチを入れると、三つの蛍光灯がつくが、そのうち二つはちらちら点滅し、不快な唸りを立てる。だから積荷目録を点検する税関職員は、食堂より船橋で作業をするほうを好むのだ。広い食堂に置かれた四つのテーブルは不揃いで、十六脚ある椅子のうち多少とも形が似ているのは二つだけだ。壁はカブリーヨが〝ソヴィエト・グリーン〟と呼んでいる色に塗られている。これは濁ったミント色で、必ずや人を憂鬱にせずにはおかない。

オレゴン号の本当の食堂は、その二層下の甲板にある。どこの五つ星のレストランにもひけをとらない優雅なスペースだ。

カブリーヨが三人に手で示したのは、壁に仕込んだピンホールカメラが正面から狙っている席だった。リンダ・ロスとマックス・ハンリーが作戦指令室のモニターで会見の模様を見ている。何か訊きたいことがあるときは、ボーイ長のモーリスがカブリーヨにそれを伝えにいくことになっている。

カブリーヨはテーブルの上で両手を組み、三人をざっと見てから、目をスローン・マッキンタイアの顔に据えた。スローンも瞬かない視線を返してきた。口もとには微笑みが覗いている、とカブリーヨは思った。危険な目にあったあとだから、恐怖や怒りにとらわれていると予想していたが、スローンは何やら楽しげですらある。それに対して、トニー・リアドンは明らかに苛立っているし、ピングイン号の船長は物思いに沈んでいる。船長は当局に届けでられはしないかと心配しているのだろう。

「さてと、いったいどうしてあの男たちに命を狙われるはめになったのか、話してもらえるかな」カブリーヨがそう切りだすと、スローンが、よく訊いてくれたという顔で前に身を乗りだし、口を開こうとしたが、カブリーヨはさらに続けた。「念のために言っておくと、あの連中が無線でゆうべの警告がどうのと言ったのは、わたしも聞いたからね」

スローンは椅子の背にもたれて、答え方を考え直すような顔をした。

「全部話しちまえよ」トニーが、即答しないスローンに吐き棄てるように言った。

「こうなったらもうどうでもいいだろう」

スローンはトニーを睨みつけたが、自分が話さなければトニーがしゃべってしまうのはわかっている。ため息をついてこう答えた。「わたしたちは十九世紀末にこのあたりの海で沈没した船を探しているの」

「じゃあ、一つ当ててみようか。きみはその船に宝物が積んであると思っているんだろう?」カブリーヨは子供を相手にするような口調で訊く。

スローンはからかいの調子には取りあわなかった。「それには自分の命を賭けてもいいほど自信があるわ。その宝物のために人を殺してもいいと思っている人たちもいるみたいだし」

「なるほど、これは一本とられた」カブリーヨはスローンからトニーに視線を移した。どちらも宝物ハンターのタイプには見えないが、あの熱病には誰でもかかる可能性がある。「きみたち二人はどうやって知り合ったのかな」

「インターネットの、財宝探し専門のチャットルームで」とスローン。「去年から計画を立てて、お金を貯めてきたの」

「ゆうべ何が起きたか話してくれるかな」

「わたしは一人で夕食をとりにいって、ホテルに帰る途中で、二人組の男に尾行されたのよ。わたしが走って逃げると、追いかけてきた。途中で一人が拳銃を撃ってきたわ。ホテルの玄関先までたどり着いたら、人が大勢いたから、男たちは諦めた。で、そのとき一人が、さっき銃を撃ったのは警告だ、ナミビアを出ていけと叫んだの」

「その二人組が、あのクルーザーに乗っていたんだね？」

「ええ、マシンガンを持った二人がそうだった」

「きみたちがナミビアにいるのを知っているのは誰だ？」

「というと？　国の友人とか、職場の同僚とか？」

「いや、きみたちがここで何をしているかを知っている人間だ。宝探しのことは誰かに話したのかな」

「かなり大勢の地元の漁師に話を聞いた」とトニー。

スローンがすぐに押しかぶせた。「それは網をよく破る場所はないか訊いたのよ。この辺の海底はだいたい砂漠の延長だから、網が破れるとしたら人工の物、たとえば沈没船とかのせいだろうと思って」

「そうとはかぎらないが」とカブリーヨ。

「ええ、そのことはよくわかった」スローンの声には敗北感がにじんでいた。「あたりをつけた場所をヘリで飛んで、金属探知機をおろしてみたけど、何も見つからなかったから」

「それは意外なことじゃない。潮流が何百万年ものあいだに岩盤をむきだしにしていて、そこで網が破れることがあるからね」カブリーヨがそう言うと、スローンはうなずいた。「それで、漁師のほかに話した相手はいるかな」

スローンは口をへの字に曲げた。「ルカという男。一応ガイドに雇ったんだけど、嫌な男だった。それとヘリのパイロットで、ピーテル・デヴィットという南アフリカ人。でも、網のことを訊いてまわる理由は誰にも話していないし、ピートもルカもわたしたちがどんな船を探しているのかを知らないの」

「パパ・ハインリックと鉄の大蛇のことを忘れちゃいけない」とトニーが辛辣に言った。とにかくスローンを困らせたいのだ。

カブリーヨは片方の眉をあげた。「大蛇？」

「それはなんでもないの」とスローン。「頭のおかしな年寄りの漁師から聞いた話だから」

ドアに軽いノックがあった。モーリスがプラスチックのトレイを持って入ってきた。ボーイ長の渋い顔を見て、カブリーヨはにやりとしそうになるのを抑えた。

一言で言えば、モーリスは潔癖症なのだ。一日に二度ひげを剃り、毎朝靴を磨き、シャツに一本でも折れ目が見つかったら着替える。オレゴン号の豪華な区画では機嫌がいいが、外部の人間向けのスペースでは、豚小屋に迷いこんだイスラム教徒のような顔になってしまう。

今はカブリーヨたちの芝居に合わせて、上着とネクタイを着用せず、シャツの袖をまくりあげている。カブリーヨは〈コーポレーション〉の全社員の身元を把握しているが、一つだけ知らないのが、モーリスの年齢だ。みんなは六十歳から八十歳のあいだだろうと言う。だが、トレイを高く持ちあげた腕はオレゴン号のデリックのように安定しており、皿やグラスをテーブルにおろすときは中身を一滴たりともこぼさない。

「お飲み物は緑茶」モーリスのイギリス英語のアクセントが、トニーの注意を惹いた。「軽いお食事は中華料理の点心で、焼き餃子に、鶏肉の撈麵《ロウミン》です」それから胸ポケットから紙片を一枚出し、カブリーヨに差しだした。「ミスター・ハンリーからこれをお渡しするようにと」

カブリーヨが紙片を読むあいだに、モーリスが皿やナプキンを置いた。どれもちぐはぐだが、少なくともナプキンは清潔だ。

ハンリーからのメモにはこうあった。〝女の話はまっかな嘘〟

カブリーヨは隠しカメラのほうを向いて、「そのとおりだな」と言った。

「何が？」スローンが緑茶を一口味わってから訊いた。

「いや、一等航海士から、ここに長居をしていると次の港へ着くのが遅れると言ってきたんだ」

「それはどこなのかしら？　もし訊いてもよければだけど」

「ありがとう、モーリス。もういいよ」カブリーヨはボーイ長を行かせてから質問に答えた。「ケープタウンだ。これはブラジルから日本へ材木を運んでいく航海なんだが、途中ケープタウンでコンテナを少し積んでムンバイ（旧称ボンベイ）でおろすんだ」

「この船はほんとに不定期貨物船なのね？」とスローンが訊いた。声に感心したような響きがある。「まだそういうのがあったのね」

「そう多くはない。今は定期船のコンテナ輸送がほとんどだ。しかし、われわれのようにこぼれたパン屑を拾う業者もいる」カブリーヨは質素な食堂を手で示した。「残念ながらパン屑は年々小粒になってきて、この船に金をかけることができないがね。もうあちこちガタが来ているよ」

「それでも、きっとロマンチックな生活ね」

その真情のこもった言い方に、カブリーヨははっとした。彼自身、大規模な海運会社の歯車として定期運航するのでなく、港から港へ渡り歩き、依頼主を見つけて仕事を請け負う不定期貨物船稼業をロマンチックなものだと思っていたのだ。そんなあくせくしない船乗りの生活など、事実上もうどこにも存在しないのだろうが。カブリーヨはにっこり笑い、緑茶でスローンと乾杯した。「うん。ときにはそう思えることもあるよ」

スローンが浮かべた温かい笑みを見て、カブリーヨは何かで心が通じたような気がした。

だが、気を引き締め直して、事情聴取を続けた。「ウレンガ船長、あなたは鉄の大蛇について何か知っているのかな」

「いえいえ」ウレンガはこめかみを人さし指でつついた。「パパ・ハインリックはここがおかしいんです。それにあの爺さんが酒を食らっているときは近づかないほうがいい」

カブリーヨはまたスローンに向き直った。「探している沈没船の名前はなんというのかな？」

だが、スローンが明らかに答えたくなさそうなので、すぐに質問を引っこめた。

「ま、それはいいか。宝を積んだ沈没船なんて興味ないからね」含み笑いをする。「鉄の大蛇もそうだが。それで、今日行こうとしたのは、そのハインリックとかいう人が大蛇を見た場所なのかね？」

さすがにスローンも、自分がカブリーヨの目に滑稽に映っていることを自覚して、顔を赤らめた。「それが最後の手がかりだったから。どうせなら確かめておこうと思って。今考えると、ちょっとばかみたいだけど」

「ちょっとだけかな」とカブリーヨはからかう。

リンカーンが食堂のドア枠を叩いた。「あれはきれいでした、船長」

「ありがとう、ミスター・リンカーン」カブリーヨは念のために、ピングイン号が薬物や武器など禁制品を積んでいないか確かめさせたのだ。「ウレンガ船長、あなたを襲ったあの船のことを何か知っているかな」

「ウォルヴィスで何度か見たことがあります。この一、二年は毎月来ますね。たぶん南アフリカからでしょう。ああいうのが買えるのはあの国の連中だけですから」

「乗組員や、乗組員の知り合いと話したことは？」

「ないです。やってきて、給油して、また出ていくだけ」

カブリーヨはうしろにもたれ、椅子の背に片肘をかけた。今までに聞いた事実をつなぎあわせて筋の通る説明をつけようとしたが、うまくいかない。スローンが重要な事実を隠している以上、パズルは完成しそうにない。この辺で、どこまでこれを追求したいかを決める必要がある。ジェフリー・メリック救出が目下の最優先課題で、その上スローン・マッキンタイアのトラブルを背負いこむ余裕はない。だが、何かが引っかかった。

ふいにトニー・リアドンが口を開いた。「これで話せることは全部話したんだ、カブリーヨ船長。そろそろおいとましたいんだけどね。港まで戻るのにけっこう時間がかかるし」

「うむ」カブリーヨはぼんやりつぶやいたあと、沈思を中断した。「ああ、もちろんだ、ミスター・リアドン。きみたちが襲われた理由はわからない。ひょっとしたら宝物を積んだ船が本当にこの辺に沈んでいて、誰かが邪魔されるのを嫌がったのかもしれない。かりに政府の許可を受けずに探索しているとすれば、暴力に訴えてくることもありうるだろう」スローンとトニーに率直な目を向けた。「もしそうなら、すぐにナミビアを出たほうがいい。きみたちの手に負えないことだろうからね」

トニーはうなずいたが、スローンは聞き流す顔をしている。カブリーヨは無視した。

もうこちらには関係ない話だ。

「ミスター・リンカーン、お客さんたちを船までお送りしてくれ。給油が必要ならそれも頼む」

「はい、船長」

合図でもあったように、全員が立ちあがった。テーブル越しにウレンガ船長、トニー・リアドンと握手を交わし、スローンの手を握ったところで、その手を軽く引っぱられた。「ちょっと二人だけで話せるかしら?」

「ああ、かまわないが」カブリーヨはリンカーンを見た。「じゃ、先にお二人を頼む。ミズ・マッキンタイアはわたしがお連れする」

三人が立ち去るとすぐ、カブリーヨとスローンは椅子に腰を戻した。スローンが、宝石職人がダイヤモンド原石を調べるような目を向けてくる。何かを決意したような感じで、前に身を傾け、両肘をテーブルについた。

「あなたは詐欺師だと思う」

カブリーヨは大笑いしたいのを抑えた。「どういうことだろう」しばらくして応えた。

「あなたも、この船も、乗組員も、見かけどおりのものじゃない」

カブリーヨは青ざめそうになりながら、懸命に無表情を保った。〈コーポレーション〉の創業以来、歴代の船をすべてオレゴン号と名づけて世界を巡ってきたが、この船を見かけどおりのものではないと見抜いた人間はいなかった。港湾の職員、各種の検査官、パナマ運河の水先人《パイロット》、その誰一人として、この船とその乗組員に疑惑を抱かなかった。

はっきり見抜いたわけじゃない、かまをかけているんだ、とカブリーヨは思った。たしかに船に人を迎えるときの偽装トリックを全部使っているわけではないが、素人が三十分ほど船内にいただけで、周到なカモフラージュを見破れるはずがないのだ。

そう考えると、動悸も鎮まってきた。

「説明してくれないかな」とさりげなく促す。

「まず、小さな点がいろいろあるの。たとえば船橋にいた操舵手は、わたしの父が持っていたのとまったく同じロレックスの腕時計をしていた。お値段は二千ドル。パン屑を拾っている人たちにしては高級すぎると思う」

「あれは偽物さ」

「バチモンは潮風に五分ともたないわ。わたしも十代のころ同じものを持ってたの。父が商船会社を退職したあと、釣り船のチャーター業をしていて、その手伝いをしていたのよ」

なるほど、とカブリーヨは内心で独りごちた。船のことはまるきり素人でもないわけだ。「それじゃ本物かもしれないな。しかし盗品を買ったのかもしれない。本人に訊いてみなくちゃわからないよ」

「その可能性はあるわね。でも、あのボーイ長はどう？　わたしはこの五年間ロンドンに住んでいるから、イギリスの高級紳士服は一目でわかるの。チャーチの靴、オーダーメイドのズボンとシャツ。モーリスの服は四千ドルはするはずよ。たぶんあれは盗品じゃないと思う」

カブリーヨはくすりと笑った。盗品や古着を着るモーリスを想像してしまったのだ。

「あの男はじつは大金持ちなんだが――イギリス英語ではどう言ったかな――変わり《ドテ》者《イ》なんだ。大富豪一族のはみだし者でね。十八の年で莫大な遺産を相続したあと、世界中を旅してきたんだ。去年、われわれがモンバサにいたときに訪ねてきてね。ボーイ長に雇ってくれ、給料はいらないと、こう言うんだ。断わる手はないだろう」

「そりゃあそうよね」スローンはゆっくりと言う。

「ほんとに、本当なんだ」

「じゃ、それはそれでいい。でも、あなたやミスター・リンカーンのこともある。同じ船でアメリカ人が何人も船員をやっているなんて珍しいわ。アジア人のほうが安い給料で働いてくれるから。あなたが言うようにこの船の会社が零細企業なら、乗組員はパキスタン人やインドネシア人のはずよ」スローンは何か言いかける相手をさえぎった。「わかってる、あなたたちの給料は安いんでしょ？」

「わたしのマットレスには現金が詰まっているわけじゃないな、ミズ・マッキンタイア」

「でしょうね」スローンは髪を手ですいた。「こういう小さな点は簡単に説明がつく。だったら、これはどう？　わたしが最初にこの船を見たとき、煙突からは煙が出ていなかった」

しまった、とカブリーヨは思った。そう言えば副機関長が、ピングイン号発見のあともしばらく煙を出し忘れていたと言っていた。あのときはたいしたことはないと思ったが、今それが祟ってきたのだ。

「最初は無人の船かと思ったけど、前進しているのがわかったのよ。それから何分かたって煙が出てきた。それもかなりの量が。その量は、わたしたちのほうへ二十ノットで向かってきたときも、船橋でテレグラフが全停止になっていたときも同じだった。わたしたちのほうへ向かってきたときのことで言うと、このサイズの船があんな急激な方向転換をできるとすると、サイドスラスターを使ったとしか考えられないけど、それはこの船が作られたときよりあとにできた技術のはずよ。これを説明してくれる？」

「なぜそんなことに興味があるのかな」カブリーヨは質問をかわす。

「なぜ今日わたしが殺されかけたか、それを突きとめる手助けをしてほしいからよ」

「悪いがスローン、わたしはもうすぐスクラップになるオンボロ船の船長だ。手助けなんかできないな」

「あなたはさっきわたしが言ったことを否定しないのね」

「きみが何を見たのか知らないが、この船にも乗組員にも特別な点は何もないよ」

スローンは椅子から立って、ピンホールカメラを隠してある場所へまっすぐ歩いていった。カメラは十五年前に有名だったインド人女優の古い写真を入れた額に取りつけてある。スローンが壁から額をはずすと、カメラが額から抜けて、リード線でぶらさがった。「これでも？」

今度ばかりはカブリーヨの顔から血の気が引いた。

「あなたがモーリスから渡されたメモを読んで、〝そのとおりだな〟と言ったときに気づいたわ」返事を待たずにさらに続けた。「取引をしましょ、カブリーヨ船長。あなたは本当のことを話す。わたしも本当のことを話す。わたしから始めてもいいわ」またカブリーヨの向かいに腰をおろした。「トニーとわたしはチャットルームで知り合ったんじゃない。あるダイヤモンド会社の保安部の同僚なの。わたしたちが探している沈没船には、十億ドル相当のダイヤモンドが積んである可能性があるのよ。ダイヤモンドについて、知識はある？」

「希少で、高価で、女性に贈るときは覚悟を決めなければならない。それくらいかな」

スローンはにやりと笑った。「正解は二つだけ」

「二つだけ？　高いのはたしかだし、希少価値もある。となると、きみはいろんな男からしょっちゅうダイヤをもらっているんだね。まあ、魅力的だから当然かな」

スローンはくすくす笑いだした。「そうじゃないの。ダイヤは高いし、贈るのは結婚する気があるときだけだけど、希少性はないのよ。準宝石に比べれば珍しい石だけど、そう思いこまされているほど量が少ないわけじゃない。高値は人為的に維持されているのよ。市場の九十五パーセントを占める一つの会社によって。その会社はほとんどすべての生産地を支配しているから、値段は好きなようにつけられるわけ。新しい鉱山が発見されると、その会社が買いあげて、ライバルの参入を防ぐ。この独占体制はとても強力で、ＯＰＥＣがアマチュアに見えるほどよ。だからこの会社の何人かの幹部は、アメリカ合衆国に足を踏みいれたら独占禁止法で逮捕されるわ。

この会社は価格を安定させるために、金庫に保管してあるダイヤを計算されたペースで少しずつ市場に出す。在庫が少なくなれば生産量を増やすし、石が出まわりすぎたらロンドンにある金庫にしまいこむ。以上を念頭に置いて考えてみて。かりに十億ドル相当のダイヤが市場にどっと出たらどうなるかを」

「価格がさがるだろうね」

「そしてわたしたちの寡占体制と利益システムが脅かされることになる。世界中の女性は自分たちの指輪のダイヤモンドが永遠でないことに気づいてしまう。その効果は世界経済に波及して、金価格と為替相場が不安定になる」

「なるほど」

「そんな宝を積んだ船が存在するとわかった場合、わが社の対応のしかたには二種類ある。一つは誰かがそのダイヤを発見するのを待って、それを買いとるという方法。これはもちろん高くつくから、できれば第二の方法をとりたい」

「沈没船の噂が本当かどうか確かめて、本当なら自分たちで回収する」

スローンは鼻の先に指を触れた。「ビンゴ。今回の情報を最初につかんだのはわたしだから、わたしが調査と探索の責任者に指名された。トニーは助手だけど、全然役に立たないわ。これはわたしにとって大事な仕事なの。ダイヤを回収できたら、たぶん部長に昇進できると思う」

「そもそものダイヤは誰のものなんだ？」カブリーヨはいつの間にかこの話に引きこまれていた。

「それにはとても面白い話があるの。そのダイヤの原石はキンバリー鉱山でヘレロ族の鉱夫たちが掘りだしたものだった。ヘレロ族の王は自分の国を植民地化しているドイツといずれ戦うことになるのを知っていて、ダイヤはイギリスから援助を受けるために役立つと考えた。十年ほどのあいだ、部族の男たちは鉱山で働いて、原石をこっそり故郷へ持ち帰ったの。わたしが聞いた話では、男たちは働く二カ月ほど前に腕や脚に切り傷をつけた。キンバリーに着いた鉱夫は、身体にある傷痕を全部記録されるのね。鉱夫の宿泊所にはしばらく前から働いている同じ部族の鉱夫がいて、ちょうどいい石をすでに盗んで隠し持っている。新入りの鉱夫は傷痕を切り開いて、その石を埋めこむ。一年後に契約期間が終わると、鉱山の監視員が記録を見ながら傷痕をチェックする。記録にない傷痕があると、メスで切って中を確かめるのよ。誰でも考えるのは石を呑みこむ方法だけど、これは下剤をかけられてアウト。でも記録に残っている傷痕は調べられないわけ」

「頭がいいね」

「わたしの調査では、ヘレロ族はなるべく大きくて輝きのいい原石を何袋分も持ちだしたんだけど、あるとき盗難に遭ったの」

「盗難に？」

「犯人は五人のイギリス人。一人は十代の若者で、両親がヘレロ族の土地で宣教師をしていた。わたしはその父親の日記から情報を得たの。盗難事件のあと、牧師は息子を追いかけようとした。それはまるで拷問者の日記で、息子を捕まえたらああしてやる、こうしてやると書き連ねてあったわ。

細かい話は省略するけど、この若者、ピーター・スマイズは、H・R・ライダーという男をはじめとする四人の男と組んだ。ライダーというのは古き良き時代の冒険家といった感じの男ね。彼らはケープタウンに電報を打って、ローヴ号というイギリスの商船にドイツ領南西アフリカの大西洋岸へ来てくれるよう頼んだ。そして馬に乗ってカラハリ砂漠とナミブ砂漠を横切り、船と落ちあった」

「しかしローヴ号はその後行方不明になったわけだね？」

「ライダーから電報を受けとってすぐケープタウンを出たけど、あとで海で遭難したという報告がなされたわ」

「かりにそれがソロモン王の財宝の伝説などとちがって事実であるとして、遭難したのがこのあたりだとなぜわかるんだ？」

「ダイヤが盗まれた場所から真西に線を引いたのよ。世界一環境がきびしいと言っていい砂漠だから、直線コースをとったはずだもの。ローヴ号とはウォルヴィス・ベイの北百キロくらいの地点で落ちあったはずよ」

カブリーヨはその仮説のべつの穴を指摘した。「しかしローヴ号はケープタウンに戻った一週間後にどこかで遭難したのかもしれない。あるいは男たちは海岸にたどり着けなくて、砂漠の真ん中で死んだのかもしれない」

「会社の上司もそれを言ったわ。で、わたしの返事はこうよ。わたしにこれだけのことがわかったのなら、ほかの人間だって情報をつかむかもしれない。ひょっとしたら十億ドル相当のダイヤモンド原石は、ほんの二、三キロの沖合に沈んでいて、スキューバダイビングの機材とフラッシュライトがあれば引きあげ可能かもしれない」

「上司はなんと言った？」

「一週間やるから、トニー・リアドンを助手にして探してこい。何を見つけても、証拠は隠滅してくること。そう言ったわ」

「何百平方キロもの海域を調べるのなら、とても一週間じゃ足りないな。ちゃんとやるならサイドスキャンソナー（船腹に取りつけた音響測深機）や金属探知機を装備した船が必要だ。それでも見つかるという保証はないけどね」

スローンは肩をすくめた。「会社はわたしの仮説をあまり買ってくれていないの。期間はたった一週間、経費は小額、助手はあのトニー。だから地元の漁師への聞き込みに頼るしかなかった」

「これは素朴な疑問なんだが――なぜ上司にその話をしたのかな？　自分で沈没船を探して、ダイヤを見つけたらいただいてしまえばいいのに」

スローンはひどい侮辱だというように口をへの字に曲げた。「そんなことはちらりとも考えたことはなかったわ、船長。問題のダイヤはうちの会社の鉱山で採掘されたもので、所有権は会社にある。それを勝手にいただくのは、金庫に忍びこんで保管してあるダイヤをポケットに入れてくるのと同じことだもの」

「なるほど、これは悪かった」カブリーヨはスローンの高潔さに魅せられた。「ひどいことを言ってしまったね」

「わかってくれてありがとう。謝罪は受けいれるわ。これで本当のことを話したわけだけど、どうかしら、協力してくれる？　今は具体的な額を約束できないけど、ローヴ号を見つけたときには、会社からそれ相応の謝礼が支払われるはずよ。パパ・ハインリックが話した場所を二、三時間調べてくれるだけでいいの」

カブリーヨはしばらくのあいだ黙っていた。青い目を天井に向けて、どうするか考える。それからふいに立ちあがり、ドアのほうへ歩いた。「ちょっと待っててくれるかな」スローンにそう断わってから、隠しマイクに向かって言った。「マックス、船長室へ来てくれ」これは税関職員その他を迎える偽装用の船長室のことだ。場所は今いる食堂よりも下、作戦指令室よりも上で、エレベーターで行ける。

カブリーヨが通路の角を曲がると、マックス・ハンリーは船長室の外で待っていた。壁にもたれ、パイプの柄で軽く歯を叩いている。考え事をしている証拠だ。カブリーヨが近づくと、背を起こした。船長室のドアは閉まっているが、それでも室内の安煙草の悪臭がぷんぷんした。

「どう思う?」カブリーヨは前置き抜きで訊いた。

「ぐずぐずしていないで、早くケープタウンへ行って、メリックを救出するのに必要な装備を揃えよう。さもないとメリックは老衰で死ぬかもしれない」

「ほかには?」

「沈没船の話は眉唾だと思う」

「ピングイン号が襲われるのを見ていなければ、わたしもそう思うんだが」カブリーヨは言いさして、思案をめぐらせた。

「信憑性があると思うのか？」とハンリーが訊く。

「百万ドルのクルーザーがほかの船を銃撃するのにはそれなりの理由があるはずだ。この場合は、何かを守ろうとしたんだな。スローンは、沈没船にまつわる話は誰も知らないはずだと言っている。とすれば、宝物以外の何かが目的だ」

「まさかあのパパ・ハインリックの鉄の大蛇とやらを本気で信じているんじゃないだろうな」

「マックス、これには何かある。そんな感じがするんだ」カブリーヨは考えがちゃんと伝わるよう、親友の視線をとらえた、「例の国立海中海洋機関《NUMA》の二人（ダーク・ピットとアル・ジョルディーノ。『暴虐の奔流を止めろ』参照）をこの船に乗せて香港へ向かう前に、わたしがあんたに言ったことを覚えているか？」

「あの二人がユナイテッド・ステイツ号を調べにいったときか。あれはきみの片脚が犠牲になった任務だったな」ハンリーもカブリーヨと同じように内省的な声音になった。

カブリーヨは無意識のうちにカーボンファイバーとチタンでできた脚のほうへ体重

をかけた。「わたしの片脚が犠牲になった任務か」と同じ言葉を返す。

ハンリーはパイプをくわえた。「あれからもう二年になるが、きみの言葉は正確に覚えている。〝マックス、陳腐な決まり文句は言いたくないが、この件では悪い予感がする〟」

カブリーヨは瞬きをせず、ハンリーの値踏みをするような目を見据えた。「マックス、あのときと同じ予感がするんだ」

ハンリーは相手の目を二秒ほど見つめてからうなずいた。カブリーヨの考えがどれほど不合理で現実味がなさそうに思えても、十年間のつきあいは、会長を信じていいと告げるのだった。「で、どうする？」

「オレゴン号にこれ以上足踏みさせておきたくはない。わたしが船を降りたら、すぐにケープタウンへ行って、必要な装備を揃えてくれ。ただし途中でジョージに、大蛇がいるという場所を見にいかせてくれ」ジョージ・アダムズは、オレゴン号が船倉の一つに格納しているR44クリッパー・ヘリコプターのパイロットだ。「場所はスローンから訊いておくから」

「きみはウォルヴィス・ベイへ行くのか？」

「自分でパパ・ハインリックから話を聞いてみたいんだ。スローンのガイドと、ヘリのパイロットからも。乗っていくのは救命艇だ。舟艇格納庫のことはスローンに知られたくないからな」二隻の救命艇は、外見がお粗末な点も、じつはハイテク船である点も、母船のオレゴン号と同じである。航続距離さえ長ければ、ハリケーンの季節にそれで大西洋を横断してもいいと思うほどだ。

カブリーヨは続けた。「この件は一日か二日で片づくはずだ。あんたたちがナミビアに戻ってきたとき、わたしは帰船する。そう言えば、さっきの騒動の前はジムにいて、新しい情報を聞いていなかった。メリックの件はどうなっている?」

ハンリーは腕組みをした。「タイニー・ガンダーソンがちょうどいい飛行機を貸してくれたから、その件はだいじょうぶだ。全地形型車両《ATV》もうケープタウンのダンカン埠頭に用意されている。それとマーフィーがベルリンの図書館司書に頼んで、〈悪魔のオアシス〉に関するあらゆる情報を集めてもらった。ドイツ語では〈オアーザ・デス・トイフェルス〉だが」

ジェフリー・メリックが拉致されたと思われる場所に関して突破口を開いたのはリンダ・ロスだった。〈悪魔のオアシス〉はナミビアにあるのではないかと推測し、ドイツ語の名前で調べはじめたのだ。だが、最初はほとんど成果がなかった。

前の世紀の変わり目に、ドイツ帝国は南米ギアナにあったフランスの〈悪魔島〉をまねて、僻遠の地に脱獄不可能な監獄を作り、帝国の最も悪質な犯罪者を収容することを決定した。政府は本国から最も遠い植民地の砂漠のただなかに警備の厳重な監獄を建設。建物には現地の石材を用い、周囲は数百キロにわたって砂丘がつらなっていた。脱獄しても行き場はなく、海岸にたどり着く前に砂漠で死んだ。悪魔島やサンフランシスコのアルカトラズ島とはちがって、脱獄に成功した話は噂としてすら皆無だった。一九一六年に閉鎖されたのは、遠い植民地での施設維持が戦時経済の負担になったからである。

このとき専用の鉄道も廃止されたため、この監獄へ行くには航空機か全地形型車両によるほかないが、いずれの手段にも困難な障害がある。メリックの誘拐グループは、かりに少人数であっても、カブリーヨが襲撃態勢を整える前にヘリや車両を発見するはずだからだ。

それでも、さまざまなデータベースを渉猟《しょうりょう》し、商業利用されている衛星画像を見て、オレゴン号の乗組員は富豪救出に向けて大胆な計画を進めていた。

「誘拐犯とメリックの会社からは何か声明発表はあったか?」

「誘拐犯からは何もない。〈メリック・シンガー〉は二つの人質救出会社と交渉中だ」人質救出は本来軍か警察の仕事だが、これを専門とする私企業が存在する。オレゴン号は普段その種の仕事をしないが、ハンリーは〈コーポレーション〉をそのような会社として目下売り込み中だった。メリックの救出は無償でもやるつもりでいるが、結果として利益があがるのなら悪くない話だ。

「ラングレーのオーヴァーホルトはどう言っている？」

「どこかが正式に行なう作戦の邪魔をしないかぎり、おれたちがここにいるのは好都合だと思うと言っていた。それと、メリックは今の大統領の大口献金者だと教えてくれた。個人的にも、何度か一緒にスキーをした仲だそうだ。この件で成果をあげれば、ワシントンでのおれたちの株はうんとあがるだろう」

カブリーヨはにやりと笑った。「株は上がりも下がりもしないさ。われわれの作戦は記録に残らない非公式なものだ。アメリカ政府の対応のしかたは読める。われわれが救出に成功したら、ワシントンとナミビア政府のあいだで外交的メッセージが盛んに行き来して、つまるところ今回の成功はアメリカの特殊部隊とナミビア国軍の協力の賜物であるということになる」

ハンリーは不快がるふりをした。「CIA指折りのやり手局員の本心をそんなふうに邪推するなんて信じられないな」

「そしてかりに失敗したら、政府はいっさい関知していない云々とやるんだ。さてと、スローンをピングイン号まで連れていってやってくれ。この船に残ることをリアドンに説明しなくちゃいけないからな。それから誰かに救命艇をおろさせること。わたしはシャワーを浴びて荷物をバッグに詰める」

「これは言わないつもりだったんだが」ハンリーは通路を歩きだしながら言った。「今のきみは風下に立っていてもかなり臭うはずだよ」

カブリーヨは本物の船長室に入るとすぐ、スローンたちと会うために着た汚れた制服のシャツを脱ぎ、靴を蹴り棄てて、バスルームに入った。シャワー室で金めっきの蛇口をひねり、水の温度をほどよく冷たくして、残りの衣服を脱いだ。それからガラスの壁に寄りかかり、真空吸引式の義足をはずす。

マルチヘッドのシャワーから勢いよく噴出する水を全身に浴びながら、スローン・マッキンタイアを手伝う決断をしたことについて考えたが、直感に従ったのが正しいことは知っていた。鉄の大蛇はもちろん、ダイヤモンドを積んだ沈没船のことにも懐疑的だが、誰かがスローンの調査をやめさせようとしたのは事実だ。その誰かとは誰なのか、何を守ろうとしているのか――それを暴いてみたいのだ。

身体を拭き、義足をつけると、洗面道具を革製ポーチに入れた。寝室へ行って衣装簞笥から着替えを二着分出して革製のバッグに詰め、頑丈なブーツを出した。それからオフィスに戻って机の前に坐り、椅子を回転させて、古風な金庫と向きあう。これはニューメキシコ州の鉄道駅で使われていたものだ。慣れた手つきですばやくダイヤルをまわす。最後のピンがかちりと音を立てると、ハンドルをひねって重い扉を開けた。百ドル札、二十ポンド札、その他の通貨の札束のほかには、個人用の武器が入っている。この大型金庫の中にあるものだけで、ちょっとした戦争ができそうなほどだ。サブマシンガンが三挺、突撃銃が二挺、戦闘用ショットガンが一挺、レミントン700狙撃用ライフルが一挺。そして発煙手榴弾、破片手榴弾、閃光手榴弾、十二挺の拳銃が、それぞれの引き出しに入っている。カブリーヨは状況を予測して、マイクロウジ・サブマシンガンとグロック19を選んだ。本当は、使ってみてすぐお気に入りの銃になったFNファイブ・セブン拳銃がいいのだが、弾薬の互換性があったほうがいい。ウジとグロックはどちらも九ミリ弾を使うのだ。

四つの弾倉は、スプリングの効きを保持するため空にしてあるので、弾薬をこめた。銃、弾倉、弾薬の箱をバッグの衣類の下に突っこみ、それからようやく軽めのダックトラウザーとオープンシャツを身につけた。

壁にかけた絵の額のガラスに姿を映す。ぐっと歯を噛みしめ、目の奥に怒りの炎を燃やしている。スローン・マッキンタイアにも、ジェフリー・メリックにも、なんの義理もないが、未知の運命に委ねておくわけにはいかない。それは転んだお婆さんを放っておけないのと同じだ。

カブリーヨはベッドの上からバッグを取りあげ、船長室を出た。身体はすでにアドレナリンの第一波に反応しはじめていた。

# 12

無人だった監獄にふたたび人間が現われたとき、砂漠に棲むノミがそれを察知するのは不可避だった。人間の温かい身体の匂いを嗅ぎつけたノミたちは、かつて人間が人間を拷問してきた場所に、自然の拷問者として戻ってきた。一日に六十個の卵を産めるこのノミは、最初に入ってきた数匹からたちまち大群にふくれあがった。看守たちは虫除けスプレーで防戦できる。だが、囚われている者たちはその恩恵を受けられなかった。

メリックは監房の硬い石壁にもたれて坐り、身体を一センチ刻みに覆っている咬み傷をぼりぼり掻いていた。皮肉なことに、ノミの襲来は幸いであるとも言えた。膚が腫れて痛むうえに、さらに次々と咬まれることで、すでに起きた出来事と、これから起きるであろうより大きな災厄への苦悩と恐怖から気が逸《そ》らされるからだ。

耳の裏を深々と咬まれて、メリックは毒づいた。ノミをつまみとって潰し、プチリという音を聞いて、満足のうめきを漏らした。負け戦の中のささやかな勝利だった。

月のない夜の監獄内の闇は手でさわれそうなほど濃密で、口を開けば真っ黒な妖気のように喉の奥へ流れこみ、耳の中に満ちて外で吹いているはずの風の音を聞こえなくするように思えた。監獄は徐々にメリックから感覚を奪った。窓から侵入する砂が鼻に詰まり、与えられる食べ物の匂いがわからず、そのために味覚も鈍らされて、食べ物も砂でできているのではないかと思えてくる。聴覚と触覚は残されていても、何も聞くものがなく、何日も硬い石の上で過ごして身体が痛み、さらにノミの攻撃にさらされるとあっては、ほとんど意味がない。

「スーザン?」メリックは呼びかけた。監房に戻されてからは何分かおきに名前を呼んでみる。だが一度も返事はなく、もう死んだのかもしれないと思う。それでも彼女の名前を呼びつづけるのは、それをやめれば圧倒的な衝動に負けて、わめきだすにちがいないからだ。

そのとき、驚いたことにスーザンの声と身動きの音が聞こえたような気がした。生まれたばかりの子猫が泣くような声と、布で石壁をこするような音だ。

「スーザン！」メリックはさっきより鋭い声を出した。「スーザン、聞こえるか？」

今度ははっきりとうめき声が聞こえた。

「スーザン、ジェフ・メリックだ」ほかの誰だというんだ、とメリックは思う。「話せるか？」

「ドクター・メリック？」

かぼそく、かすれていたが、かつて聞いたどんな声よりも喜ばしい声だった。「ああ、ありがたい。スーザン、もう死んだかと思ったよ」

「あ――あ」そこで声がとぎれ、咳に変わり、さっきより大きなうめき声になった。

「何があったんですか？　顔も、身体も、しびれて。肋骨が折れてるような気がする」

「覚えていないのか？　きみはひどく痛めつけられたんだ。でも、連中は何も訊かないと言っていたが」

「あなたも痛めつけられたんですか？」

メリックは心臓をわしづかみにされる思いだった。あれだけの苦痛と混乱の中にいながら、こちらを気遣ってくれている。普通なら人のことより、自分の痛みを訴えるだろう。いったいなぜスーザンがこの悪夢に引きずりこまれなければならないのか。

「わたしは何もされていない」

「いや」とメリックは沈んだ声で答えた。「わたしたちを誘拐したかわかったよ」

「よかった」

「誰が、なぜわたしたちを誘拐したかわかったよ」

「誰です?」その声には希望の響きが混じっていた。まるで犯人と動機がわかれば事態が好転するとでもいうように。

「わたしの元の共同経営者だ」

「ドクター・シンガーですか?」

「そう。ダン・シンガーだ」

「なぜ、あなたにこんなことをするんです?」

「わたしたちにだよ、スーザン。彼は、おかしくなったんだ。ゆがんだ考え方を世界に押しつけようとしているんだ」

「どういうことかわからない」

それはメリックも同じだった。シンガーが今までにやってきたことと、これからやろうとしていることは、とうてい理解できなかった。それは途方もないことだからだ。シンガーはすでに数千人を殺したと言ったが、世界中の誰もそれを知らない。そして今、彼はさらに数万人を殺そうとしている。目的は、アメリカに地球温暖化の深刻さを警告することだ。だが、メリックはもとの親友のことをよく知っている。環境問題は動機の一部にすぎない。

これには個人的な動機がある。ダン・シンガーはメリックに対して、二人の成功は自分の頭脳のおかげだと主張したいのだ。最初のうち、二人は兄弟のようだった。だが、メリックは人柄が魅力的で、インタビューの受け答えも巧みだった。いきおいメディアは彼のほうを〈メリック・シンガー研究所〉の顔として扱い、シンガーは陰に追いやられる。メリックは親友がそれを気に病んでいるとは思ってもみなかった。大学時代には内向的な男だったから、社会に出ても目立ちたくはないだろうと思っていた。それが今になって、シンガーがずっと自分を憎みつづけ、それが病的なところまで昂じたことがわかったのだ。

憎悪はシンガーを変えてしまった。共同で設立した会社を飛びだし、過激な環境保護運動に身を投じた。そして莫大な財産を使って〈メリック・シンガー研究所〉を破滅させようとした。だが、それは失敗に終わり、運動の仲間たちに背を向け、メイン州の故郷へ傷を癒しにいった。

しかし最後の部分は、メリックの願望交じりの推測にすぎなかったようだ。シンガーは憎悪をますます強めていったのだ。こうしてふたたび活動を開始したが、抱いている計画は大胆かつ怖ろしいものだった。その計画はかなりの段階まで進行しており、もうとまらなくなっている。環境保護のまともな大義すら棄て、新たな、いよいよ捻じ曲がった方向へと突き進んでいるのだ。

「われわれはここから抜けださなくちゃいけないいんだ、スーザン」

「どういうことですか?」

「あの男の目論見を阻止しなくちゃいけない。彼は頭がおかしくなったんだ。集めた仲間は環境保護の狂信者ばかりで、人間性のかけらもなくなっている。しかもそれでは足りないとばかり、傭兵の一団を雇いいれた」メリックは両手に顔をうずめた。

全部自分のせいだ、とメリックは思った。シンガーの怒りに気づいて、彼にもライトが当たるように配慮すべきだった。シンガーの自尊心がたいそう傷つきやすく、友人の華やかな姿にずたずたに引き裂かれていたことを見抜くべきだった。それができていれば、こんなことは起こらなかったのだ。涙がぼろぼろこぼれ、やがてメリックはすすり泣きを始めた。わが身の不愉快はすべて念頭を去り、事の重大さに圧倒された。「すまない、本当にすまない……」と何度も繰り返したが、誰に謝っているのかは自分でもよくわからなかった。

「ドクター・メリック? ドクター・メリック、教えてください。ドクター・シンガーはなぜこんなことをするんです？」

スーザンの声には苦悶の響きが聞きとれたが、メリックには返事ができなかった。痙攣するような嗚咽《おえつ》はげしく泣き、それとともに魂が切り刻まれていくようだった。痙攣するような嗚咽が二十分ばかり続き、それで涙が出つくした。

「すまない、スーザン」ようやくまた話す気力が出てくると、メリックは声をあえがせながら言った。「要するに——」言葉がつかえた。「ダン・シンガーは、わたしが会社の顔になったのを恨んだんだ。こんなことをする動機は嫉妬だ。信じられるかね？　もう何千人もが死んだ。彼がそんなことをするのは、わたしのほうが人気があったからなんだ」

スーザンからは返事がなかった。

「スーザン？」メリックは声を高めた。「スーザン！　スーザン！」

何度も大きく叫ばれた名前は、こだまの尾を引き、やがて消えた。沈黙がふたたび監房を満たした。メリックは、ダニエル・シンガーがまた一人死なせたのだと確信した。

# 13

「よかったら下で寝てくるといい」カブリーヨは、スローンのあくびを見て言った。

「ううん、いいの」スローンはそう答えてまたあくびをする。「でも、コーヒーをもう少しいただこうかしら」

カブリーヨは膝の脇のカップホルダーから銀色の魔法瓶を抜いて、スローンに渡しながら、救命艇のもろもろの計器に目を走らせた。エンジンは快調で、燃料はタンクに四分の三以上あり、ウォルヴィス・ベイまではあと一時間ほどだ。

オレゴン号を離れた一時間後、ハンリーが無線で連絡を入れてきた。ジョージ・アダムズがヘリコプターで鉄の大蛇が出るという海域を飛んでみたが、鏡のような凪《なぎ》の海面が広がっているだけで異状はなかったという。カブリーヨは、それならスローンをホテルまで送るだけにして、飛行機でケープタウンに飛んでオレゴン号と合流しようかとも考えた。だが、何時間か一緒にいて、スローンの仕事にかける情熱に触れてみると、やはり手助けするのが正解だと確信できた。

スローン・マッキンタイアは、カブリーヨと同じく精力的な行動家で、仕事を途中で投げだしたり、困難に直面して逃げたりするタイプではない。このあたりの海ではたしかに何か奇妙なことが起きている。たとえ自分の仕事と関係がなくても、それがなんなのかわかるまでは、二人とも満足できないのだ。カブリーヨはスローンの探求心と粘りに感心した。この二つは、彼自身がみずからの長所と自負している性質でもあった。

スローンはブラックコーヒーを魔法瓶の蓋に注いだ。船の下の波のリズムに合わせて身体を揺らしているので、こぼすことはない。相変わらずショートパンツ姿だが、カブリーヨからオレンジ色のウィンドブレーカーを借りて着こんでいる。カブリーヨは衣装簞笥から同じものを二着持ってきて、一着は自分の腰に巻いていた。

救命艇には、四十人が一週間生き延びられる水と食糧および脱塩装置が積まれている。脱塩装置を通した海水は少し塩辛いが、飲料に適したものになる。キャビンのベンチシートの外張りはひび割れたビニールのように見えるが、実際にはわざと古みをつけた柔らかな子牛革だ。天井からパネルをおろすと、それは三十インチ・プラズマテレビの画面で、豊富なＤＶＤライブラリーをサラウンドサウンドで楽しめる。これはハンリーのアイデアで、実際に救命艇で避難するはめになったら、まずは《タイタニック》を上映しようというふざけた洒落っ気だった。

ともかくすべてが避難者の快適さを最大限にするとの観点から考えられており、救命艇というより高級クルーザーだ。安全面ももちろん重視されている。ハッチを全部閉めれば、転覆してもまた元に戻ることができ、各座席には三点固定式安全ベルトが装備されているので、身体を投げだされることはない。そして〈コーポレーション〉の船らしく、ほかにもいろいろ外部の人間には見せない仕掛けが施してあった。

艇の操縦は二カ所でできる。船首に近いグラスファイバー製の操舵室と、船首甲板の低い段差をつけたプラットフォームだ。カブリーヨとスローンは後者に立って、少し前までみごとな夕陽を愛《め》で、今はきらめく星空を眺めていた。小さな風防ガラスが潮風の直撃を防いでくれるが、南極から北上するベンゲラ海流に空気が冷やされて、気温は二十度以下に落ちてきた。

魔法瓶の蓋を両手で持ったスローンは、操縦盤の仄明かりを受けているカブリーヨの顔を見ていた。昔風のハンサムな風貌で、目鼻立ちは力強くくっきりとし、真っ青な瞳をしている。だが、本当に興味があるのは表面下にあるものだった。乗組員への指示はてきぱきとして、いかにも天性の指導者タイプに見え、女なら誰でも魅力を感じるはずだが、それでもどこか孤独な男の印象を受けるのだ。郵便局でライフルを乱射する、あるいはサイバースペースに引きこもる、そんな孤独な男ではなく、仲間とのつきあいを楽しみ、自分が何者であり、何をする能力を持っているかを知り、自分の好みにあった生活をしていながら、なおかつ孤独な男。

この男はすばやく決断をし、あとで言い訳をしない男だ。その自信は間違った判断より正しい判断を数多くしてきたことから来る。軍隊経験があるのだろうか、と考えたスローンは、あるはずだと思った。おそらく元海軍士官で、上の連中の無能さに我慢できずに退役したのでは、と想像してみる。軍での規律正しい生活を棄て、七つの海を放浪する生活に身を投じた。古き良き時代の海の男の生き方をつらぬいているのは、生まれるのが二百年ほど遅すぎたせいだ。香辛料や絹を積んで太平洋を渡る帆船の舵をとる姿が目に浮かぶ。

「何をにやにやしているんだ?」とカブリーヨは訊いた。

「あなたは間違った時代に生きているんじゃないかと思って」

「どういうことだい?」

「苦しむ乙女を救うだけじゃなく、その苦しみを積極的に解決してやろうとする騎士だから」

カブリーヨはいかにも英雄らしく胸を張った。「されば姫君よ、わたしはそなたのために鉄の大蛇と戦おう」

スローンは笑った。「一つ訊いていい？」

「訊いてくれ」

「オレゴン号の船長をしていなかったら、何をしている？」

この問いは心の危うい領域とは関係ないので、カブリーヨは正直に答えた。「救急隊員だな」

「ほんとに？　医者じゃなくて？」

「わたしの知っている医者はたいてい患者を商品のように扱う――給料をもらうために働くが、本当は早くすませてゴルフ場へ行きたいというようなね。それに医者は大勢の看護師や技師や高価な医療機器に支えられている。でも救急隊員はちがう。臨機応変の判断力と最低限の機材で対処する。最初に容態を判断して、最初の手当てを行なう。だいじょうぶですよと自信を持って患者を励ませるだけのことをしなければならない。そして病院に着けば、その功績は忘れられる。栄光もなく、この手は神の手だと驕《おご》ることもなく、〝先生あなたは命の恩人です〟と感謝されることもない。ただ次の仕事に取りかかるだけだ」

「うん、すごくいい」少し間を置いてスローンは言った。「とてもよくわかる。わたしの父はチャーター船で脚にひどい怪我をしたことがあるの。無線で救急車を頼んで、あとはわたしが操縦した。病院で傷を縫ってくれた先生の名前はドクター・ジャンコウスキと今でも覚えているけど、港で応急処置をしてくれた人の名前は訊きもしなかった。でもその人がいなければ、たぶん父は出血多量で死んでいたと思う」

「賛美されざる無名の英雄だ」カブリーヨは静かに言った。「そういう人たちが好きなんだ」脳裏に浮かんだのは、ラングレーのCIA本部にある記念碑だ。玄関ホールの壁に刻まれた星のマークは、現場任務で死んだ局員を表わしている。八十七人の殉職者のうち、三十三人はガラスケースの中の名簿に名前がない。死んだあとも局の秘密を守りつづけている。彼らも賛美されざる無名の英雄たちだ。「きみはどうだ? ダイヤモンド会社の保安部に勤めていないとすれば、何をする?」

スローンはにやりと生意気に笑った。「オレゴン号の船長に決まってるじゃない」

「ははは、マックスが喜ぶな」

「マックス?」

「うちの機関長、兼、一等航海士」カブリーヨは楽しげな口調で答えた。「不機嫌なやつがいると、ケツを蹴飛ばす男とでも言っておこうかな」

「なんだかいい人そう」

「いいやつだよ、わがミスター・ハンリーは。あれほど信用できる、いい友達はいない」

スローンはコーヒーを飲み干し、魔法瓶の蓋を返した。カブリーヨは蓋をねじこみ、時計を見た。もうすぐ午前零時だ。

「ちょっと考えたんだが、真夜中にスワコプムントを歩くとよからぬ連中の目を惹くかもしれない。それよりこのまま南へくだって、パパ・ハインリックを訪ねないか？朝早く、漁に出る前につかまえられるはずだ。住んでいる家までの行き方はわかるかな？」

「だいじょうぶ。サンドイッチ湾はスワコプムントの南四キロのところよ」

カブリーヨはGPSで場所を確かめ、自動操舵装置に方位を打ちこんだ。サーボ機構が舵輪をわずかに左へまわした。

四十数分後、闇の中からアフリカ大陸が浮かびあがってきた。月光に砂浜がぼんやり光り、間を置きながら白い波が砕けて、より明るい光を点滅させていた。サンドイッチ湾を守る長い岬は五百メートルほど南に見えている。

「すんなり到着ね」

カブリーヨは拳で軽くGPS受信機を叩いた。「この〈グラディス〉のおかげだ。GPSは船乗りを怠け者にしたよ。わたしももう六分儀と時計で位置を測定なんてやれない。ここ一番というときはね」

「なんとなく謙遜ぽいけど」

カブリーヨは機関の出力を落とした。環礁内の繊細な生態系に配慮して航跡を小さくするためだ。二十分間進んで、湾の南端に到達した。スローンがフラッシュライトの光を葦の繁みにゆっくりと滑らせ、パパ・ハインリックの小島へ通じる入り口を探す。

「あそこ」とスローンは指さした。

カブリーヨは船を微速にして葦の繁みに近づいた。測深機に注意するとともに、水面に浮いている植物がスクリューにからまないよう気をつける。救命艇が葦の繁みのトンネルをくぐりはじめると、葉が船腹とキャビンの壁をしゅるしゅるこすった。

六十メートルほど奥に入ったとき、カブリーヨは煙の臭いを嗅ぎつけた。顔をあげて犬のように鼻からくんくん息を吸ったが、臭いはもう感じられなかった。それからふたたび、今度はさっきより強く臭った。木が燃える煤臭いにおいだ。カブリーヨはスローンの手首をつかみ、もう片方の手でフラッシュライトをふさいだ。

前方にオレンジ色の炎が見えた。だが、スローンが話した石積みの炉の火とはまったくちがうもののようだ。

「くそっ」カブリーヨはスロットルを一杯に押した。この先も深度が充分かどうかは運だのみだ。よろめいたスローンを両腕で抱きとめ、急いで姿勢を立て直してやると、視界をさえぎる草のカーテンの向こうを透かし見ようとした。

ふいにパパ・ハインリックの島を浮かべる広い水面に出た。測深機を見ると、キールの下に水は三十センチもない。カブリーヨが全速後退に切り替えると、艇尾の水が沸き返った。次いで投錨のボタンを押す。速度はそれほど出ていなかったので、救命艇は岸に乗りあげる前になんとか停止した。

エンジンをアイドリング状態に切り替えたとき、カブリーヨは初めて周囲の様子をはっきり見てとることができた。島の中央にある小屋が火葬用の薪の山のように燃えていた。草葺の屋根と流木の壁が五、六メートルの高さまで炎と火の粉を噴きあげていた。パパ・ハインリックの小舟もひっくり返って燃えているが、かなり水に濡れているので火勢は弱い。船の下から白い煙がもうもうとあがり、木の継ぎ目からも漏れでている。

ごうごうと唸る炎の音の下から、まぎれもない男の断末魔の叫びが聞こえてきた。

「たいへん！」とスローンが叫ぶ。

カブリーヨは即座に反応した。救命艇のキャビンの屋根にさっとあがり、船首のほうへ走った。操舵室の屋根はとがった船首の一・五メートル手前で切れている。歩幅は完璧に合っていた。義足で屋根を蹴り、左足で船首のアルミ製手すりに降りると同時に踏み切り、優雅な長い弧を描いて池に飛びこんだ。力強く水を蹴り、泳ぎだす。水底に足が触れると、暴れ狂う動物のようにざっと立ちあがり、浜に向かって駆けだした。すると今度は低く唸るような音が聞こえた。船のエンジンの音だ。

白い高速モーターボートが小島の向こう側から出てきて、屋根のない操縦席にいる二人の男のうち一人が、フルオートの銃を撃ってきた。カブリーヨのまわりの砂が飛び散る。カブリーヨはぱっと身体を投げながら、とっさに背中へ手をやった。地面に落ち、二度横に転がってすぐ、片膝を立てた射撃姿勢になる。ズボンの背中側から抜いたグロックを両手でしっかり保持している。距離は三十メートル弱だが、ぐんぐん開いていく。カブリーヨは闇に向かって撃つ。が、敵は燃える小屋を背に影絵となっているカブリーヨを狙ってくる。

まだ一発も撃たないうちに、また連射を浴びせられ、やむなく地面を転がってふたたび水に入った。顔をあげて深く息を吸おうとしたとき、弾が頭から数センチ離れた砂浜に突き刺さり、すぐ顔を伏せたせいで砂を飲みこんだ。

水面下に身体を沈め、喉に入った砂を咳で吐きだしたい衝動を抑えながら、十メートルほど泳いだ。両手で水底に触れつづけ、身体が水の上に出ないよう気をつける。水の振動から、モーターボートがUターンして、こちらを仕留めにきたのを感じとった。相手の位置を推測し、また少し泳ぐ。胸が痙攣するように波打ち、ガッと息を吐いてしまいそうになる。敵の位置の見当がついたと判断したとき、カブリーヨは水底に両足を踏んばって一気に立ちあがり、さらにあと数秒息をこらえた。

モーターボートは十メートルほど先にいて、二人の男は見当違いの方向を向いている。顔から水が流れ落ち、肺が爆発しそうになるなか、カブリーヨはグロックを持ちあげて発砲した。その反動で、とめていた息が弾け、はげしく咳きはじめた。弾がどこかに当たったかどうかはわからない。だが、かなりいい線を行ったらしく、モーターボートは低い唸りから突然声を高め、広い湾に通じる水路のほうへ走りだして、水面に雄鶏の尻尾のような航跡を引いた。

カブリーヨは背中を折り、両手を膝についた。はげしく咳きこんで、嘔吐した。手で口を拭き、救命艇のほうを見た。「スローン！」しゃがれ声で叫んだ。「だいじょうぶか？」

操舵室の陰から、スローンが顔を覗かせた。炎の揺れ動く光に照らされていても、大きく見開いた目と青ざめた顔色ははっきり見える。「ええ」とまず答え、次いで声に勢いをつけて、「ええ、だいじょうぶ。あなたは？」と訊いてきた。

「だいじょうぶだ」カブリーヨはそう返して、燃え盛る小屋に目を向けた。パパ・ハインリックの悲鳴はもう聞こえないが、それでもみずからに強いて近づいた。屋根はもう落ちそうだ。放射されるすさまじい熱を、顔の前に腕をかざしてさえぎった。煙が目にしみ、また咳が出る。肺の中に砕けたガラスが詰まっているようだ。

カブリーヨは棒切れを拾いあげ、燃えている毛布をはたき落とした。パパ・ハインリックがドアのかわりに吊るしていたものだ。煙のせいで中は見えない。もう少し近づこうとしたとき、強い風が吹いて、煙のカーテンが引き開けられた。数秒間、中の寝床がはっきり見えた。その光景は、一生頭に取り憑きそうだった。

腕の燃え残りが、ベッドの枠に手錠でつながれていた。炎が肉体に暴虐のかぎりを尽くしたあとでも、老人が放火の前に拷問を受けたことは一目瞭然だった。口は最後の叫びの形に開いて、隙間のあいた歯を見せている。ベッドの下の血はしゅうしゅう音を立てていた。

屋根が崩れ落ち、炎が爆発した。火の粉が降りかかってきて初めて、カブリーヨは身体を引いた。火の粉は濡れた服の下へは通らなかった。だが、アドレナリンを激発させた。

ぱっと走りだして、水に飛びこみ、アイドリング中の救命艇に向かって泳いだ。潮が満ちてきたので足が立たず、船首の錨鎖をつたって甲板にあがった。手すりの下をくぐるのを、スローンが手伝う。スローンはズボンに差された拳銃を見たが、何も言わなかった。

「行くぞ」カブリーヨはスローンの手をとり、操舵室に飛びこんだ。抜錨するためのボタンを叩く。錨が巻きあげられると、エンジンを全開にし、掌を叩きつけるようにして舵輪をまわした。

「どうしようっていうの?」スローンが轟音に負けじと叫ぶ。「相手はモーターボートで、五分も前に出ていったし、速力の差は二十ノット以上あるんじゃないの?」

「逃げられるものか」カブリーヨはスローンの顔を見ずに言った。憤怒がほとんど抑制されずにほとばしる。救命艇は葦のトンネルにまっすぐ突っこんでいった。

「ファン、絶対むりよ。向こうはマシンガンで、あなたは拳銃だけだし」

救命艇は水路を疾駆し、スイッチを入れるように葦の葉群れをぱちぱち鳴らしていく。まもなく艇が繁みから飛びだしたとき、カブリーヨは満足のうめき声を放った。「しっかりつかまっていろ」そう叫んで、操縦盤の下に隠されたスイッチを弾く。艇体の前部が持ちあがってきた。水圧ジャッキが作動して艇底からフィンと水中翼が伸びているのだ。スローンは一瞬反応が遅れて、倒れそうになったが、カブリーヨがウィンドブレーカーの前をつかんで引きとめた。水中翼が揚力を得て、艇体をさらに高く押しあげ、ついには翼と伸縮式プロペラシャフトだけが水没している形をとった。そして数秒間で、速力は倍の四十ノットになった。

スローンは愕然とした顔でカブリーヨを見た。のんびり屋の救命艇が、あっという間に高性能水中翼艇に変身して、びゅんびゅん飛ばしはじめたのだ。何を言い、どう反応していいのか、さっぱりわからない。やっとのことで、こう訊いた。「あなた、いったい何者なの?」

普通なら簡潔で気の利いた台詞を決めるところだが、今はパパ・ハインリック惨殺への怒りで一杯一杯だった。「怒らせるとまずい相手だ」目は鋼鉄のように硬い光を放っていた。「やつらはそのわたしを怒らせた」カブリーヨは前方を指さした。「海がかすかに光っているのが見えるか?」スローンがうなずくとさらに続ける。「やつらの船が波を立てて、それが発光バクテリアを光らせるんだ。昼間なら追跡はむりだが、夜は母なる自然が助けてくれる。しばらくのあいだ舵取りを頼めるか？　あの光のあとを追ってくれればいいんだが」

「こんな船を操縦したことはないわ」

「したことのある人はあまりいないだろう。しかしきみのお父さんのチャーター船と同じことだ。ただもっと速いだけで。針路をまっすぐに保ってくれればいい。方向を変えるときはそっと舵輪をまわすこと。すぐ戻るから」

カブリーヨはしばらく様子を見てから、ドアを開けてキャビンに入った。中央の通路を通って革製ダッフルバッグのところへ行く。中に手を入れ、衣類の下からマイクロウジと予備の弾倉を取りだす。グロックにも装弾し直して、ズボンの背中側に差し、予備の弾倉を尻ポケットに突っこんだ。べつのベンチのところへ行き、座席の下のスイッチを入れた。ロックがはずれて、座面が前に飛びだした。座席の下は食糧や日用品の保管場所だが、今開けたものだけはちがう。トイレットペーパーを出して中を空にし、現われたレバーを動かすと、底板がぱくりと浮いた。それを取りはずす。

船底のスペースではエンジンの轟音と水中翼の甲高い水切り音が響き渡っていた。カブリーヨは船底に留め金でとめたチューブを手で探った。それをはずして取りだす。

チューブはプラスチック製で、防水キャップがついている。長さが約一メートル二十センチ、直径が約八センチ。キャップをはずし、中からFN-FAL突撃銃を隣の座席の上にするりと出した。このベルギー製ライフルの歴史は第二次世界大戦時にさかのぼるが、今でも世界屈指の優秀な銃だ。

同じチューブから七・六二ミリ弾の弾倉を出して、手早くライフルに装塡し、薬室に初弾を送りこんでから、安全装置がかかっているのを二度確かめる。ハンリーがこんな銃を積んでおく必要があるのかと訊いたとき、カブリーヨはこう答えたものだ。

「釣りだと一日分の魚が獲れるだけだが、突撃銃でサメを獲れば大勢に一生のあいだ食わせられる」

カブリーヨはまた後甲板に出た。スローンは微光する航跡の真ん中をたどっているばかりか、モーターボートとの距離も少し詰めていた。発光プランクトンは光を薄れさせる暇もなく、水中翼艇の通過でいっそう明るさを増した。

カブリーヨは突撃銃を操縦盤の上に置き、カップホルダーから魔法瓶を抜いてキャビンに放りこむと、かわりにマイクロウジを差した。

「あなたはいつも第三次世界大戦の準備をしているの？　それとも、たまたま被害妄想に取り憑かれているときにあなたと出逢ってしまっただけ？」

カブリーヨは、スローンが自分をリラックスさせようと冗談めかしたのをありがたく思った。感情をコントロールせずに戦闘を行なうのは致命的なミスだ。スローンににやりと笑いかけてから操舵を交代した。「変だと思うだろうが、たまたま警戒心が強くなっていただけさ」

やがて湾内の水上に平たいモーターボートが見えてきた。それと同時にモーターボートの男たちも追跡者を発見した。鋭く方向を変え、湿地のほうへ向かいはじめた。カブリーヨはゆっくりと舵輪をまわしてあとを追った。艇体の傾斜に合わせて、身体を逆向きに傾けてバランスをとる。二分ほどで距離は三十メートル弱に縮まった。モーターボートの男の一人は操縦に専念し、もう一人が艇尾のベンチを支えに自動小銃を構えた。

「伏せろ」カブリーヨは声をあげた。

銃弾が船首の手すりをキンとはねて操舵室の脇をかすめた。水中翼艇は船体が高いので操舵室には当てられない。そこで男は水中翼の支柱の一本を狙ってきた。何発か命中したが、支柱は高張力鋼製であり、弾をはね返してまったく無傷だった。

カブリーヨはカップホルダーからマイクロウジを引き抜き、水中翼をやや引っこめて前方の見通しをよくすると、引き金を絞った。小型サブマシンガンが手の中で躍動し、空薬莢の光る弧が水中翼の航跡の中へ飛びこんだ。二人とも殺してしまうのはまずいので、モーターボートのやや脇のほうへ銃弾を放つ。二十発が左舷の水面に着弾して飛沫をあげた。

これで相手が逃走を諦めるのを、カブリーヨは期待した。今やこちらのほうが大型で速く、武器は対等だ。

ともかく追跡を続けるしかない。モーターボートは葦の繁みや細い木をかすめて走っていく。カブリーヨのほうは岸沿いの繁みや小さな洲を避けながら進まなければならない。モーターボートは速力で負けても機動性で勝っている。障害物競走を続けるうちに、距離は五十メートル、六十メートルと開いてきた。

岸から少し離れてふたたび肉迫することも考えた。だが、繁みの切れ目に飛びこまれたら、それきり見失うかもしれない。高草のあいだの水路では喫水の浅いモーターボートのほうが圧倒的に有利だ。あとを追って水路に入りこめば、待ち伏せされる危険もある。このまま真後ろから追いつづけるのが一番なのだ。

木立の脇をかすめると、鳥の群れがわめきながら飛び立つ。二隻の航跡に揺さぶられて水面下の植物がうねうねと波打ち、まるで湾が息づいているようだ。

水面下の障害物に弱い水中翼艇はモーターボートよりゆるくカーブを切るので、間隔はますます開いていく。カブリーヨは前方に何かを認めた。半ば水没した丸木だった。衝突すれば翼がもぎとられる。スロットルと舵輪を巧みに操って、丸木を迂回した。危険は回避したが、モーターボートとのあいだには二つの泥の洲がはさまってしまった。

測深機を見ると、深度ゼロを示している。翼と水底のあいだの水は、たぶん十五センチほどしかない。スロットルを倒して出力を絞りだし、艇体をあと数センチ持ちあげようとした。このスピードのまま座礁したら、スローンともども、人形のように艇の外へ投げだされるにちがいない。水面に激突するときには、十五メートルほどの高さから舗装道路に落ちるのと同じくらいの衝撃があるはずだ。

洲と洲のあいだを縫う水路が狭まってくる。カブリーヨは艇尾を振り返った。普通なら水中翼とプロペラが白い飛沫をあげているはずだが、今は泥の混じった焦げ茶色の水をかきまわしている。水中翼が水底をこすり、艇体ががくがく揺れた。速度は落とせない。水路はますます狭くなってきた。

「どこかにつかまっていろ!」カブリーヨはエンジン音を超える声で叫んだ。賭けに負けたのを自覚したのだ。

さらに狭まった水路を通り抜けるあいだに速力が少し落ちた。ふたたび水中翼の先端が水底にキスをした。とその瞬間、水面が広くなり、深度も増しはじめた。

カブリーヨは長い息を吐いた。

「今すごく危なかったと思うけど、どうなの？」とスローンが訊く。

「きみが思っていた以上にね」

だが、危険を冒したおかげで距離は半分に縮まった。モーターボートはマングローヴの木立を障害物にスラローム競技よろしくジグザグ運転を強いられたのだ。銃撃係の男は艇尾肋板にしがみついていた。カブリーヨはスロットルをそっと戻し、広い水面を横切ってふたたび敵の航跡をたどる追跡を始めた。敏捷なモーターボートからまた発射される銃弾は、サイズで勝る艇体が盾となった。もっとも、弾は海に落ちたほか、キャビンの安全ガラスを二枚割った。

直進できる場所に来ると、カブリーヨはまたエンジンを全開にした。ものの数秒で、水中翼艇の艇首はモーターボートの艇尾の上に覆いかぶさる形になった。モーターボートの航跡で水面が乱れ、水中翼の下を流れる水に空気が混じりはじめた。翼の揚力が減って、艇首が上下に揺れる。カブリーヨはこれを狙っていた。モーターボートはぶつかってくる艇首から逃れるため、左右に身体を振るが、カブリーヨもその動きに合わせて自艇の舵をとる。水中翼艇の艇首はモーターボートの艇尾を強打するが、相手の速度を落とすほどの打撃にはならない。カブリーヨは揚力を回復するため少し後退した。

操縦盤のタコメーターを見る。と、そのとき、スローンが叫んだ。

顔をあげると、水中翼艇の艇首が相手の艇尾を打ったとき、男の一人が艇首に飛びついてきたのだ。男は艇首に立って、片手で手すりをつかみ、反対側の手でAK－47を構えて、カブリーヨの眉間をまっすぐ狙っている。こちらの銃を抜く暇はない。そこで唯一可能な手段をとった。

AKが火を噴く直前に、スロットルレバーを思いきり引いたのだ。時速六十キロからの一気の減速に、カブリーヨとスローンは操縦盤に身体を叩きつけられた。AKは操舵室の風防ガラスの上のほうを横にミシン打ちする。カブリーヨはふたたび加速した。どうにか手すりにつかまっていた男は、艇首にそそり立った壁のような水飛沫を浴びながら身体を手すりに激突させ、カブリーヨとスローンも身体をうしろへ飛ばされた。男は急激に前に飛びだした艇首から落とされた。カブリーヨがさらにスロットルを開くと、水中翼艇の艇尾からピンク色の泡が噴きだした。

「怪我はないか？」カブリーヨは早口に訊いた。

スローンは操縦盤にぶつけた鎖骨のあたりをさすっていた。「ええ、たぶん」額から濡れた髪を掻きのける。それからカブリーヨの腕を指さした。「血が出てる」

カブリーヨはまたモーターボートに追いつくべく速度をあげてから、傷を見た。AKに割られたグラスファイバーの破片が上腕に刺さっていた。

初めて痛みを意識して、カブリーヨは「うっ」と唸った。

「タフガイは浅い傷なんか無視すると思ったけど」

「痛いものは痛い」カブリーヨは葉書大ほどの破片を抜いた。傷はシャープで出血は少ない。操縦盤の脇の棚から小さな救急箱をとって、スローンに渡す。スローンは中をあさり、包帯を出した。じっとしているカブリーヨの腕にそれを巻いてしっかりと縛る。

「とりあえずこれでいいでしょ。このまえ破傷風の注射をしたのは？」

「二年前の二月二十日だ」

「日付まで覚えてるわけ？」

「背中に四十センチの傷ができたんだ。そのクラスの怪我をした日は記憶に残るものだよ」

一分ほどで水中翼艇はふたたびモーターボートに追いついた。右手に広がっていた草深い沼地は、今は大きめの石がごろごろする砂利浜に変わっていた。これではモーターボートの逃げ道にならない。そろそろけりをつけるときだ。「また操縦を頼めるか?」

「いいわよ」

「わたしが合図する。そしたらスロットルをそっと戻すんだ。直後に方向転換するからそのつもりで。方向はわたしが指示するから」

今度はスローンの操縦ぶりを確かめることなく、FN突撃銃と予備の弾倉を手にとり、艇首へ出ていった。

モーターボートは四、五メートル前方にある。カブリーヨは手すりに寄りかかって身体を安定させ、FNを肩づけした。よく狙いをつけ、三点連射を放つ。三発の銃弾がエンジンカバーに命中すると、操縦者は岸に近い浅瀬のほうへ逃げようとした。カブリーヨは腕をあげて左のほうを指す。スローンがそちらに艇を向ける。若干、舵取りが鋭すぎたが、この艇の操縦特性を呑みこんできたようだ。

カブリーヨはふたたび照門を覗き、エンジンに三点連射を撃ちこんだ。さらにもう一度。操縦手は艇を振ってよけようとするが、カブリーヨは動きを読んでおり、さらに二連射を叩きこんだ。

エンジンカバーの下からふいに漏れはじめた白い煙が、みるみる黒くなって膨れあがった。エンジンはいつ爆発してもおかしくない。スローンに減速の合図を出すタイミングをはかる。エンジンが爆発したモーターボートに追突するのを避けるためだ。操縦手が振り返ったとき、水中翼艇の艇首ライトとモーターボートの操縦盤の明かりで、その顔が見えた。一瞬、男と目が合った。火炎が発する熱のように、憎悪が伝わってきた。男の表情には恐怖よりも殺気がみなぎっていた。

男は急激に舵を切った。カブリーヨは手をあげ、スローンに追うなと合図をした。敵はまっすぐ砂利浜に向かいはじめたからだ。二人のうち一人は捕虜にとりたかったが、もうむりのようだ。また引き金を引き、モーターボートの艇尾を掃射したが、煙のせいでどこに当たっているのかはわからない。だが、必死で相手の逃走の試みを封じようとした。

モーターボートは方向転換で失った速力を、岸から六、七メートルのところでほぼ取り戻した。エンジンが金切り声をあげる。だが、減速するには遅すぎた。三十数ノットで浅瀬に乗りあげ、槍のように岸へ飛びあがった。ボートは闇の中で高く弧を描き、鼻先から地面に突っこんで、グラスファイバーの艇体内で爆弾が破裂したようにばらばらになった。何百もの破片が飛び散り、砂利浜の上で側転する艇体からエンジンがもぎ離された。衝撃で燃料タンクが破れ、ガソリンが噴霧剤のように噴きだした。

操縦手は五、六メートル前方に飛ばされた。霧状のガソリンと空気の混合物が引火してキノコ状の火の球になり、モーターボートの残骸を呑みこんだ。

スローンは冷静な判断で水中翼艇を減速させ、カブリーヨが操舵室に戻ってきたときにはいつでも停止できる速度にしていた。カブリーヨはFN-FALに安全装置をかけて操縦盤に戻した。水中翼を引きこんでから、モーターボートの残骸にできるだけ近づいた。エンジンをアイドリング状態に保ち、小さな錨をおろす。

「今のは自殺よね」

カブリーヨは燃える残骸から目を離さない。「そうだな」

「つまり、どういうこと？」

カブリーヨはスローンに目を向け、今の問いと、自分の答えの持つすべての含みを頭の中で整理した。「あの男はわれわれが警察や何かではないと知っていたが、それでも捕まって尋問されるよりは死を選んだ。つまり狂信者だ」

「イスラム原理主義とか？」

「アラブの聖戦戦士には見えなかった。べつのものだろう」

「それは、どういう？」

カブリーヨは答えない。自分でもわからないからだ。しばらく前に泳いで、服はどうせ濡れているので、そのまま甲板から下に飛びこんだ。水は首まで来た。岸の近くまで来たとき、背後でスローンが飛びこむ音がした。波打ち際で彼女を待ってから、一緒に死体に近づいた。ボートの残骸を見てもしかたがない。溶けたグラスファイバーと焼けた金属の塊にすぎないからだ。

砂利浜に落ちて転がった衝撃は、おぞましい損傷を死体に与えていた。異様な想像力を持つ画家の絵のように、首も手足もありえない形に折れ曲がっていた。カブリーヨは男に脈がないのを確かめてから、グロックをズボンの背中側に差した。尻ポケットには何もないので、死体をひっくり返したが、死体特有のぐったりした重みにぞっとした。顔の皮のすり剝けがひどい。

スローンがうめいた。

「すまない」とカブリーヨは言った。「離れているように言えばよかった」

「そうじゃなくて。この男、知っているの。トニーとわたしが雇ったヘリのパイロットで、ピーテル・デヴィットという南アフリカ人。まったく、わたしもまぬけだわ。パパ・ハインリックの大蛇のことを調べにいくって、この男に話したのよ。それで昨日、この男はクルーザーの二人組にわたしたちを襲わせた。そしてパパ・ハインリックから話を聞く人間がもう出てこないようにした」

自分がナミビアに来たことが重大な事態を招いて、スローンはショックを受けているようだった。病気になりかけているような顔だ。「わたしがローヴ号を探しにこなかったら、パパ・ハインリックはまだ生きていたのに」涙目をカブリーヨに向けてきた。「わたしたちのガイドだったルカという男も、きっともう殺されているわ。ああ、トニーは無事かしら？」

カブリーヨは、スローンが抱き締められることも言葉をかけられることも望んでいないと直感した。モーターボートが赤々と燃える夜の砂利浜で、二人はじっと立っていた。やがてスローンが泣きだした。

「なんの罪もないのに」スローンは声を詰まらせた。「殺されてしまって。みんなわたしのせいだわ」

自分はただ巻きこまれただけなのに、他人のしたことについて責任を感じる。カブリーヨにも何度もあったことだ。パパ・ハインリックの死について、スローンに責任はない。妻に頼まれて買い物に出た男が、車にはねられて死んだからといって、その妻には責任がないのと同じだ。それでも、そういう罪悪感は感じてしまうものだ。それは酸が鉄を腐食するように、魂をぼろぼろにしてしまう。

スローンは五分ほど、あるいはもう少し長く、泣いていた。カブリーヨは頭を垂れてそばに立ち、スローンがようやく鼻をすすりながら泣きやんだとき、そちらに目を向けた。

「ありがとう」スローンは小さく言った。

「なにが？」

「男の人って普通、女が泣くのを見るのが嫌だから、泣きやませるために何か言ったりしたりするでしょ」

カブリーヨは優しい笑みを向けた。「わたしだって嫌だが、今泣いておかないと、あとで泣くことになる。そのほうがずっとひどいんだ」

「だからお礼を言ったの。わかってくれてたから」

「わたしにも何度か経験があるんだ。その話をするかい？」

「ううん、いい」

「とにかくきみに責任はない。それはわかってるだろう？」

「わかってる。わたしが来なかったらまだ生きているだろうけど、わたしが殺したわけじゃない」

「そういうことだ。きみは出来事の鎖の一つの環にすぎない。ガイドのことはたぶんきみの言うとおりだろうが、トニーのことは心配いらないと思う。きみたちへの襲撃が失敗したことは、陸にいる誰も知らないんだから。きみとトニーはもう死んだと思っているはずだ。でも、安全策をとってウォルヴィスへ行こう。ピングイン号はそう速くなさそうだから、たぶんまだ港に着いてないだろう。急げば警告できるかもしれない」

スローンはウィンドブレーカーの袖で顔を拭いた。「ほんとにそう思う？」

「ああ、思う。さあ行こう」

水中翼艇に乗りこんだ三十秒後、カブリーヨは高速で湾上を飛ばしはじめた。そのあいだにスローンはキャビンに置いてある乾いた服に着替えた。それから操縦を交代し、カブリーヨが着替えをして、非常用食品を出した。

「悪いけど、インスタント食品しかないよ」キャビンから出てきて、二つのアルミホイルの包みを持ちあげた。「ミートボール・スパゲティーか、チキン・アンド・ビスケットのどっちがいい？」

「スパゲティーをもらって、ミートボールはあげる。わたし菜食主義だから」

「ほんとに？」

「そんなに驚くこと？」

「なんというか、菜食主義者というのはビルケンシュトックのサンダルを履いて、有機農場で暮らしているイメージだからね」

「それは絶対菜食主義者。わたしに言わせれば過激派よ」

そこからカブリーヨは狂信主義のことを考えた。狂信主義にはどんなものがあるだろう？　まず思いつくのは宗教だが、人が凝り固まって人生のすべてを注ぎこむようなものには、ほかに何がある？　環境保護主義と動物愛護主義もそうだ。スキー場の施設に放火したり、実験動物を解放するために研究所に不法侵入したりして、主義主張を訴える。そのために人を殺す連中もいるだろうか？

現代では何事につけ意見の対立が先鋭化して、自制心や相手への敬意といった社会規範が働かなくなってきている。西洋と東洋、イスラム教とキリスト教、社会主義と資本主義、富裕層と貧困層。いずれも両者のあいだの亀裂は深く、暴力に訴えることも出てくる。

もちろん、こうした対立があるから、オレゴン号の出番があるわけだ。アメリカとソ連の核戦争で世界が滅びるかもしれないという恐怖の重しがとれて、地域紛争が活発化し、従来の方法では対処できなくなってきた。

カブリーヨはこの事態を予測し、新たな脅威と戦う会社として〈コーポレーション〉を設立した。悲しいことではあるが、引き受けきれないほど需要があることは見通していた。

ジェフリー・メリックの誘拐は、身代金の要求がないことから、目的が政治的なものである可能性がますます強くなってきた。そしてメリックの業績からすれば、一番考えられるのは過激な環境保護運動がからんでいるという線だ。

次いでカブリーヨは、メリックの誘拐がスローンの巻きこまれている事件と何かつながりがあるだろうかと考えてみた。どちらもナミビアと関係している。だが、それは偶然の一致としか思えない。スケルトン海岸は環境破壊が話題になっている場所ではない。ブラジルの熱帯雨林破壊や水質汚染の話なら有名だが、ナミビアという砂漠の国は地図の上ですぐに見つけられる人からして珍しい。

それから、べつのシナリオも考えてみた。ダイヤモンド採掘はナミビアの主要産業だ。スローンの言ったとおり、ダイヤモンド市場が高度に寡占的であるなら、違法な採掘をしている連中がいるのかもしれない。莫大な富のために命の危険を冒す人間は多いものだ。もっと小さな利益のためでも殺人を犯す者はいる。しかし、これでピーテル・デヴィットの自殺と思われる死を説明できるだろうか？

捕まるより死んだほうがまし、という事情があるなら、説明はつくだろう。

「かりにデヴィットが違法なダイヤモンド採掘に関係していたとして、捕まった場合はどうなる?」カブリーヨはスローンに訊いた。

「それは国によってちがうわね。シエラレオネでは見つかりしだい射殺される。ナミビアだと、二万ドルの罰金と五年の禁固刑」即答したのを怪しむような目をしたカブリーヨに、スローンは説明した。「わたしは会社の保安部にいる人間よ。いろんな国のダイヤモンド産業に関する法令を把握している必要があるわ。あなたが各国の関税法を知っている必要があるのと同じように」

「それにしてもすごいと思ってね」とカブリーヨ。「しかし禁固五年というのはそう重い刑罰じゃないな。自殺したほうがましだと思うようなことじゃない」

「あなたはアフリカの刑務所を知らないから」

「まあ、『ミシュラン・ガイド』でたくさん星をもらえるとは思わないが」

「設備の問題だけじゃなくて、アフリカの刑務所は結核やHIVの感染率が高いの。短期の禁固刑も死刑にひとしいと考えている人権団体もある。でも、どうしてそんなことを訊くの?」

「デヴィットが捕まるより死んだほうがましだと考えた理由が気になるんだ」

「何かの狂信者かもしれないってこと?」

「よくわからない。具体的には話せないが、じつはもう一つべつの事件が起こっていて、ひょっとしたら二つは関係しているかもしれないと、ちょっと思ったんだ。無関係なら無関係とはっきりしたほうがいい。二つの事件の動機がわかれば、同じパズルのピースなのか、全然ちがうパズルのピースなのかがわかるはずだ。二つのあいだには偶然の一致があるんだが――」

「偶然の一致というやつは好きじゃないと」

「そう」

「そのべつの事件のことを話してくれたら、協力できるかもしれないけど」

「いや、悪いが、それはよしておこう」

「口が軽いと船が沈むってやつね」

スローンは気の利いた台詞を飛ばしただけで、まさかこれが予言になろうとは思ってもみなかった。

# 14

デ・ハヴィランド・ツインオッター機は、空中で静止しているのかと思うほどゆっくりと、荒れた滑走路に降りてきた。高翼式双発機ツインオッターは、六〇年代に開発された飛行機だが、今でも世界各地の辺境飛行士に愛されている。ほぼどんな土地でも約三百メートルの距離があれば着陸できるし、離陸距離はさらに短いのだ。

監獄〈悪魔のオアシス〉に隣接する堅い未整地の土地にはオレンジ色の旗が二列に並べられ、飛行機はそのあいだに降りてきて砂埃を巻きあげた。ターボプロップエンジンからの強烈な排気がさらに砂埃を蹴立てて、ゆっくりと停止する機体は雲に包まれたようになった。エンジンが切られ、まもなくプロペラは震えながら回転をとめた。幌をおろした四輪駆動車がそばへたどり着くとほぼ同時に、機体後部の扉が開いた。

ダニエル・シンガーは百九十センチの長身痩軀《そうく》をかがめて出てくると、ジンバブエの首都ハラレからの千キロ余りの飛行に凝った背筋を伸ばした。アメリカからまずジンバブエに飛んだのは、あの国のしかるべき筋に充分な金を渡せば、アフリカ来訪は記録に残らないからだ。表向き、シンガーは今メイン州の自宅にいることになっている。

四輪駆動トラックを運転してきたのは、ニーナ・ヴィッサーという女性だった。ニーナはシンガーの運動に当初から参加しており、新規メンバーの募集に大きな役割を果たしている。世界中の政府を環境問題についての自己満足的な政策から脱却させなければならないと考える同志を仲間に入れるのだ。

「そろそろ博士にもわたしたちの悲惨な生活に参加していただく頃合ですわ」ニーナは挨拶がわりにそう言ったが、顔には微笑みが浮かび、ほとんど真っ黒な目には敬愛の光が宿っていた。ニーナはオランダ人であり、オランダ人の多くと同様、英語には訛りがほとんどない。

シンガーは背をかがめてニーナの頰にキスをし、当意即妙の返事をした。「ニーナ、きみは知らないのかね。わたしのような悪の天才は辺鄙《へんぴ》な土地に作戦拠点を持つものなんだよ」

「それにしても、水洗トイレのあるところから百キロ離れていて、ノミがわが物顔でのさばっている土地を選ぶ必要があるんですか？」

「中が空洞になっている火山はもうどこも使われているからね。ここは映画の撮影をするという名目で、ナミビア政府から偽装会社を通じて借りているんだ」シンガーは振り返り、扉口に現われたパイロットからバッグを受けとった。「すぐに給油をしたまえ。すぐに帰るからな」

ニーナは驚いた。「滞在されないんですか？」

「ああ、申し訳ないがね。予定より早くカビンダ（アンゴラの飛び地）へ行く必要が出てきた」

「何か問題でも？」

「装備のことでごたついて、傭兵部隊が足止めを食っているんだ。それと攻撃に使う舟艇の準備が整っているか確かめたい。しかし母なる自然は協力的だよ。二日前に熱帯低気圧が消滅したが、すぐにまた新しいのが生まれつつある。一週間以内に実行できるはずだ」

ニーナはふいに足をとめて顔に喜色を輝かせた。「そんなに早く？　信じられないですわ」

「五年間の準備がもうすぐ実を結ぶんだ。まもなく世界中の誰も地球温暖化の脅威を否定しなくなる」シンガーはトラックの助手席に乗りこみ、すぐ近くの古い監獄におもむいた。

監獄は三階建ての石造りの建物で、港の倉庫ほどの大きさだ。屋上には城壁のような狭間《はざま》が設けられ、警備兵が砂漠を見張っている。一面の壁には窓が一つしかなく、おかげで建物はいっそう堅固で不吉に見える。白い砂の上に落ちた影は暗黒の染みという風情だ。

石塀の門をくぐって広庭に入った。木の門扉は丈が高く、鉄の蝶番《ちょうつがい》で取りつけられており、このトラックよりも大きな車両でも通ることができる。監獄の一階は事務所と看守の宿舎にあてられ、二階と三階に中庭を囲む監房が並んでいた。囚人を運動させる中庭は、強烈な陽光が射して反射を繰り返すので、溶かした鉛が満ちているようだった。

「それで客人たちの様子はどうかね?」事務所の入り口の前で車が停止すると、シンガーは訊いた。

「昨日、ジンバブエの連中が自分たちの囚人を連れてきましたが」ニーナは指導者の顔を見た。「これの目的がまだよくわかりません」

「戦術上の必要からだよ。彼らはビザなしでわたしを入国させるかわりに、監獄の一部を短期間使わせろと要求してきた。その囚人は野党第一党の党首で、まもなく国家反逆罪で裁かれる。政府は党首を脱獄させて外国へ逃がす動きがあると読んでいる。そこで秘密の場所に収監しておき、裁判が始まるときにハラレへ戻すつもりだ」

「首都に戻したあと奪還されることはないんですか?」

「裁判には一時間もかけないし、処刑もすぐ行なうらしい」

「どうも気に入らないんです。ジンバブエ政府はアフリカで最も腐敗しています。その政府と対立しているなら、正しい人たちじゃないかと思うんですが」

「わたしも同じ意見だが、これが取引の内容なんだ」シンガーはこれ以上疑念をはさむなという強い口調で言った。「それよりわたしの輝かしい元共同経営者だ。どんな様子かな?」

ニーナはふふんと笑った。「自分の成功がどういう結果をもたらしたか、やっとわかってきたようです」

「それはけっこうだ。われわれの計画が成功して、責任が自分にあると悟ったときの、あのキザな男の顔を早く見てやりたいね」

建物に入ると、シンガーはいちいち名前を呼びながら部下たちに声をかけた。メリックのようなカリスマ性はないが、自分が集めたメンバーたちのあいだではすでに英雄なのだった。土産の赤ワイン三本を開けさせ、みんなでそれを飲みながら三十分ほど話をした。シンガーはとくに一人の女性メンバーを賞賛し、彼女への乾杯の音頭をとった。

それからシンガーは監獄の所長室だった部屋に入り、監房からメリックを連れてくるよう命じた。メリックが来るまでの数分間に、どういうポーズをとるべきか考える。机につくことも考えたが、相手に見おろされるのは嫌だ。そこで窓を背にして立ち、頭を垂れて、この両肩で世界の重みを支えているのだという姿勢をとることにした。

まもなく二人の部下が、後ろ手錠をかけられたメリックを連れてきた。袂《たもと》を分かって以来、直接顔を合わせるのは初めてだが、メリックの顔はテレビでよく見ていたので、この数日間の監禁がもたらした衰弱のはなはだしさを見てとることができた。とくに快感を覚えるのは、かつて明るく輝いていた目が落ち窪み、どんより濁っているさまだ。だが、その目が今また光を取り戻しはじめたのは驚きだった。シンガーはまたしてもメリックの強く人を魅する力を感じて、内心で羨望の念を燃やし、椅子に坐りたくなる衝動と戦わなければならなかった。

「ダニー」メリックは真摯な口調で話しはじめた。「きみのしたことはまるで理解できないが、わたしに復讐したいのだというのはわかる。そしてきみは勝った。これをやめてくれれば、きみの要求はなんでも聞く。会社を取り戻したいのなら今すぐサインをする。わたしの全財産が欲しいのなら、振込先の口座を教えてくれ。きみが用意した声明はどんなものでもわたしの名前で発表する。きみがわたしにあると信じている責任はすべて認める」

ああ、なんと善良な男だ、とシンガーは思った。わたしがどうやっても敵《かな》わなかったのは当然だ。一瞬、メリックが今言ったような取引で手を打ってやりたくなったが、動揺するまいと自戒し、迷いを押しのけた。「これは交渉の場じゃないんだ、ジェフ。きみをこの一件の目撃証人にするのはわたし自身へのボーナスにすぎない。きみのことはただの余興だ。メインのアトラクションじゃない」

「何もこんなやり方をしなくてもいい」

「いや、その必要があるんだ!」とシンガーは声を張りあげた。「なぜわたしが今、世界に訴えようとしていると思う?」深呼吸を一つして、やや穏やかに、しかし同じ情熱をもって続けた。「われわれがこれまでの道を歩みつづけるなら、わたしのデモンストレーションなど及びもつかない自然現象がいずれ起きるだろう。われわれは変わらなければならない。世界を動かしている連中にはそれが見えていないが、ジェフ、きみは科学者だ。理解しているはずだ。今世紀中に地球温暖化現象が人類の偉業のすべてを破壊してしまうことを。

気温が一度上昇するだけで、環境は甚大な被害を受ける――そしてそれはすでに起こりつつある。地球はまだ全部の氷河を溶かすほどには暑くないが、グリーンランドでは氷がどんどん海に流れこんでいる。氷の溶け水が潤滑剤の役割を果たして氷塊を滑らせるからだ。ある場所では通常の二倍の速さで滑っているという。そういうことが今起こっているんだ。今この瞬間にも」

「きみの言っていることは否定しないが――」

「否定できないんだ」シンガーは相手の言葉を断ち切った。「理性のある人間には否定できない。なのになんの手も打たれない。だからみんなに、グリーンランドの氷河ではなく、自分の家でその効果が現われるのを見せてやる必要がある。ショック療法をとらなければ世界は破滅するんだ」

「しかし大勢の人間が死んで――」

「将来の災いに比べれば微々たるものだ。数十億人を救うために犠牲になってもらうしかない。患者の命を救うために壊疽《えそ》に陥った脚を切断するのと同じだ」

「死ぬのは何の罪もない人たちだ、菌に感染した手足じゃない！」

「それなら喩えがよくないとしてもいいが、それでもわたしの主張は有効だ。それにきみが思っているほど大勢死ぬわけじゃない。予報というものがあって、警告はちゃんとなされるんだ」

「それが役に立つかどうか、ハリケーン・カトリーナに襲われたときのニューオリンズ市民に訊いてみればいい！」メリックは吐き棄てるように言った。

「そのとおりだ。市も、州も、連邦当局も、市民を避難させる時間が充分にあったのに、死ななくてもいい人間が千人以上死んだ。わたしはそれを言っているんだ。われわれは二十年以上にわたって環境危機を訴えてきたが、形ばかりの対策しかとられなかった。だからさらに先へ進む必要がある。わかるだろう。われわれは人類を救うためにこれをやるんだ」

ジェフリー・メリックには、元の親友にして共同経営者が正気を失っているのがわかった。昔から少し変わっていたのは確かだが、それはメリックも同じだった。そうでなければあのＭＩＴで優秀な成績を収めることなどできないのだ。だが、今はたんに変わっているというだけではない。完全に常軌を逸している。そしてもう一つわかったのは、シンガーを説得することはできないということだった。狂信者に理屈は通じないのだ。

だが、もう一つだけ試してみたかった。「それほどの人類愛があるなら、どうしてスーザン・ドンレヴィーを殺したんだ？」

シンガーは内心の読めない表情で視線をそらした。「わたしに協力している人たちには、なんというか、ある種の技術が欠けている。だから外部の人間を使う必要があった」

「傭兵か？」

「そうだ。そして彼らは、その、必要な程度を超えたことをした。スーザンは死んではいないが、残念ながら重態だ」

メリックはこれからとる行動の前兆を何も見せなかった。両側から腕を軽くつかんでいる男たちをいきなり振り切り、前に突進した。机に飛びあがり、窓辺にいるシンガーの顎に膝頭を叩きこむ。だが、そこで二人の看守がやってきた。メリックはつなぎの服の袖をつかまれ、床に引き倒された。両手は後ろ手錠をかけられているので、まともに顔から落ちた。火花が散ることも、目の前がゆっくりと暗転することもなかった。額が床を打った瞬間に気絶していた。

「すみません、ダン」看守の一人がシンガーを助け起こした。シンガーの口の端から血が流れていた。

シンガーは指でぬぐいとった血を眺め、それが自分の身体から出たとは信じられないという顔をした。「まだ生きているか?」

もう一人の看守がメリックの手首と首で脈をとった。「脈拍は正常です。脳震盪《のうしんとう》で、目が醒めたら頭がぼうっとしているでしょうが」

「よし」シンガーは横たわっているメリックを足もとに見おろした。「ジェフ、今ので気がすんだのならいいがな。なぜなら、あれがおまえの自由意志による行為の最後のものになるからだ。さあ、ぶちこんでおけ」

二十分後、ツインオッター機はふたたび空に駆けのぼり、アンゴラの北の飛び地カビンダに向かっていった。

# 15

水先人が縄梯子を伝いおりてテンダーボートに戻ると、マックス・ハンリーとリンダ・ロスは船橋から秘密のエレベーターで作戦指令室へ降りていった。まるでゴミ置き場からNASAのミッション・コントロールセンターへ移ったようである。二人は南アフリカ人の水先人の前で船長と操舵手の役を演じたのだが、ハンリーは公式には非番で、当直はリンダだった。

「また部屋に戻ります?」リンダは指令席に坐ってヘッドセットをかぶると、ハンリーにそう訊いた。

「いや」とハンリーは渋い口ぶりで答える。「ドク・ハックスリーがまだ血圧が心配だと言って、一緒にジムへ行くことになっている。パワーヨガなるものを教えてくれるそうだ。どういうものかは知らないがね」

リンダはくすりと笑った。「それはぜひ見学したいですね」

「もしこっちの身体をプレッツェルみたいに折り曲げようとしたら、新しい船医を探すようマックスに言うよ」

「きっと身体にいいですよ。オーラの洗浄か何かしてくれるんです」

「おれのオーラはきれいなんだがなあ」ハンリーはユーモラスに嘆いてみせて、作戦指令室を出ていった。

何事もない穏やかな当直時間が過ぎるなか、オレゴン号は海上交通路を離れて、速力をあげていく。北のほうで嵐が発生しはじめているが、翌日の午後遅くスワコプムントに着くころには西のほうへ移動しているだろう。リンダは暇をやり過ごすために、エディーとリンカーンが書いた来るべき〈悪魔のオアシス〉攻撃の計画書に目を通した。

「リンダ」ハリ・カシムが通信ステーションから声をかけてきた。「今、通信社のニュースが入った。信じられないような話だ。今そっちへ送る」

リンダはニュースにざっと目を通して、すぐ船内無線呼び出しでマックス・ハンリーを呼んだ。ハンリーは一分後に機関室からやってきた。必要もないのに機械の点検をしていたのだ。ヨガがこたえたらしく、普段使わない筋肉を使ったせいで足どりがぎこちなかった。

「何か用かい？」

リンダは液晶モニターをハンリーのほうへ向けてニュースを読ませた。二人のあいだに電気が走り、作戦指令室内にも緊張がみなぎる。

「何がどうしたのか教えてくれないか？」と操舵席からエリック・ストーンが訊いてきた。

「ベンジャミン・イサカが、クーデターが起きるかもしれないと言っていたけど」とリンダが答えた。「そのイサカが二時間ほど前に逮捕されたらしいの」

「イサカ。どこかで聞いた名前だな」

ハンリーが言った。「例の武器取引の件で、コンゴ政府の連絡役だった男だ」

「ああ、それは冗談抜きでたいへんだ」マーク・マーフィーが言う。今は兵器管制の必要はないのだが、上級乗組員が当直のときはいつも持ち場にいることにしている。

「ハリ、わたしたちが届けた武器のことは何か報道されている？」とリンダは訊いた。

彼女はコンゴの政情のことなどどうでもいいと思っているが、例の武器については〈コーポレーション〉に責任がある。

「しまった、それは調べていない。さっきのAPのニュースも一分ほど前に入ったばかりだから」

リンダはハンリーに顔を向けた。「どう思います？」

「ミスター・マーフィーに賛成だな。これは大変なことになりかねない。イサカが発信機のことを吐いて、革命軍がそれを取りはずしたら、五百挺の突撃銃や五十挺のRPG発射機を、とびきり危険な集団に本当にくれてやることになる」

「イサカ逮捕のニュースは今出てきたばかりですから」とカシム。「武器のことが出るのはもう少しあとになるかもしれません」

「それはわからんぞ」ハンリーはパイプの柄で歯を軽く叩いている。「イサカはもう吐かされているはずだ。ハリ、あの発信機の信号はキャッチできないのか？」

レバノン系アメリカ人のハリ・カシムは眉をひそめた。「むりでしょうね。有効距離が短いですから。あれはコンゴ軍部隊が携帯受信機で武器を追って、革命軍の本拠地を突きとめるという計画でした。電波は三、四キロ飛べばよかったんです」

「じゃ、わたしたちは失敗したわけね」リンダは若い娘らしい声に刺々しさを加えた。「あの武器は今どこにあるかわからなくて、わたしたちには見つける方法がない」

「おお、なんじ信仰薄き者よ」マーフィーが大きくにやりと笑った。

リンダが振り返る。「何かあるわけ?」

「みんな会長のずるがしこさを忘れないでほしいな。武器を売る前、会長はぼくと火器主任にCIAから渡された発信機をいくつかはずして、自前の装置を仕掛けるように言ったんだ。有効範囲は百五十キロほどある」

「問題は有効距離じゃない」とカシム。「イサカは仕掛けた場所を知っている。それも白状しただろうから、革命軍はCIAのもわれわれのも外しただろう」

マーフィーの笑みは消えない。「CIAの発信機はAKの銃床とRPG発射機のフォワードグリップに隠してある。ぼくらのは、AKのグリップに埋めこみ、RPGのほうはスリングの取付具に偽装した」

「なるほど、頭いいわね」リンダが心底感心した声で言った。「連中はCIAのを見つけたら、それ以上は探さない。わたしたちのはまだ着いている」

「しかも、CIAのとはちがう周波数の電波を発信するんだ」マーフィーは腕組みをして椅子の背にもたれた。

「ファンはなぜそれを内緒にしていた?」とハンリー。

「慎重を通り越して偏執症と思われかねませんからね」とマーフィー。「だから黙っていたんです。こっちの装置は結局必要ないかもしれないから」

「さっき有効距離はどれだけと言ったたっけ？」リンダが訊く。

「百五十キロほどだ」

「なら、革命軍が向かった方向がわからないと、やっぱり干草の山から針を探すみたいなものね」

マーフィーは顔から自慢げな表情を消した。「じつは問題はもう一つあるんだ。有効距離が長いかわりにバッテリーの寿命が短い。あと四十八時間から七十二時間でどんどん減りはじめる。それ以降だと探知するのはむりだろうな」

リンダはハンリーを見た。「武器の探索となると、会長の決裁が必要ですよね」

「うむ」とハンリーは言う。「しかし、きみにもわかっているだろうが、会長は武器のありかを突きとめて、コンゴ政府軍に知らせてやることを望むはずだ」

「われわれの選択肢は二つだと思います」とリンダ。

「ちょっと待った」とハンリー。「ハリ、衛星電話で会長を呼びだしてくれ。さてと、二つの選択肢というのは？」

「一つは、ケープタウンに引き返して、そこからコンゴへ探索チームを送りだす。マーク、受信機は携帯型よね？」

「大型ラジカセ《ブームボックス》くらいだよ」と工学の魔法使いが答える。

普通ならここで、おまえのブームボックスは半端な大きさじゃないぞと、誰かがひやかすところだ。マーフィーはオレゴン号の貨物甲板をスケートボードパークにしていた。バンクにジャンプランプ、古い煙突の一部を使ったハーフパイプなどがちゃんとある。

ハンリーは言った。「ケープタウンに戻るには五時間かかる。港でごたごたして二時間、それからまたここまで来るのに五時間だ」

「それともこのままナミビアへ行って、そこから探索チームを出すか」とリンダ。

「タイニーがスワコプムントの空港でパラシュート降下用の飛行機を用意しているし、ジェフリー・メリックの身柄を確保するときに備えて、明日の午後にはうちのジェット機が一機あそこで待機しています。だから探索チームをヘリで直接空港へ運んで、タイニーの飛行機でコンゴまで連れていってもらう。タイニーの飛行機はすぐ戻ってきて、誘拐犯急襲部隊を輸送する」

「会長は衛星電話でつかまらない」カシムが一同に言う。

「救命艇の無線機は試したか？」とハンリー。

「そっちもだめです」

「くそっ」ハンリーは、カブリーヨが十数通りのシナリオをさっと頭に並べて即座に最良の策を選ぶのとはちがって、周囲からデータを求めて慎重に考える。「スワコプムントへ行かないで、今すぐケープタウンに引き返したら、探索チームを送りだすのはどれくらい早くなる？」

「十二時間ですね」

「いや、そんなに早くない」マーフィーがコンピューターの画面から目を離さずに言う。「ケープタウン‐キンシャサ間のフライトを調べてるんですが、そうたくさんないんです」

「なら、チャーター機だ」とハンリー。

「今調べています」とエリック・ストーンが言う。「ケープタウンにジェット機を持っている会社は一社。あ、だめか、当社のリアジェットは二機とも整備中とある」みんなの顔を見る。「ご迷惑をおかけして申し訳ないとのことだ」

「すると節約できる時間は八時間ってとこだな」とマーフィーが結論づける。

「スワコプムントに着くのは十二時間遅れて、メリック奪還作戦が一日先延ばしになるわけだな」とハンリー。「よし、それじゃこのまま北へ進むぞ」それからとくにカシムに指示した。「ひきつづき会長を探してくれ。五分おきに呼ぶんだ。つかまったらすぐ知らせてほしい」

「はい、ミスター・ハンリー」

ハンリーは、カブリーヨが応答しないというのが気になった。〈悪魔のオアシス〉への襲撃を控えているとき、衛星携帯電話機を持っていかないはずがない。カブリーヨは小まめな連絡をうるさく言う男だ。

連絡がとれない理由は百通りほど考えられるが、一つとしてハンリーの気に入るものはなかった。

# 16

カブリーヨは目を細めて遠くを見た。東の空に黒雲が蟠《わだかま》りだしたのは気にしなかった。スローンと一緒に救命艇でウォルヴィス・ベイ港を出発したとき、嵐の予報は出ていなかったが、世界のこの地域では予報の有無にあまり意味はない。ものの数分で砂嵐が立ちあがり、空全体を覆うこともある。まさにそれが、今起きているらしかった。

腕時計を見た。日没はまだ数時間先だ。しかしともかくトニー・リアドンが乗った飛行機は、四分前にナミビアの首都ウィントフークの空港から飛び立った。ナイロビを経てロンドンに向かう便だ。

前日の午後遅く、カブリーヨとスローンはウォルヴィス・ベイ港入り口の二キロ手前でピングイン号に追いついた。パパ・ハインリックの身に起きたことを話すと、ユストゥス・ウレンガは北のべつの町へ行って一、二週間そこで漁をすると約束した。カブリーヨはトニー・リアドンを救命艇に乗せた。

トニーは文句たらたらだった。スローンやカブリーヨやナミビアや自分の会社など、思いつく相手に嫌味を言った。カブリーヨは二十分間、沖合で艇をとめてトニーにガス抜きをさせた。ところが放っておけば何時間でも続けそうなので、ついに黙らないと殴り倒すと最後通牒を突きつけた。

「やれるならやってみろ！」とトニーは怒鳴った。

「ミスター・リアドン、わたしは二十四時間寝ていない」カブリーヨは顔を相手の顔の数センチ手前まで近づけた。「むごい拷問を受けたあと焼き殺された年寄りの死体を見たし、五十回ほど銃を連射された。おまけに頭も痛くなってきた。だから黙ってキャビンに入って、ベンチに坐ったほうがいい」

「おまえの命令なんか――」

カブリーヨは相手の鼻の骨を折らないよう、拳を当てた瞬間に引いたが、それでもパンチの威力はすさまじく、トニーはハッチをくぐってキャビンの通路に吹っ飛んだ。

「警告はしたからな」カブリーヨは前に向き直り、陽の入りを待つあいだ艇を向かい風の方向に保っておく操作に専念した。

沖合二、三キロで停泊していると、ウォルヴィス・ベイ港から漁船団が漁に出ていった。カブリーヨは衛星携帯電話でもろもろの手筈を整えてから港に入っていった。トニーはキャビンのベンチに坐り、顎をさすりながら傷ついたプライドを慰めた。

救命艇を岸壁につけると、一台のタクシーが待っていた。トニーとスローンはキャビンで待たせて、カブリーヨは税関職員に三人のパスポートを見せた。ビザは不要で、イギリス人二人のパスポートにはすでにスタンプが押されている。職員がカブリーヨのパスポートにスタンプを押し、救命艇をざっと見たあとは、もう三人は上陸していいのだった。

カブリーヨは港の業者に救命艇への給油を頼み、係員がちゃんと仕事をするよう気前よくチップをはずんだ。ベンチの下に隠したグロックを取りだし、艇内に不審な点がないことを確かめたあとで、タクシーのところへ行き、トニーとスローンを後部座席に乗せた。

タクシーはスワコプ川を渡り、スワコプムントの街を走って空港に向かった。モーターボートの操縦者がヘリコプターのパイロットだったことを考えると、トニーをチャーター機に乗せるのは危険が大きい。だがこの空港には週に四日、首都まで飛ぶナミビア航空便があり、今日はその運航日だ。カブリーヨは、トニーが空港へ着いてから数分で搭乗機が飛び立つよう、タイミングを計っていた。首都に着いたあとは、すぐにケニアのナイロビへ飛ぶ。

カブリーヨは駐機場の、ほかの飛行機とかなり離れた場所で待機している双発機に目をとめた。〈コーポレーション〉の主任パイロット、チャック・〝タイニー〟・ガンダーソン（タイニーは「小さい」の意で、巨漢のニックネームの定番）が襲撃作戦のために借りた飛行機だ。計画が予定どおり進んでいれば、大柄なスウェーデン系アメリカ人、タイニーは今、自社のビジネスジェット機ガルフストリームでこちらに向かっているはずである。カブリーヨはそのガルフストリームでトニーをナミビアから出すことも考えたが、そこまでこの男のために時間を費やすわけにもいかなかった。

三人は小さなターミナルビルに入った。カブリーヨはわずかな異状も見逃すまいと気を張る。もっとも敵方はスローンたちを始末したと思いこんでいるだろう。トニーはカウンターでチェックインの手続きをした。スローンはトニーに、ホテルに残っている荷物はこちらでの調査が終わりしだいロンドンに送ると約束した。

トニーが不明瞭な言葉をつぶやいた。

もう何を言っても聞く耳を持たないようだ。むりもない、とスローンは思った。トニーは保安検査場を通り抜け、振り返りもせず行ってしまった。

「よい旅《ボン・ボワイヤージュ》を、ピエロ君」とカブリーヨはからかい、スローンと一緒に空港を出て街に戻った。

まっすぐ向かったのは、スローンのガイド、トゥアマングルカが住んでいた界隈だ。真っ昼間だが、カブリーヨはズボンにはさんでシャツの裾で隠した拳銃を頼もしく思った。建物のほとんどは二階建てで、上品な地区とはちがってドイツの建築物の影響がない。石敷きの道路も多少残っているが、穴だらけで、白く色が抜けている。アパートメントの入り口には昼間から男たちがぶらぶらしていた。何人かいる子供たちが、うつろな目を向けてくる。空気には加工された魚の匂いと、どこにでもあるナミブ砂漠の砂の匂いがこもっていた。

「どこに住んでいるのか、正確には知らないんだけど」とスローンは認めた。「いつもバーの前で車からおろしたわ」

「誰を探してるんです？」とタクシーの運転手が訊く。

「ルカって呼ばれている男で、ガイドをやっているの」

タクシーはとある老朽化した建物の前でとまった。一階は狭苦しい料理店と古着屋で、二階は洗濯物が窓に干してあるところからしてアパートメントのようだった。料理店から痩せこけた男が出てきて、タクシーの運転席を覗きこんだ。二人のナミビア人は二言三言話す。それから外に立っている男が通りの向こうを指さした。

「ルカはこの二ブロック先に住んでるそうです」

一分後、タクシーはべつの建物の前でとまった。この界隈でもとくにオンボロな建物だ。外壁の下見板は色あせてひびが入り、たった一つのドアも蝶番が片方はずれている。毛の禿げちょろけた犬が建物の隅で片脚をあげたが、土台のひび割れからドブネズミが出てくるとそれを追いかけはじめた。建物の中からは泣きわめく子供の声が聞こえている。

カブリーヨはタクシーのドアを開けて歩道に降りた。スローンもそちらへ身体を移動させ、同じドアから出た。まるで車一台の幅だけ離れるのも嫌だというように。

「ここで待っていてくれ」カブリーヨは運転手に百ドル札を一枚やり、手にしたべつの二枚をしっかり見せつけた。

「いいっすよ」

「どの部屋に住んでいるか、どうやってわかる?」とスローンが不安がる。

「心配いらない。きっとわかると思う」

カブリーヨが先に立って建物に入った。中は薄暗いが、ものすごい暑さで、吐き気をもよおす悪臭がこもっていた。貧困が放つ、世界共通の悪臭だ。一階には四世帯の住居があり、その一つで子供が泣いていた。カブリーヨはそれぞれのドアの前で足をとめて安物の錠前を見た。そして何も言わずに二階への階段をのぼりはじめた。

踊り場で、怖れていたハエの羽音が耳に入ってきた。強弱を繰り返しながらメロディーのない音楽を奏でている。それからほどなく臭いが鼻を襲った。それは全体的な貧困の臭いよりさらに強い悪臭だった。たとえ一度も嗅いだことがなくても、本能的に正体がわかるであろう悪臭。おそらく人間の脳は同類が腐乱する臭いがすぐにわかるのだろう。

耳と鼻の導きで、一番奥の部屋の前まで行った。ドアは閉まっており、錠前は壊されていない。「ガイドは殺しにきた男を自分で中へ入れたんだ」

「ヘリのパイロットを?」

「たぶんね」

カブリーヨはドアを蹴った。ノブの周囲が脆くなっており、ばりっと裂けた。邪魔をされたハエの群れが怒って唸りをあげ、喉の奥に粘りつきそうな悪臭が襲ってきた。

スローンはうめいて、うしろにさがった。

窓が一つだけあり、汚いカーテン越しにほの暗い光が室内に満ちていた。家具は少なく、椅子、テーブル、シングルベッド、それにナイトテーブルがわりの木箱が一つあるだけだ。木箱の上の吸殻が山盛りになった灰皿は車のハブキャップだった。壁は白い漆喰塗りのようだが、二、三十年分の煙に茶色く染められ、叩きつぶされた無数の虫が黒ずんだ染みになっていた。

ルカは乱れたベッドに横たわっていた。汚れたボクサーショーツ一枚に紐のないブーツという恰好で、胸が血に濡れていた。

カブリーヨは嫌悪感をこらえながら胸の傷を調べた。「二二か二五の、小口径の銃。至近距離から発砲だな。火薬の焦げ痕がある」ベッドとドアのあいだの床板を見ると、血痕が点々とついていた。「犯人はルカがドアを開けるとすぐに撃って、床に倒れる音がしないようベッドへ押し倒したんだ」

「物音がしたからって、この建物の住人が気にすると思う？」

「気にしないだろうが、犯人は慎重だった。ゆうべ、あのモーターボートをよく調べたら、サイレンサー付きの拳銃が見つかったと思うね」

カブリーヨは部屋をくまなく調べて、殺人の背景がわかるようなものはないか探した。だが見つかったのは、台所の流しの下のマリファナと、ベッドの下のポルノ雑誌だけだった。食料品の箱には何も隠されておらず、ゴミ入れには饐《す》えた臭いの吸殻と発泡スチロールのコーヒーのカップしかなかった。ベッドの脇の床に落ちている服を調べたが、ポケットの中身はこの国の硬貨と、財布と、ポケットナイフだけだった。壁の釘にかけてある服には何も入っていない。窓を開けようとしたが、固くて開かなかった。

「とにかく死んだことだけは確かめた」カブリーヨは暗い声で言い、スローンと一緒に部屋を出ると、ドアを閉めた。二階から降りる前に、共同トイレへ行ってタンクの蓋を開けた。何か隠していないか、念のために確認したのだ。

「これからどうする?」とスローンが訊く。

「ヘリのパイロットのオフィスを調べてみるかな」カブリーヨは気乗りのしない口調だった。あの南アフリカ人は手がかりを残すようなヘマはしていないだろう。

「わたしとしては、ホテルに戻って、史上最長のシャワーを浴びて、二十四時間眠りたいところね」

階段を見おろしたカブリーヨは、ドアの壊れた玄関からの光が一、二秒明るさを増すのを見た。何かが、あるいは誰かが入ってきたかのように。スローンをうしろへさがらせて、グロックを抜いた。

わたしはなんというばかだ、と思った。やつらはピングイン号襲撃とパパ・ハインリック殺害の件が妙なことになったと気づいているはずだ。そのことを調べようとする人間はかならずここへ来るだろう。カブリーヨとスローンは身をひそめた。

男が二人、視野に入ってきた。それぞれ禍々《まがまが》しいチェコの短機関銃スコーピオンを手にしている。次いで現われた三人目も同じ銃を持っている。カブリーヨは、最初の一発で一人目は片づけられても、あとの二人とは熾烈な銃撃戦となって階段が修羅場になることを知っていた。

スローンの手首をつかんだまま、静かにうしろへさがった。スローンはその握力の変化から緊張を感じとり、一言もしゃべらず、足音をできるだけ立てないようにした。二階の廊下は出口なしで、あと五秒もすれば殺し屋たちに追い詰められるだろう。カブリーヨはスローンの手を引いて、またルカの部屋に戻った。ドアを開けて中に入る。「何も考えずに、わたしについてくるんだ」

カブリーヨは窓に体当たりをした。ガラスが割れ、破片が短剣のように服を切り裂く。窓のすぐ下は波型トタン板の傾斜した屋根で、これはさっき窓を開けようとしたときに見ていた。カブリーヨは屋根の上に落ちた。ついた掌が汚れ、グロックが落ちそうになった。トタン板はひどく熱く手を火傷しそうだ。頭を下にして屋根の上を滑り落ちながら、身体を転がしてあおむけになった。そして頭が屋根の端から飛びでたとき、屋根からずり落ちそうになると、両足を頭のほうへ振りあげて、切れのいい後転をした。この後ろ宙返りで金メダルがもらえるわけではないが、ガラスの破片が落ちてくる下の地面にきれいに着地することができた。

カブリーヨは気にもとめなかったが、トタン屋根の下では一人の老人が漁網を繕っていた。すぐあとからスローンも滑りおりてきた。身体が屋根の端から飛びだしてくるのを、カブリーヨは下で待ち受け、受けとめたときには地面に片膝をついた。

同時に、十セント硬貨大の穴がトタン屋根にバッバッ空いた。サブマシンガンの銃声が街の倦怠感を粉砕する。十数発の銃弾が漁網を切り、繊維屑を宙にまいた。老人はもう離れたところにいるので心配はいらない。カブリーヨはスローンの手をとって左のほうへ駆けだした。そっちが人通りの多い通りだ。

足もとに着弾のミシン打ちを受けながら、トタン屋根の下から通りへ飛びだした。スコーピオンが近接射撃用なのと、二人の撃ち手が興奮しすぎているのとで、幸い弾は命中しなかった。二人はとりあえず十輪トラックの陰に身を隠した。

「だいじょうぶか？」カブリーヨは荒い息遣いで訊く。

「ええ、でも、わたしこの国へ来てからブタみたいに食べて、あなたに悪いことをしたわ」

カブリーヨは、イギリスのマン社のトラックの陰から覗いてみた。男の一人がそろそろと屋根を降り、もう一人が窓辺に立って掩護をしていた。二人はカブリーヨに気づき、トラックに連射を浴びせてきた。カブリーヨとスローンは運転台に向かって走った。高いボックス型の荷台が目隠しになってくれる。カブリーヨは前輪タイヤを足がかりに長いボンネットに乗り、そこから運転台の屋根の上へあがった。そしてこの意表をつく新しい場所を三人組に悟られる前に、手にした拳銃で狙いをつけた。距離は二十メートルちょっとにすぎず、窓との高さの差もさほどない。発射した弾はトタン屋根の上の男の右手に命中し、肉の一部を飛ばした。男の短機関銃がはじけ飛び、男自身は屋根からずるずる滑りはじめた。そして地面に落ち、骨が折れる音がはっきりとトラックまで聞こえてきた。

カブリーヨは、もう一人に位置を正確に知られる前に身体を低くした。

「ここからどうするの?」スローンが目を見はって訊く。

「窓のところの男が、わたしたちが逃げださないか見張っているあいだに、もう一人が階段で降りてくるだろう」カブリーヨは周囲を見まわした。

この辺はもともと繁華な界隈ではないが、今はまったく無人となって、長年来のゴーストタウンのようだった。道路の端でゴミがかさかさ動く。西部劇のように、今にも転がり草《タンブルウィード》が転がってきそうな風景だ。

カブリーヨは助手席のドアを開けた。イグニッションにはキーが差されていなかった。フランクリン・リンカーンなら、点火装置をショートさせて一分以内に発進させられるが、カブリーヨにそこまでの腕はない。ディーゼルエンジンを始動させる前に撃たれているだろう。もう一度すばやくアパートメントの窓を見た。銃を持った男は窓辺から離れているが、こちらをじっと見つめている。

「考えろ、くそっ、何か考えろ」

すぐ脇の建物は、もとは小さなスーパーマーケットだったのが、今は窓をベニヤ板で封じられていた。ブロックのはずれには草のまばらな公園があり、カブリーヨたちの背後にはアパートメントや一戸建ての民家が身を寄せあうようにひしめいている。

カブリーヨはトラックのむきだしの燃料タンクを拳で叩いた。うつろな音がする。ほとんど空だが、少しだけ入っているようだ。給油口のキャップをはずすと、熱い空気の中にディーゼル燃料の蒸気が揺らぎのぼるのが見えた。

カブリーヨがつねに携帯しているものは、小型の方位磁石、ポケットナイフ、キセノン電球の小型フラッシュライト、それにジッポーのライターだ。まずナイフでシャツの裾を紐状に切りとり、ライターで火をつける。スローンをトラックの前へ移動させてから、燃える布切れを燃料タンクに入れた。

「バンパーの上に乗るんだ。ただし身体を低くして、口を開けておくこと」それからカブリーヨはスローンに耳もふさいでいるよう注意した。

満タンの燃料が爆発すれば、トラック全体が吹き飛んだだろう。だが、タンクの底に少量残る燃料に布切れの火がついたときも、爆発の威力はわりと大きい。カブリーヨとスローンは運転台——もっと正確にはエンジンブロック——によって守られたが、それでも火傷をしそうな熱が伝わってきた。トラックは砲撃でも受けたようにサスペンションの上で大きく揺れ、カブリーヨの頭はハンマーで殴られたようにわーんと鳴った。

カブリーヨは歩道に飛びおり、成果を確かめた。期待どおり、爆発によってスーパーマーケットの窓に打ちつけられていたベニヤ板が壊れ、窓ガラスが割れて店内通路の中ほどまで散乱していた。「来るんだ、スローン」

二人は手をつないで暗い店内に駆けこんだ。すぐ外ではトラックが燃えている。店の奥のドアをくぐると倉庫や荷物積み下ろし場に通じる。カブリーヨは小型フラッシュライトを出して、外に出るドアの様子をうかがった。三人の殺し屋はこちらが飛びこんだ場所を知っているから、こそこそする意味はない。ドアに巻きつけた鎖にかけてある南京錠を拳銃で吹き飛ばした。鎖がコンクリート床に落ちると、カブリーヨはドアを押し開けた。

スーパーマーケットの裏の通りを渡ると、救命艇を停泊させている港だった。救命艇は貧相な埠頭のオンボロ漁船のあいだで快適そうに休んでいる。二人は全速力で走って通りを横切り、迷路のような桟橋をたどって救命艇に向かう。するとスーパーマーケットから銃を持った男の一人が出てきて追跡してきた。

漁船で作業する漁師たちや釣り糸を垂れる子供たちが、空き家のスーパーマーケットから煙が出ているのを眺めているそばを、カブリーヨとスローンは走りすぎた。木の桟橋は腐食や魚の粘液で滑りやすいが、それでも足をさらに速めた。

スコーピオンのフルオート射撃の音が空気を切り裂いた。カブリーヨとスローンは前に身体を投げだし、桟橋から誰かの小型モーターボートへ身体を転がしこんだ。船尾には船外機がついている。カブリーヨはすぐに姿勢を立て直したが、身体は低くしておいた。桟橋に弾着が走り、木の細片がはねた。

「エンジンをかけろ」カブリーヨはスローンに言い、桟橋より上に顔を覗かせた。殺し屋はほんの十数メートル先にいたが、桟橋が入り組んでいるので実際には四十メートルほど進まなければならない。カブリーヨの頭を見て、またサブマシンガンを撃とうとしたが、銃弾が切れていた。

スローンが始動用ロープを引く。二度目でエンジンがかかってほっとする。カブリーヨが舫《もや》い綱を解き、スローンがスロットルを開く。小型モーターボートはぐんぐん走り、救命艇のほうへ向かった。殺し屋は標的に逃げられたと悟った。このうえ追えば、自分が無防備な姿をさらすことになる。ナミビアにも警察はある。銃撃が起きて数分たった今、ウォルヴィスとスワコプムントの警官が何人も港に向かっているところだろう。そこで銃を海に棄てて証拠を湮滅《いんめつ》し、走って引き返しはじめた。

モーターボートの舳先《へさき》が、救命艇の船腹に軽くキスをした。カブリーヨが艇を押さえて、先にスローンに乗船させた。次いで自分もあとに続き、船外機に手を伸ばしてスロットルをまわし、モーターボートをマリーナのもといた場所のほうへ戻らせた。

それから記録的なすばやさでロープをはずし、エンジンを始動させた。外側のブイを通過すると、全速力で外海をめざす。港湾警備隊が追ってくるといけないので、できるだけ早く公海に出るべく、直線コースをたどる。もっとも、まもなくカブリーヨが救命艇を水中翼艇に変身させたので、もう誰にも追いつけなくなった。

「調子はどうだい?」艇の走りが安定すると、カブリーヨは訊いた。

「まだ耳鳴りがしてる。あんなむちゃくちゃをやるの、今まで見たことないわ」

「殺し屋が次々に襲ってくる女性を助けるよりむちゃくちゃなことかな?」とカブリーヨはからかう。

「わかった。二番目にむちゃくちゃよ」スローンはにっこり微笑んだ。「それで、そろそろ正体を教えてもらえるのかしら?」

「こうしようじゃないか。パパ・ハインリックが鉄の大蛇を見た場所を調べて、どういうことなのか見当がついたとき、わたしはこれまでの人生をきみに全部話す」

「わかった」

GPSの表示を見ていると、艇はまもなくナミビアの十二海里領の外に出た。カブリーヨは速力を落とし、水中翼を艇体の中に引きこんだ。

「こいつは翼を広げると燃料をがぶ飲みするからね」とカブリーヨは説明した。「無事に行って戻ってくるには十五ノットくらいで進むのがいいんだ。最初の当直はわたしが引き受けるから、きみは一休みしたら? 風呂は入れないが、シャワーでさっぱりできる。それから少し眠るといいよ。六時間後に起こすから」

スローンはカブリーヨの頰に軽く唇を触れさせた。「何から何までありがとう」

十二時間後、二人は鉄の大蛇が出没するという海域に近づいた。砂漠を渡ってきた嵐が海に出て、湿った冷たい空気と衝突し、風が強くなってきた。カブリーヨは、救命艇に嵐がしのげることは確信している。心配なのは、視界が悪くなって捜索がむずかしくなることだ。また大気中の電荷が増えて電子機器の作動不良を引き起こす。カブリーヨの衛星携帯電話は発信音を立てなくなり、無線機はどの周波数も雑音だけになった。さっきGPSをチェックしたときには、衛星からの電波が弱すぎて測位できなかった。測深機は水深をゼロと表示しているが、もちろんありえないことだ。羅針盤までもがおかしくなり、まるで磁北が放浪しているように針がふらふら動いた。

「これはどこまでひどくなると思う？」スローンは嵐のほうへ顎をしゃくった。

「なんとも言えないな。雨が降りそうな気配はないが、それも変わるかもしれない」

カブリーヨは双眼鏡でゆっくりと水平線に視線を流していった。緩慢な波に合わせて身体を動かし、船が高く持ちあがったときに背伸びをして、周囲がよく見えるようにした。「なんにもないな」とカブリーヨは言う。「これは認めたくないんだが、GPSが使えないから、小さな区画に分けて調べていく方法がとれない。つまりわれわれは今、波に任せて漂っているだけなんだ」

「で、どうするの？」

「風はずっと真東から吹いている。それを利用して一定の針路を維持できるだろう。

暗くなるまで探索ができるはずだ。そうしておそらく明日の明け方には嵐が弱まって、またGPSが使えるだろうと思う」

カブリーヨは、おおよその見当で一・五キロの間隔を空けながら、芝刈り機を使うように救命艇を往復させた。海はしだいに荒れ、二メートルを超える波が立ち、吹きつのる風が砂漠の匂いを運んできた。

行っては折り返し、行っては折り返しするうちに、カブリーヨもスローンも、やはりパパ・ハインリックは評判どおり頭がおかしかったのだとの確信を強めた。鉄の大蛇など、酒が生んだ妄想なのだ。

遠くで何かが白く光ったとき、カブリーヨは波の頂上が白く砕けたのだろうと思った。だが、そこをなおも見ていると、次に波が高まっても光は同じ場所にあった。急いでホルダーから双眼鏡をひっつかんだ。単調きわまりない数時間が過ぎたあとで、連れがふいに活発な動きを見せたので、スローンは俄然興味を掻き立てられた。

「あれは何？」

「何かな。なんでもないかもしれないが」

カブリーヨは次のうねりが救命艇を高く持ちあげるのを待って、双眼鏡で遠い光を眺めた。このとき見えたものを充分に理解するのには十秒以上かかった。それは信じられないようなものだったからだ。

「ああ、なんてことだ」カブリーヨは感に堪えたように言った。

「なんなの?」スローンが昂った声を出す。

カブリーヨは双眼鏡を渡した。「自分で見てごらん」

スローンが自分の小さな顔に合わせて接眼レンズの幅を調整するあいだも、カブリーヨはそれをじっと眺めた。大きさを推測してみて、ありえないことだと考えた。長さは三百メートルはあるだろうか。上空からこの海域を偵察したとき、ジョージ・アダムズがこれを見逃したというのは信じられないことだ。

やがてその白い物体が、空を飛ぶ雲を背景に、強烈な光を炸裂させた。あそこからの距離は二キロ、あるいはもう少しあるかもしれない。だが、イスラエル製の対戦車ミサイル、ラファエル・スパイク-MRは時速千六百キロで飛来するので、対応する時間が数秒間しかないのだ。

「ミサイルが来る!」とカブリーヨは叫んだ。

# 17

カブリーヨのグロックはズボンの背中側に差してある。そこで防水バッグから衛星携帯電話を取りだし、スローンの腰を抱いて、もろともに救命艇の手すりを乗り越え、暗い海に飛びこんだ。二人は死に物狂いで泳いで救命艇を離れた。もうすぐ木っ端微塵になる救命艇と自分たちのあいだにできるだけ距離を置こうとした。

電子光学式と赤外線式の二つの探知システムを備えたミサイルは、熱い排気ガスを吐く救命艇をしっかりと捕捉し、発射された数秒後にその艇体に激突し、船腹に穴をあけ、エンジンブロックのすぐ前で爆発した。厚さ三十センチの装甲をも貫通するよう設計されている成形爆薬は、船の背骨であるキールを折り、救命艇をばらばらにして破片を周囲十メートルの空中に吹き飛ばした。

艇体はほとんど真っ二つに折れて、煙をあげながら沈みはじめ、赤熱するエンジンとマニホールドが海水と接触して蒸気を噴きだした。

衝撃はウォルヴィス・ベイでカブリーヨがトラックを爆発させたときよりも格段に大きく、海に飛びこんで逃げなかったら彼もスローンも一瞬にして吹き飛んでいただろう。救命艇が爆発した地点から荒立つ波が周囲に広がり、それが押し寄せてきて、カブリーヨとスローンは水を飲んでしまった。

立ち泳ぎで懸命に浮かびつづけながら、カブリーヨはスローンに手を伸ばし、怪我はないか確かめようとした。

「だいじょうぶか、はやめて」スローンはなんとかそう言った。「昨日から何十回も訊かれてるから」

「まったく血わき肉おどる二十四時間だったよ」カブリーヨは靴を脱いだ。「さあ、できるだけ船の残骸から遠ざかろう。きっと誰かが調べにくる」

「わたしたち、結局目当ての場所を見つけたってこと?」

「そろそろパパ・ハインリックの大蛇とご対面かもしれないな」

二人とも元気であり、一、二キロ泳ぐこと自体はそう大変ではないが、打ちかかってくる波と戦うのが一苦労だった。事態がいっそう面倒になったのは、ピングイン号を襲ったのと同型の白い高級クルーザーが二人のほうへ向かってきたときだ。一つ目巨人の目のようなサーチライトの光が夕闇を切り裂いて探しにくる。カブリーヨがまず見つけたのはクルーザーだが、気になるのはそのクルーザーのふるまいだ。

「一隻買えばもう一隻おまけについてくるのかもしれない」

「そういうのはわたし、ポテトチップスでしか知らないけど」スローンも軽口を返した。

サーチライトの強力なビームを避けて、三十分ほど泳いでいると、やがてクルーザーは機関音を高めて闇の中へ消えていった。カブリーヨはその音とは反対側のほうへ泳いだが、結局のところ敵との遭遇が避けられないのはわかっていた。

海水の冷たさで力が消耗しはじめていた。泳ぐのを楽にするために、カブリーヨはグロックと衛星携帯電話をスローンに預けてズボンを脱いだ。その両裾を結びあわせ、腰の開いた部分を風にさらして空気を入れて、急いでベルトで絞る。この即席の浮き輪をスローンに渡して、電話と拳銃を受けとった。「空気が抜けないよう、片手で腰まわりをしっかりつかんでおくんだ」

「こういうのは話には聞いていたけど、実際に見るのは初めて」

スローンはまだ歯をかちかち鳴らしてはいないが、声に疲労が感じとれる。カブリーヨは言った。「プールで練習するときはもっと簡単だったけどね」このわざで何度も命拾いをしたことを、今話すのは適切ではないだろう。

ズボンの浮き輪に助けられて、スローンの泳ぎは力強くなった。大きな物体に近づくにつれて、それが波よけになって泳ぎやすくなってきた。

「ねえ、感じない？」とスローンが訊く。

「何を？」

「水が、ちょっと温かくなった気がする」

ひょっとしてスローンの身体はもう冷たさに抵抗せず、屈服しはじめたのか？　一瞬、カブリーヨは不安になったが、言われてみれば実際そのとおりだった。水温があがっている。それも一度や二度ではなく、十度から十五度高く感じられる。これは地熱のせいだろうか？　あの波間に見えている大きな施設も、地熱を動力源にしているのだろうか？

パパ・ハインリックの言った鉄の大蛇とは、くすんだ緑色に塗られた鉄のパイプだった。直径は十メートルほどあるだろう。そのうち二メートルほどだけが水の上に出ていた。パイプは固定されてはおらず、波に押されるたびに何カ所か折れ曲がった部分が動いた。長さは三百メートルほどだという最前の推定は正しいようだ。

二人がパイプのそばにたどり着いたとき、水温は二十五度くらいになっていた。カブリーヨがパイプに手をあててみると、温かかった。またパイプの内部のどこかで何かの機械が振動しているのが感じられた。海の波に合わせて巨大なピストンが動いているような感じだ。

二人はパイプの横腹に沿って泳いだ。波に押されてパイプに叩きつけられないよう適当な距離をとる。五、六十メートル進むと、蝶番で連結した継ぎ目が現われた。機械の音がさらに大きくなる。波の運動を何かのエネルギーに変えているようだ。パイプの横腹には継ぎ目まで作業員がたどり着けるよう梯子段がついている。カブリーヨはまずスローンにその梯子段をのぼらせた。カブリーヨが段にのぼったときには、スローンは浮き輪がわりのズボンの裾をほどいていた。

スローンが、はっと息を呑んだ。薄暗い中でかろうじて、カブリーヨの右脚が義足なのに気づいたのだ。「ごめんなさい、そんなに驚くなんて失礼よね」スローンはささやいた。「でも全然わからなかった。足を引いたりもしないし」

「もうだいぶ慣れたからね」カブリーヨはチタン製のすねを叩いた。「何年か前に中国海軍から捨て台詞がわりの一発を食らったんだ」

「ほんとに、これまでの人生の話をぜひ聞きたいわ」

カブリーヨは、ジョージ・アダムズがなぜヘリコプターでの偵察でこのパイプを見逃したのかという疑問を脇へ押しやり、目下の現実的な問題に意識を集中した。先ほどのクルーザーがどこか近くに停泊している以上、ただパイプに取りついているのは無防備だ。やるべきことは一つだろう。

カブリーヨはズボンを穿いたあと、パイプの上部にハッチを見つけた。それを開くと、下に第二のハッチがある。だが、中の探検はあとでしよう。衛星携帯電話を入れたバッグを二つのハッチのあいだに押しこみ、外側のハッチを閉めた。

スローンの手をとって、目をしっかり合わせた。「悠長に構えている余裕はない。いつまでここに足止めを食うかわからないからだ。わかるか？」

「ええ」

「きみはここにいてもいい。どうしろと命令はしない」

「一緒に行くわ。もっとあなたのことがよくわかったとき、どう感じるか試してみたいし」

「よし。じゃ行こう」

二人はパイプの上を中腰で歩いた。それでもクルーザーからは見えないはずだった。

だが、百五十メートルほど進んだところで、カブリーヨはスローンにべったり伏せるように言い、揺れるパイプの上を二人で這っていった。大きな波が来て邪険に揺さぶられるときは、滑らかな表面に必死で貼りついていなければならない。

今までただの一度も船酔いを経験したことのないカブリーヨだが、このパイプの奇妙な動きには胸が悪くなった。スローンも少しぐったりした様子をしている。

クルーザーまで二十メートルを切るころになると、向こうからパイプの上は見えなくなった。さらにクルーザーまで三、四メートルのところへ来る。クルーザーは浮きドックにつながれ、浮きドックはパイプの横腹につながれていた。分厚いゴムのフェンダーが船と桟橋の衝突を和らげて、軋り音を立てている。クルーザーのキャビンには明るい照明がともり、その上のブリッジには見張りの男のレーダー画面の緑色の光を背にした影絵が見えていた。前甲板には三脚に据えたRPG発射機がある。

これが〈コーポレーション〉の仕事現場なら、カブリーヨは全員を馘にしただろう。灯火の管理がいい加減だからだ。クルーザーは二キロほど離れたところからでも目につく。小型ボートで近づく敵は、嵐の余波でレーダーに映らないことも充分にありうるのに。

もっとも、さっきのミサイル攻撃がかなり見事な不意打ちだったことは認めざるをえないが。

もう小一時間、温かい金属のパイプに貼りついているので、濡れた服のまま冷たい風に吹かれていても身体は耐えることができた。カブリーヨは、クルーザーの乗組員は四人で、交代でブリッジにあがりレーダー監視をすると判断した。彼らはしばらくのあいだはサブマシンガンを手にしていた。オレゴン号の救命艇を吹き飛ばした興奮の余韻のせいだろうが、やがてそれも醒めたのか、警戒心が薄れ、サブマシンガンはスリングで肩に吊るした。

四対一の不利をくつがえすには奇襲戦法しかない。まずは密やかに動き、次いで獰猛かつ残忍に攻めるのが一番だ。

「ここからは一人でやる」カブリーヨはスローンに言い、パイプの上でゆっくりと身体の向きを変えた。

その声の冷酷非情な響きに、スローンはぞくりとした。

カブリーヨはパイプの横腹を滑り、身軽に浮きドックの上に着地した。その間ずっと、クルーザーのブリッジにいる見張りから目を離さない。見張りは暗視ゴーグルで嵐に見舞われている海を見ている。カブリーヨは浮きドックを渡り、舷縁を軽やかに越えて、船尾甲板に乗り移った。ガラスのスライドドアをくぐればキャビン、グラスファイバーのプラットフォームに取りつけられた梯子をのぼればブリッジだ。

スライドドアは風を嫌ってぴっちり閉ざされている。

カブリーヨは身体を低くして梯子をのぼった。梯子の最上段の向こうを覗いて、首をめぐらせる。ブリッジからはこちらの顔の上のほうしか見えないはずだ。見張り役はまだ海のほうを見ていた。カブリーヨはまるで動いていないかのような緩慢さで梯子の残りをのぼった。操縦盤に拳銃が載っていた。男から三十センチと離れていない。男はカブリーヨより背が七、八センチ高く、体重が十数キロ重そうだ。この体格差があるなら、いきなり襲っても、黙って首を絞められてくれるはずがない。闘牛のように戦うだろう。

強風が船に吹きつけてきたとき、カブリーヨは相手との三メートルの距離を詰めた。男が暗視ゴーグルをはずそうと両手を持ちあげたとき、カブリーヨはうしろから左手で相手の顎をつかんで右へ押し、同時に肩の回転をきかせて右の前腕を相手のこめかみに叩きつけた。二つの力の組み合わせで、首の骨がひかえめな音を立てて折れ、脊髄が断ち切られた。

「これで三対一」カブリーヨは口の動きだけで言った。殺人には何も感じない。二時間前に、いきなりミサイルでひとの船を吹き飛ばした連中だからだ。

ブリッジの仕切り壁を乗り越えて狭いキャットウォークをたどり、細長い船首甲板へ移動した。左右に窓がある。一つは真っ暗だが、もう一つは奥でテレビの画面がちらついている。窓からすばやくテレビのほうを覗く。警備要員の一人が革張りのソファーに坐って武術アクションのDVDを観ており、もう一人がミニギャレーでティーポットをコンロにかけて紅茶の用意をしている。紅茶の男はショルダーホルスターに拳銃を差しているがもう一人は武器の有無が不明だ。

位置関係から言って、二人のどちらも船首甲板からきれいに仕留めるのはむりだとわかるし、四人目の居所は不明だ。たぶん寝ているのだろうが、思い込みはしばしば命取りになる。

カブリーヨはアルミ製の手すりにもたれて背をそらし、狭い通路に少し余裕を持たせて、発砲した。レンジの前に立っている男に二発撃ちこむと、衝撃で男の身体がコンロに倒れかかり、シャツにぱっと火がついた。

ソファーの男は猫なみの反射神経を持っていた。銃身をそちらに振り向けて二発撃つころには、ソファーから飛び起きて毛足の長いカーペットの上で身体を転がした。弾はソファーを貫通し、布地の繊維屑を飛び散らせた。

カブリーヨは狙いをつけ直したが、男は遠い壁ぎわのホームバーの陰に入っていた。撃って撃って撃ちまくるだけの弾薬はない。ソファーに撃ちこんでむだにした二発が悔やまれた。ホームバーのうしろから男が飛びだして、サブマシンガンの弾倉の半分の弾をでたらめに撃ってきた。

カブリーヨがぱっと床に伏せると、ガラスが割れ、頭上で弾丸が叫びをあげた。背後の巨大な鉄のパイプが弾をはね返して夜の闇の中へ送りこんでしまう。カブリーヨは船尾のほうへ退避した。船から浮きドックに飛びおりたい自然な衝動に襲われる。だが、抵抗して、巻き上げ式の日除けの支柱をつかみ、くるりと身体を回転させて、また梯子に取りついた。すばやく駆けあがり、手すりから身を乗りだして、さっきの割れた窓を見おろした。

サブマシンガンの短い銃口が現われ、男が獲物を探す動きにつれて前後に揺れた。キャットウォークに侵入者の死体がないとわかると、頭と背中の半分が出てきた。船首と船尾に目をやり、やはり敵がいないとなって、さらに身を乗りだして浮きドックを見おろそうとした。

「そっちは見当違いだ」

男はさっと肩をまわしてスコーピオンを上に向けようとしたが、カブリーヨがこめかみへの一発で阻止した。サブマシンガンは船と浮きドックの隙間に落ちた。

グロックの発射音が、残る一人にカブリーヨの居所を教えた。ブリッジの床に穴が続けさまに花開いた。下のキャビンから天井を乱射したのだ。

カブリーヨは操縦盤へ身体を投げかけようとしたが、一発の弾に義足を半分に割られてよろめいた。その衝撃と、自分で走ってきた勢いで、身体が小さな風防ガラスを乗り越え、下のキャビン前部を覆うガラスの斜面を転がり落ちた。

背中から前部甲板に落ち、うめきとともに肺から息を吐ききった。そこからなんとか両膝をついたが、立ちあがろうとしたとき、脚を統御するメカニズムが反応しなかった。技術の粋を集めた義足が、今はただの木の棒きれ同様になっている。

四番目の男は内装の美しいキャビンの一室にいて、その姿はメインサロンで猛威をふるっている炎を背景に影絵となっていた。ミニギャレーでコンロにプロパンガスを供給するゴムホースが焼け、液体プロパンがごうごうと炎を上に噴きあげたのだが、その炎が天井の隅々まで広がろうとしているのだ。溶けたプラスチックがカーペットの上に滴り落ち、それぞれ小さな炎をあげはじめる。

四人目の警備要員は、猛火の音越しにカブリーヨが転落した音を聞きつけた。狙いをキャビンの天井からメインウィンドウに移して、安全ガラスを銃弾で縫った。広い窓にクモの巣状のひび割れがいくつもでき、カブリーヨの上に一摑みのダイヤモンドのようなガラスの破片が降り注いだ。

カブリーヨは一拍待ってから、撃ち返そうと起きあがったが、すでにぼろぼろになっているガラスを通して相手からまた銃撃をくらい、それが胸に当たって、ふたたび倒れた。窓から出てきた男の脚に、なんとか腕を巻きつけて引き倒し、二人で船首甲板の上を転がった。まもなく男が上になったが、サブマシンガンを撃つことができない。カブリーヨの銃を持っている手を押さえているからだ。男は額をカブリーヨの鼻に打ち当てようとしたが、カブリーヨがよけて額と額の激突となった。衝撃のあまり瞼が痙攣する。

男は股間を膝で攻撃しようとした。カブリーヨは下半身をひねって太ももでそれを受けた。男が再度試みたとき、自分の膝を相手の身体とのあいだにこじ入れ、力一杯それを上に突きあげた。男の身体が一瞬浮いたが、向こうも力が強く、身体が下に落ちる勢いでカブリーヨを潰そうとした。

カブリーヨは義足をさっと持ちあげる。銃弾で割れたカーボンファイバーのナイフのように鋭いギザギザの縁が、男の張りつめた腹筋を切り裂いた。男の両肩をつかみ、自分のほうへ引き寄せると同時に、相手の腹を蹴りあげた。

義足が相手の腹にずぶりと沈む感触は、今後カブリーヨの悪夢の中で何度も再現されるにちがいなかった。カブリーヨは男の身体を脇へ押しやった。男の悲鳴は喉をがらがら鳴らすうめきに変わり、やがて消えた。

カブリーヨはよろよろと立ちあがった。クルーザーのうしろ半分が炎上し、炎が強風に倒されてほぼ水平になっている。火災との戦いなどむりなので、舷側に寄り、手すりを乗り越えて浮きドックに降りた。しゃがんで義足をすばやく海水で洗う。

「スローン」カブリーヨは闇の中へ声を放った。「もう出てきていいぞ」

巨大なパイプのてっぺんから、夜の闇を背に、スローンの青白い卵形の顔が覗いた。スローンはゆっくりとしゃがんだ姿勢になり、パイプのこちら側に降りてきた。カブリーヨが浮きドックの上を歩いて迎えにいく。二人の距離が六、七十センチになったとき、スローンがかっと目を見開いた。そして口を開こうとしたが、その前にカブリーヨは警告を受けとめた。すばやく振り返り、壊れた義足がはずれるのも意に介さず、グロックを持ちあげて、船首甲板に現われた五人目の男を撃った。男は片手に拳銃を持ち、もう片方の手にブリーフケースを持っていた。男のほうがカブリーヨよりも、一瞬早かった。

銃声がはじけたとき、カブリーヨはバランスを崩し、まるでスローモーション映像のようにゆっくりと倒れた。それでも浮きドックに尻もちをつく瞬間に二発の銃弾を放った。第一弾ははずれたが、第二弾が金的を射当てた。男の命のない手から拳銃が飛び、ブリーフケースが浮きドックに落ちてきた。

カブリーヨはスローンを振り返った。

スローンは両膝をついていた。腋から少し下を手で押さえている。顔は仮面のようにこわばり、黙って激痛に耐えていた。

カブリーヨはスローンのそばへにじり寄った。

「がんばれ。がんばるんだ」となだめる。「ちょっと見てみよう」

腕をそっと持ちあげると、スローンは歯を嚙みしめたまま鋭く息を吸った。目から涙が流れる。傷を探すカブリーヨの指を熱い血が濡らした。指が傷口に触れたとき、スローンは声をあげた。

「すまない」

カブリーヨはブラウスの布地を肩から持ちあげ、弾丸が裂いた部分に指先を触れ、繊維をとりのけて射入口を確かめようとする。ブラウスの破れ目でそっと血を拭く。燃えるクルーザーの炎がはげしく揺れるので見えにくいが、弾丸はあばら骨の一本に沿って五センチほどの溝を刻んでいるようだ。

カブリーヨはスローンの目を覗きこんだ。「これならだいじょうぶだ。貫通はしていないと思う。切り傷ができただけだ」

「でも痛いわ、ファン。ものすごく痛い」

カブリーヨは傷をいたわりながらスローンをぎこちなく抱いた。「わかってる。わかってるよ」

「そうでしょうね」スローンは痛みをこらえる。「まるで赤ちゃんみたいに泣いてるんだから。中国海軍に片足をもがれた人がしゃんとしているのに」

「マックスの話では、ショックが収まったあとのわたしは、泣きわめく子供を十人くらい集めたみたいだったそうだよ。ちょっとここで待っててくれ」

「これから一泳ぎしにいく気はないわ」

カブリーヨはクルーザーに戻った。火の手が広がり、キャビンから何か持ちだすのはむりだったが、予想外の人員だった五人目の男のブレザーを脱がせた。千ドルほどするアルマーニのブレザーで、つまりこの男は警備要員ではなく、チームの指揮者なのだろう。この推測はブリーフケースの中身がノートパソコンであることからも裏づけられた。

「これが火事場から救いださなくちゃいけないほど大事なものなら」カブリーヨはスローンのそばへ戻ってきて、シンクパッドを持ちあげた。「われわれが持っていく値打ちもあるはずだ。とにかくあの船から離れよう。あれの双子の船がオレゴン号の脇腹にぶつかったとき、派手な花火大会になったからね」

二人は互いを必要としていると言ってもよかった。カブリーヨは義足をなくし、スローンは腋の少し下に銃創を負っている。なんとか衛星携帯電話を入れたバッグを隠した場所に戻った。カブリーヨはスローンを温かいパイプに寄り添わせて寝かせ、自分はすぐそばに坐って、スローンの頭を膝に載せた。身体にブレザーをかけてやり、髪をなでてやる。やがて身体が痛みを克服したのか、スローンは眠りこんだ。

カブリーヨはノートパソコンを起動させてファイルをあさった。一時間後、ようやく長さ三百メートルの機械の正体を突きとめ、同じパイプがあと三十九本あって、十本ずつのグループをつくっていることを知った。もっともこの機械の使用目的はまだわからないが、夜明けまであと一時間というころになって、ようやく作動を停止させる方法がわかった。カブリーヨが衛星携帯電話入りのバッグを隠したハッチの中にサービスポータルがあり、そこへノートパソコンをつなげば指令を出せるのだ。

パソコンの画面上に発電が停止したことを示すライトがともった。パイプ自体はまだ波に反応して作動しているようだが。カブリーヨが衛星携帯電話の電源を入れてみると、すぐに発信音が生じた。

巨大なパイプは海の波を利用する発電装置であり、それが四十本集まって強烈な電磁場が生まれて、救命艇の電子機器がおかしくなったのだ。衛星携帯電話は不通になり、羅針盤の針はぐるぐるまわった。今、発電機をとめることで電磁場は消え、電話が使えるようになった。あのノートパソコン自体は強力な電磁パルスに抵抗できる仕組みになっていたのだろう。

カブリーヨは番号をプッシュした。呼び出し音が四回鳴ったあとで受話器がとられた。

「こちらはフロントです、ミスター・ハンリー。これは四時三十分のモーニングコールです」

「ファン？　ファンか！」

「やあ、マックス」

「いったいどこにいるんだ？　救命艇への無線連絡は通じないし、電話にも応答がない。皮下埋め込み式の発信機も電波を出していなかった」

「信じないかもしれないが、海の真ん中で鉄の大蛇にまたがっているんだ。パパ・ハインリックが話した鉄の大蛇に。どうやら妙なことに出くわしたようだ」

「そいつは妙な話だ。まったく妙な話じゃないか」

# 18

波力発電施設へ二人を救出しにいくロビンソンR44ヘリコプターには、船医のドクター・ジュリア・ハックスリーも乗りこんだので、ヘリコプターがオレゴン号の貨物甲板に着陸したときには、スローン・マッキンタイアは点滴装置につながれ、鎮痛薬、抗生物質、それに脱水症を改善する生理的食塩水などを投与されていた。濡れた服は脱がされ、保温効果の高い毛布にくるまれている。銃創は応急処置をされて包帯を巻かれているが、ドクター・ハックスリーは早く本格的な手当てをしたくてうずうずしていた。

ヘリコプターが発着所ごと甲板の下に引きこまれると、医療部の助手二人が車輪付き担架とともに待機していた。スローンはただちに医務室へ運ばれたが、そこの設備は大都市の一流医療センターにひけをとらない。

一方、カブリーヨに対しては、ドクター・ハックスリーは早々と「なんでもないですね」と宣言し、苦いスポーツドリンクの一リットル・ペットボトルと、アスピリン二錠を渡しただけだった。もっともマックス・ハンリーはスペアの義足を持って格納庫で待っていたが。

カブリーヨは壊れた義足をはずすため、ベンチに腰をおろした。オレゴン号はケープタウンを出て猛スピードで飛ばしたあと、ジョージ・アダムズがヘリコプターを着船させるために減速したが、今、ハンリーから新しい義足を受けとったカブリーヨは、ふたたび船が加速しはじめるのを感じとった。

義足をつけてズボンの裾をおろすと、カブリーヨはきびきび歩きだし、首だけ振り返ってハンリーに言った。「よし、幹部は十五分後に会議室へ集合だ」

カブリーヨがすばやくシャワーを浴び、愛用の折りたたみ剃刀でひげを剃って、小さな傷のついた顔で会議室に入ると、出席者は全員そろっていた。モーリスがすでにコーヒーの給仕を終えており、桜材のテーブルの上座に置かれたカップが湯気を立てている。窓の装甲カバーが開かれて、室内には明るい陽光が満ち、それが居並ぶ男女の表情の暗さと対照をなしていた。

カブリーヨはコーヒーを一口飲んでからずばり切りだした。「よし、今どうなっている？」

情報担当主任のリンダ・ロスが、これはわたしだと判断し、あわてて口の中のデーニッシュペストリーを呑みこんだ。「昨日の午前、キンシャサ警察が市郊外の一軒の家を急襲しました。そこを麻薬取引の拠点と見てのことです。警察は数人を逮捕し、武器と少量の麻薬を発見。また麻薬業者とサミュエル・マカンボおよびコンゴ革命軍とのつながりを示す文書も押収しました」

「マカンボとはわれわれから武器を買った男です」とマーク・マーフィーが言わずもがなの注釈をつける。目はカブリーヨが持ち帰ったノートパソコンからあげない。

リンダが続けた。「どうやらマカンボは麻薬取引からの利益を活動資金に使っているようですが、これはそう意外な事実ではありません。警察当局を驚かせたのは、マカンボが贈賄によって政府上層部に影響力を行使しつつあるという事実です。買収している人物は大勢いて、ベンジャミン・イサカ国防副大臣もその一人。年間五万ユーロがスイスの秘密口座に振りこまれる見返りに、マカンボの居所を突きとめようとする政府の試みについて情報を流してきました。おかげでマカンボはつねに政府の一歩先を行くことができているわけです」

カブリーヨの真向かいに坐っているハンリーは、いつも以上にブルドッグのような不機嫌な顔をしていた。「マカンボは、われわれが武器を売りたいと最初に接触したときから、罠だと知っていた。武器に発信機が仕掛けられていることもイサカから教えられていた。われわれが川の栈橋から逃走を開始したとき、マカンボはまずAKとRPGから発信機をはずして川に棄てるよう命じたんだ」

「イサカは自白したのか?」

「当人は認めていない」とハンリー。「だが、二人の政府高官に電話をして、こちらが何者かを説明して話を聞いてみた。武器を追跡するチームからの報告によれば、武器からの電波発信は栈橋でとまったそうだ」

「そこであの栈橋へ行ってみたら」とカブリーヨが当然予想される続きを口にする。

「革命軍と武器は影も形もなかったというわけか」マーク・マーフィーに顔を向けた。

「どうだ、マーフ、われわれ独自の発信機はまだ生きていると思うか?」

「あと二十四時間から三十六時間は生きてるはずですよ。その時間内にぼくをコンゴへ送りこんでくれたら、ヘリか飛行機で場所を突きとめますけどね」

「タイニーはサイテーションで、もうスワコプムントに着いたかな」カブリーヨはそう訊きながら頭の中で距離、速度、時間を計算する。

「一時には着いているはずです」

「よし、じゃこうしてくれ、マーフ。きみはヘリでスワコプムントに飛んで、タイニーにサイテーションでキンシャサへ送ってもらう。そこからは自分で飛行機なりヘリなりをチャーターしてくれ。タイニーは今夜のパラシュート降下作戦に必要だ」

「助手が欲しいですが」とマーフィー。

「エリックを連れていけ。メリック救出作戦での船長兼操舵手はマックスにやってもらう」

エディー・センが初めて口を開いた。「会長、問題の武器がすでにコンゴ中にばらまかれている可能性は充分にありますよ」

カブリーヨはうなずいた。「わかっているが、ともかく試してみなければならない。われわれの仕掛けた十個の発信機がまだ一カ所に固まっていれば、武器全部が一カ所にあると考えてもおかしくない」

「マカンボが何か攻撃を計画していると思いますか？」とリンダ・ロスが訊く。

「それはマークとエリックが場所を突きとめるまでわからないな」

「よーし！」マーク・マーフィーが叫んで、シンクパッドから目をあげた。

「どうした？」とカブリーヨ。

「暗号化されたファイルがいくつかあるんですがね。今、破りました」

「内容は？」

「一分ください」

カブリーヨはコーヒーを口に運び、リンダはまた菓子パンを齧《かじ》る。ふいにドクター・ハックスリーが入り口に現われた。身長百五十七センチの小柄な女性だが、有能な医者に特有の威厳と存在感をそなえている。黒っぽい髪は例によってポニーテールにまとめ、白衣の下は緑色の安物の服で、身体の曲線美を隠すようなデザインではない。

「患者の具合はどうかな？」カブリーヨは船医に気づくとすぐ尋ねた。

「だいじょうぶよ。少し脱水症ぎみだったけど、もう改善された。傷は二十針縫ったわ。肋骨も二本にひびが入っていた。今は鎮静剤で静かにしてもらっているわ。しばらくは鎮痛剤が必要ね」

「みごとだな」

「からかってるの？　この海賊集団の面倒を二年間見てきたあとだもの、あの患者なんか眠りながらでも手当てできるわ」船医は自分でコーヒーをカップに注いだ。

「先生が戻るまで、彼女だいじょうぶなのかな。それとも付いていてもらったほうがいいのか」

ハックスリーはちょっと考えた。「熱が出たり、白血球の数が増えたりして感染症が疑われるのでなければ、医者がくっついている必要はないわ。それに対してジェフリー・メリックやあなたがたが怪我をした場合は……わかるでしょ。サイテーションに乗りこんでいるわたしの助けがぜひ必要になるの。出発前にもう一度考えるけど、たぶんあの人はだいじょうぶだと思うわ」

カブリーヨは、医療のことは完全にドクター・ハックスリーに任せている。「まあ、その辺の判断はよろしく頼む」

「こりゃすげえ!」とマーク・マーフィーが突然言った。親友のエリック・ストーンが肩越しにパソコンを覗きこんだ。最近必要になった眼鏡のレンズにモニター画面が映りこむ。

全員の顔が若い兵器専門家のほうを向いた。

マーフィーが周囲を無視してさらにファイルを読みつづけるので、カブリーヨが咳払いをすると、ようやくまた目をあげた。「あ、すみません。もうご存じのとおり、あそこにあるものは波力発電機ですが、その規模は前代未聞です。ぼくの知るかぎり、波力発電技術はまだ誕生したばかりで、ポルトガル沖とスコットランド沖に一基ずつあるけど、どちらも試験中だ。

原理は、波の力でパイプの継ぎ目が曲がり、水撃ポンプが作動する。この水撃ポンプでモーターに油を流すんだけど、このとき蓄圧器で流れを平滑化する。そしてそのモーターがタービンをまわして発電するという仕組みです」

同じ技術屋のマックス・ハンリーが一番感心した。「なるほどうまい方法だ。で、発電量はどれくらいになる?」

「一基で、人口二千人の町の需要をまかなえます。それが四十基だから、かなりなもんですよ」

「目的はなんだ?」とカブリーヨが訊く。「電気を何に使っている?」

「そこが暗号化されてたんですが」とマーフィー。「各発電機は伸縮式のケーブルで海底につなぎとめられています。二日前にジョージが上空から探索しても見つからなかったのはそのせいでして。波がないときや、どこかの船の接近をレーダーが探知したときは、十メートルほど沈めるんです。で、作られた電気は各発電機のそばにあるヒーターに送られる」

「ヒーターだって?」とエディーが訊く。

「そう。この辺の海の水は冷たすぎるからあっためようと、誰かが考えたみたいだな」

カブリーヨはまた一口コーヒーを飲み、リンダが平らげてしまわないうちに皿からデーニッシュペストリーを一つとった。「いつから稼動しているかわかるか?」

「二〇〇四年の初頭からですね」

「どういう効果が出ているんだ?」

「そのデータはこれには入ってません」とマーフィー。「ぼくは海洋学者じゃないけど、この程度の熱じゃ海全体にはほとんどなんの影響もないでしょう。原発の廃熱で川の水温が何度かあがったみたいな話はあるけど、それってかなり局地的な現象だし」

カブリーヨはまた椅子の背にもたれ、顎を指でぱらぱら叩いた。目の焦点が合ったり、ぼけたりする。周囲では幹部たちがアイデアや推測をあれこれ話しあっているが、カブリーヨには何一つ聞こえていなかった。頭の中では巨大な発電装置が波に揺れ、その下でヒーターが真っ赤に焼けて、アフリカの海岸沿いを北上する海流を温めている映像が浮かんでいた。

カブリーヨがはっとわれに返ったとき、マーク・マーフィーがこう話していた。

「銃を撃ちまくるゴロツキどもが登場しないんなら、例の前衛芸術プロジェクトみたいなもんだと思うんだけどな。あの男、なんていったっけ、広い土地を布ですっぽり包んだり、セントラルパークにゲートをたくさん建てたりする男。クリスコだったかな?」

「クリストだろう」とハンリー。

「マーク、きみは天才だ」とカブリーヨは言った。

「え? ひょっとして、ほんとにヘタレな芸術プロジェクトだと思ってるんですか?」

「そうじゃない。きみは川のことを言ったろう」カブリーヨはテーブルを眺めわたした。「これは海全体じゃなく、ごく限られた範囲の海域を温める計画なんだ。あそこはベンゲラ海流のど真ん中だ。ベンゲラ海流はアフリカ大陸の西側を北上していって、赤道付近で二つに分かれる。一つは大きく曲がって南アメリカ大陸の東側を南下していく。もう一つはブラジルの北を通ってカリブ海のほうへ流れていくんだ」

「ええ、まあその話はわかりますけど」とマーフィー。

「温められた海水が赤道を越えて北へ流れていったらどうなるかしら?」とリンダが疑問を口にする。

「ハリケーンが発生する海域に入っていくだろうな」エリック・ストーンは比較的気

象に詳しいので、オレゴン号では非公式の気象専門家としてふるまう。「水温が高いほど蒸発量が多く、蒸発量が多いほど暴風雨の威力が増す。熱帯低気圧がハリケーン（北大西洋等で発生する熱帯低気圧のうち最大風速が毎秒33m以上のもの）になるには海面の温度が二十五度以上あることが必要だ。この条件があれば、一日に二十億トンの水を海から吸いあげるんだ」

「二十億トン？」とリンダが驚きの声をあげる。

「そして上陸すれば、一日に百億トンから二百億トンの水を降らせる。カテゴリー一から最大級の五までのちがいは、アフリカ沖で水を吸いあげるのにどれだけ時間を費やしたかによって決まるんだ」

この部屋の中ではたいてい一番すばやく頭を回転させるマーク・マーフィーが、やっと理解して顔を輝かせた。「そうか、ベンゲラ海流の水温を人為的に高めれば、北半球にあがっていく熱帯低気圧の威力が高まるわけだ」

「その数も増えるかもしれない」とカブリーヨ。「わたしが何を考えているかわかる者はいるか？」

「アメリカがこの数年間にこうむっている深刻な暴風雨被害には人為的な要素も少しあるかもしれないと」とマーフィー。

「しかし、ハリケーンの専門家はみんな自然のサイクルで説明しているぞ」とエリックが反論する。

「だからと言って、発電機がその自然のサイクルを後押ししていないということにはならないだろ」とマーフィーが切り返す。

「まあいい」とカブリーヨがなだめた。「あの装置の効果のほどは専門家に判断してもらうとして、とりあえずは作動をとめたことでよしとしよう。この会議が終わったらオーヴァーホルトに報告しておくよ。おそらくこの件はＮＵＭＡの担当になるだろう。マーフ、必要なファイルを送れるようにしておいてくれ」

「はい」

「ということで」とカブリーヨは続けた。「ここからはジェフリー・メリック救出作戦に集中したいと思う。そのあとで誰があの発電機を設置したのかを調べるんだ」

「二つのあいだに関係があると思っているのか？」とマックス・ハンリーがテーブルの反対側から訊く。

「最初は関係ないと思ったが、今はきっとあると思っている。わたしとスローンが追いかけたモーターボートの男は、捕まるよりは死を選んだ。アフリカの刑務所を怖がったわけじゃないと思う。あれは殉教を喜びとする狂信者で、発電装置のことを絶対に知られたくなかったんだ。一方、メリックの誘拐は身代金目的じゃなく、政治的なものだと思われる。言い換えれば、誰かを怒らせたから誘拐されたんだ」

「過激な環境保護組織に」リンダがあっさりと断定口調で言う。

「だろうと思う」とカブリーヨは同意した。「われわれは一種の二方面攻撃に遭遇したようだ。一方ではなんらかの理由でメリックを拉致し、もう一方では大規模発電施設で海の水を沸かそうとしている」

エリックが咳払いをした。「よくわからないんですが、会長。環境保護組織がなぜ海水温を高めるんです？」

「それは今夜、メリックを奪還して誘拐犯を何人か捕まえればわかるだろう」

装備課員が、オレゴン号の空いた船倉の一つに急襲部隊が使うパラシュートを並べていた。光沢のある黒いナイロンは、デッキプレートの上に流れだした石油のように見える。ＣＩＡのオーヴァーホルトと二十分話したあと、カブリーヨが入ってくると、マイク・トロノとジェリー・プラスキーがすでに来ていて、パラシュートを慎重にたたんでいた。ナミブ砂漠の七千五百メートル上空から飛びおりたあと、ちゃんと開いてもらわなければ困るからだ。トロノはもとアメリカ空軍パラシュート降下救助部隊員で、プラスキーは十五年間、アメリカ海兵隊で偵察隊員をつとめたあと〈コーポレーション〉に入社した。マックス・ハンリーはエディー、リンカーンの両名と話しながら、壁ぎわの作業台に並べた装備と武器を点検している。〈コーポレーション〉の社員はどの同僚とも問題なく共同作業ができるが、とりわけ相性のいい組み合わせというのはある。リンカーンとエディーがそうであり、トロノとプラスキーもそうだった。組んで行動すれば、テレパシーもどきの阿吽《あうん》の呼吸でみごとな働きをする。

作業台の脇には軽量のオフロードバイクが四台ある。オレゴン号はこれをとりにケープタウンへ行ったのだ。さらさらの砂漠での走行に適した太い低圧タイヤと強力な緩衝器を備えているうえに、整備員が数日をかけて、必要最小限のもの以外を取りはずして軽くし、派手な塗装を砂漠に合った迷彩に変えていた。

広いスペースを歩いていくと、カブリーヨの船内携帯電話が鳴った。「カブリーヨだ」

「会長、エリックです。あと二十分で、スワコプムントにヘリで飛べるところまで来ます。ジョージにはだいぶ前にヘリの給油や何かを頼んでおきました。マークが今、われわれが持っていく装備を点検しています。われわれがスワコプムントの空港に着くころには、タイニーがもうサイテーションで着いているでしょう。キンシャサでチャーターする飛行機の手配もできました」

「よし、てきぱきやってるな」

「すべて計画どおりに進めば、明日の明け方からハンティングを開始できます」

「するとバッテリー切れまでの猶予時間は、十八時間くらいか？」

「そんなところです。短いようですが、だいじょうぶ、見つけますから」

ベンジャミン・イサカに利用されたことに、カブリーヨがどれだけ怒りを燃やしているか、乗組員は全員知っていた。イサカは革命軍のサミュエル・マカンボと通じていた。オレゴン号が供給した武器が内戦で使用されるかもしれない。無抵抗の市民が殺されるかもしれない。それを思うとカブリーヨの胃はきりきり痛んだ。スローンには、パパ・ハインリックとガイドの死に対して責任を感じることはないと言ったが、今回の作戦の失敗のせいで人が死ぬようなことがあれば、自分の一部が確実に死ぬことを、カブリーヨは知っていた。

「ありがとう、エリック」カブリーヨは低く言った。

「どういたしまして、ボス」

「どんな感じだ？」カブリーヨは壁ぎわの三人に近づいた。作業台には〈悪魔のオアシス〉の模型が載っていた。オレゴン号の〈マジック・ショップ〉のケヴィン・ニクソンが、インターネットで見つけた粒子の粗い衛星写真を参考に作ったものだ。

「ケヴィンがいい玩具《おもちゃ》を作ってくれましたよ」とエディーが言った。「しかし内部の配置とメリックの監禁場所がわからないと、目隠し状態での突撃ですね」

「で、どういう作戦で行く？」

攻撃計画の策定は、陸上作戦班を率いるエディー・センの仕事だ。「当初からの案のとおりです。監獄の北約百キロの地点で高高度降下高開傘をやる。バイクも一緒に降下します。監獄から離れているから、飛行機の音は敵に聞こえないし、レーダーにも捕捉されない。使うのは厳密に言うとパラシュートじゃなく、パラグライダーで、監獄まで滑空して、屋上に降りる。そしてできるだけ敵との遭遇を避けて目的を果たし、逃げてくる」

カブリーヨはにやりと笑った。

「リンクがバイクを地上におろすあいだに、わたしたちはメリックとスーザン・ドンレヴィーを探す」エディーが続けた。「二人を発見したら、砂漠走行用バイクでとっとと逃げて、ジョージが見つけた飛行機の着陸場所でタイニーと落ちあう」

「誘拐犯の一人を引っぱってくるのを忘れるな。発電機のことでちょっとお話ししたいからな」

「わたしがやりますよ。クリスマスのガチョウみたいに引っくくってね」とリンカーン。

「ヘリで全員を海岸まで運ぶ段取りもできているのか?」

「ええ。重量制限がありますから、ジョージはかなり長い時間操縦することになります。空港とのあいだを四往復ですね」

「わたしは最後に乗るということで頼むぞ」とカブリーヨ。「迎えが来るまで少し眠りたいからな」

「そういう計画にしてあります」

「よし、きみは〝今月の最優秀社員〟の筆頭候補だ」

「ラング（CIAのラングストン）はなんと言ってた?」ハンリーがカブリーヨに訊く。

「パラシュートを詰めながら話すよ」

カブリーヨは大型のパラグライダーを入念に点検しはじめた。重さ百キロほどの装備を身につけた人間が、百二十キロほどの距離を滑空できるこのパラグライダーは、特殊部隊の愛用品で、特別なパッドとストラップのついた装着帯《ハーネス》を身体に装着する。しばらく自由落下したあとで開傘したときの衝撃を和らげるために二段開傘方式を採用しているが、そんな安全措置がとられていても、曳索を引くには度胸がいる。身体が受けるショックはすさまじいからだ。

「両方面でいい話が聞けた」カブリーヨは傘体とハーネスをつなぐライザーに指を滑らせて劣化していないか確かめながら、そう話した。「ラングは発電機のことをNUMAに知らせるそうだ。たぶんNUMAが船で調べにいくだろう。それからイサカとの交渉を進めたのはCIAだから、われわれが武器を取り戻すことに対しては報酬を払ってくれるそうだ」

「いくら？」

「まあ費用をカバーできる程度だ。早期引退はまだ考えるな」

「ただ働きよりはいいかな」

「ベンジャミン・イサカがコンゴ革命軍のスパイだったとわかって、CIAのアフリカ担当の連中は大騒ぎしているそうだ」カブリーヨはライザーを重ねはじめた。パラシュートを折りたたんだとき、輪ゴムでとめるのだ。

「全然疑ってなかったのか？」

「青天の霹靂《へきれき》だったらしい。アフリカ全土で資産《アセット》の評価をやり直すことになる。アフリカ担当の責任者は辞任を申しでているそうだ」

「その男、ほんとに辞めるかね？」

「女だよ。まあ首はつながるだろう。われわれが武器を取り戻せば、ＣＩＡは失態を屋根裏に隠すはずだ」

「その屋根裏にはもう空いた場所がほとんどない気がするのはなぜかな」

「実際ほとんどないからさ」カブリーヨは辛辣に言った。「ＣＩＡの失敗談なんか誰も聞きたがらない。アメリカが無能に――そしてもっと悪いことに、無防備に――思えるからな。だから何か問題が起きると――」

「たとえば局が信用していた人間が反乱軍の協力者だったとわかったとかだね」

「そう、たとえばそんなことが起きると、連中はたちまちＣＹＡ（cover your ass＝責任逃れをしろ）モードに入る。そんな職場文化のせいで、連中は9・11も、イラクのクウェート侵攻も、印パ核開発の本格化も見通せなかったし、わたしはＣＩＡをやめることになったんだ」

「しかしまあ、今回われわれは過ちを正せる立場にあるわけだ。そうだな、ファン？」

ハンリーの声の調子がやや変わったので、カブリーヨは作業中の手もとから顔をあげた。

「きみはだいじょうぶなのか？」ハンリーはパラシュートを顎で示した。

あらゆる人間の感情の中で、カブリーヨが一番嫌っているのは憐れみだ。ズボンの片脚をピンでとめ、ジュリア・ハックスリーに車椅子を押してもらい、サンフランシスコの病院から出てきたとき、通行人が向けてきた陰気な同情のまなざしには怒りが沸騰した。その日、カブリーヨは、二度とそんな目で見られまいと誓った。脚を失って以来、三回の手術を受け、文字どおり数千時間のリハビリをやって、ほんのかすかにも足を引くことなく走れるようになった。スキーも水泳も、両脚がそろっていたときより上手になった。義足を着けていても、身体のバランスをとるのはたやすいことだ。

障害者ではあっても、動くのになんの障害もない。

それでも、やはり脚が二本あるほうがうまくできることはあり、たとえばスカイダイビングがそうだ。落下するあいだ、うつぶせで背中をそらした姿勢を維持するには、腕による調節も必要だが、一番大事なのは脚なのだ。カブリーヨはこの二年間に何十回も練習をしたが、身体がどうしてもゆっくりと回転してしまう。この回転はあっという間に危険なきりもみ状態になるのだ。

足首から下で風の圧力を感じとれず、身体を回転させないためのバランス調節ができないため、パートナーに身体を押さえていてもらう必要がある。これがカブリーヨには悔しくてならず、そのことをハンリーはよく知っていた。

「だいじょうぶだ」カブリーヨはそう答えて、パラシュートを折りたたむ作業を続けた。

「本当にか？」

カブリーヨは顔をあげて微笑んだ。「マックス、それじゃまるで孫の心配をするお祖母ちゃんだぞ。飛行機から飛びおりたら、あとは背中をそらすだけだ。今回は自由落下が短いから、わたしは得意のスピンを披露する暇がない。HAHOだ、マックス。高高度降下高開傘《ハイ・アルティチュード・ハイ・オープニング》。高いところで傘が開く。これがちがうタイプの落下なら、あんたと一緒に作戦指令室でモニターを見ているよ」

「わかった」ハンリーはうなずいた。「念のために訊いただけだ」

三十分後、カブリーヨはパラシュートと装備一式を警備係に渡し、船尾に近い航空機格納庫へ持っていかせた。ずっとおあずけになっている睡眠をとりに船室へ戻る前に、医務室に寄ってスローンを見舞った。ドクター・ハックスリーがオフィスにも隣の手術室にもいないので、三つある回復室を自分で探すと、スローンは三つ目の部屋にいた。照明が薄暗く絞られているなか、病院用ベッドで眠っていた。毛布を脇へ押しのけているせいで、腋より少し下に巻いた包帯が見えた。銃創がまだ出血しているという兆候は見られない。

赤銅色の髪が白いシーツの上に扇形に広がり、一つまみが額にかかっていた。唇が軽く開いていたが、細い毛束を額からそっとのけると、その唇をキスを受けようとするような形で閉じ、瞼をひくつかせたが、すぐに最前よりもさらに深い眠りに滑りこんでいった。

毛布を直してやり、部屋を出た。十分後、間近に迫った救出作戦のことや武器取引に関する自責の念に煩わされることなく、カブリーヨはスローンと同じくらい深い眠りに落ちた。

時計のアラームが鳴ったのは、タイニー・ガンダーソンと落ちあうべくスワコプムント空港へ飛ぶ時刻の一時間前だった。ぱっと開いた目の青く澄んだ瞳は、何にでも立ち向かえる準備ができていた。ベッドを出ると、またさっとシャワーを浴びようかとも考えたが、やめておいた。

明かりを二つつけ、片足で跳ねてウォークインクロゼットの前へ行く。奥の壁ぎわに乗馬靴のように並べてあるのが義足だ。色と感触が皮膚のようで義足に見えないものもあるが、チタン製のいかにも機械のような感じのものもある。カブリーヨはベンチに腰かけて、彼が言うところの〝戦闘用義足、ヴァージョン２・０〟を着けた。ヴァージョン1・0は数カ月前、インドネシアのとある船舶解体会社で潰されてしまったのだ。

ふくらはぎの丸みの部分には、投げナイフと、ケル‐テック三八〇口径オートマチック拳銃を仕込む。後者は世界最小級の拳銃だ。またそこには小さなサバイバルキットと、ダイヤモンド粉末を埋めこんだ鉄線を収めるスペースもある。カブリーヨの義足に細工を施したケヴィン・ニクソンは、足裏にプラスチック爆薬C‐4の平たいパケットをしのばせ、足首に時限信管を隠した。ほかにもいくつか秘密の工作をしている。

カブリーヨは義足をぴたりと装着し、さらに注意深くストラップを留めて、どんなはげしく動いてもはずれないようにした。砂漠用の迷彩戦闘服を着こみ、ごつごつしたブーツを履く。ガンロッカーからグロックの拳銃とヘッケラー&コッホのMP‐5サブマシンガンを出した。弾倉は航空機格納庫で兵器部員がくれる。カブリーヨは武器を机に置き、予備の戦闘用ハーネスを安物のナイロン製バッグに詰めた。

モーリスが軽くノックをして船長室に入ってきた。指示しておいたとおり、果物と炭水化物がたっぷりの朝食のトレイを運んできたのだ。モーリスが淹れる濃いコーヒーも飲みたいところだが、今はオレンジジュースを何杯もおかわりしておく。何しろこれから砂漠行きだ。すべて周到に計画ずみとはいえ、不測の事態が起きたときに備えて水分はたっぷり摂取しておきたい。

「きみはイギリス海軍の誇りだ」カブリーヨは食事を終えるとナプキンで口を拭き、そのナプキンをトレイに載せた。

「どうかそれはご勘弁を、カブリーヨ船長」とモーリスはいつもの控えめな声音で言った。〈コーポレーション〉では彼だけが、カブリーヨを〝会長〟ではなく〝船長〟と呼ぶ。「わたくしはフォークランド戦争のさい、船が風力七のハリケーンに見舞われたときに、二十人の将校の方々に午後遅くの紅茶をお出しするのを忘れたことがある人間です。口はばったいことを申しあげるようですが、わたくしにはもっと高い水準を要求なさるのがよろしいかと存じます」

「よしわかった」カブリーヨは極悪な顔つきでにやりと笑った。「今度ハリケーンにぶつかったときは、グリュイエールチーズにロブスタースフレ、そしてデザートにベークトアラスカを頼むぞ」

「承知いたしました、船長」モーリスは厳かに応えて退室した。

航空機格納庫へ行く途中、また医務室を覗いた。ジュリア・ハックスリーは医療用具を収めた赤いプラスチック製のケース二つの蓋を閉めるところだった。安物の私服を着ているが、いつも手放さない白衣が椅子の背にかけてある。

「一緒に来る用意をしているところを見ると、患者の容態はいいんだね？」とカブリーヨは声をかけた。

「一時間ほど前に目を醒ましたわ」とドクター・ハックスリーは言った。「脈拍や体温や呼吸数は安定していて、感染症の心配もないようだから、わたしがついていなくてもだいじょうぶよ。それにうちの看護助手はみんな、そこらの救急治療室付き看護師より有能だし」

「わかった。じゃ、ちょっと挨拶してきて、そのあと荷物を運ぶ手伝いをするよ」

スローンは枕を重ねてそこに背をもたせていた。顔は青白く、目が落ちくぼんでいるが、カブリーヨがドアの脇柱に寄りかかるのを見ると、にっこり笑った。

「やあ、すてきなお嬢さん。気分はどうかな？」カブリーヨは室内に入ってベッドの端に腰かけた。

「薬でちょっと頭がはっきりしないけど、まずまずの気分よ」

「先生はじきによくなると言っている」

「船医さんが女医なのには驚いたわ」

「女性の乗組員は十一人いるんだ。二等航海士のリンダ・ロスを筆頭に」

「さっきからヘリコプターの音がしているようだけど？」

「ああ、何人かの乗組員を陸へ運んでいるんだ」

スローンは戦闘服を見て、カブリーヨに疑わしげな目を向けた。「あなたの正体を教えてくれるってことだったけど」

「教えるよ。戻ってきたらすぐにね」

「これからどこへ行くの？」

「仕事だ。そのためにナミビアへ来たからね。できればあの発電機を作ったり、きみたちを襲ったりした連中の正体も突きとめたい」

「あなたたちはＣＩＡか何か？」

「いや。わたしは昔、ＣＩＡにいたがね。話の続きはまた明日にしよう。明日の朝、八時にわたしがここへ来て、一緒に朝食をとるというのはどうかな？」

「じゃ、約束ね」

カブリーヨが背をかがめてスローンの頬にキスをした。「ぐっすり眠るといい。また明日の朝会おう」

スローンは立ちあがるカブリーヨの手をとった。「わたしのトラブルに巻きこんでしまってごめんなさい」ひどくまじめな声音で言った。

「きみのトラブルはわたしのトラブルと関係していることがわかった。だから謝ることはない。というより、わたしのほうこそきみに謝らなくちゃいけない」

「どうして？」

「ダイヤを積んだ船を見つける手助けができなかった」

「まったく骨折り損だったわね」力なく言う。

「きみは骨折しちゃいない」この一言を最後に、カブリーヨはベッドのそばを離れ、オフィスで医療用ケースの一つを手にさげ、武器を入れたバッグを反対側の手にさげて、ドクター・ハックスリーと一緒に航空機格納庫へ向かっていった。

# 遭難船《そうなんせん》のダイヤを追《お》え！ 上

2007年10月31日　初版発行

著者　クライブ・カッスラー、ジャック・ダブラル

訳者　黒原敏行《くろはらとしゆき》

発行者　新田光敏

発行所　ソフトバンク クリエイティブ株式会社
〒107-0052　東京都港区赤坂4-13-13
電話03-5549-1201（営業部）

印刷・製本　中央精版印刷株式会社

デザイン　モリサキデザイン

イラスト　浅田　隆

フォーマット・デザイン　モリサキデザイン

本文組版　谷敦

　ISBN 978-4-7973-4131-7